기적이 찾아준 남편

기적이 찾아준 남편

발행일   2021년 1월 19일

지은이   최영만
펴낸이   손형국
펴낸곳   (주)북랩
편집인   선일영   편집   정두철, 윤성아, 최승헌, 배진용, 이예지
디자인   이현수, 김민하, 한수희, 김윤주, 허지혜   제작   박기성, 황동현, 구성우, 권태련
마케팅   김회란, 박진관
출판등록   2004. 12. 1(제2012-000051호)
주소   서울특별시 금천구 가산디지털 1로 168, 우림라이온스밸리 B동 B113~114호, C동 B101호
홈페이지   www.book.co.kr
전화번호   (02)2026-5777   팩스   (02)2026-5747

ISBN   979-11-6539-589-6 03810 (종이책)   979-11-6539-590-2 05810 (전자책)

최영만 장편소설

기적이 찾아준 남편

아물지 않는 6·25 전쟁의 상흔을 그린
우리 시대 슬픈 자화상

북랩 book Lab

세상살이가 출발부터 선한 길이면 얼마나 좋겠는가마는 그렇지만은 않은 것은 '운명'이라고 말하기도 할 것이다. 그런 점에서 생각하기도 싫은 6·25 전쟁, 그리고 그 전쟁이 낳은 안타까운 일들 중 하나를 소개하고자 한다. 연애가 없다시피 했던 시절에 서로 사랑한 부부의 기적이 찾아준 남편 얘기다.

홍순희는 형제 중 작은아들인 서인규와 혼인하고 부부로서 달콤한 시간을 보낸다. 그런 달콤한 시간만 계속될 줄 알았는데, 3개월도 안 되어 6·25라는 전쟁이 터진다. 때문에 남편 서인규를 군대에 보내게 되고, 생사가 갈리는 전쟁 상황에서 남편은 돌아오질 않는다. 그러는 사이 아들이 태어난다. 홍순희는 아들이 태어난 것을 남편에게 자랑하고 싶다. 그러나 남편은 다른 사람들처럼 돌아오지 않아 답답하다.

홍순희는 전사는 아닌 것 같다는 시어머니의 꿈 얘기를 듣는다.

시어머니 꿈 얘기가 아니어도 전사를 했으리라는 무서운 생각은 할 수가 없다. 때문에 급기야 홍순희는 남편을 찾겠다며 젖먹이 아들을 들쳐업고 삼팔선을 넘게 된다. 삼팔선을 넘기가 어렵기는 했으나 월남에 성공했고, 거제 포로수용소를 찾아가 남편이 살아 있음을 확인하려고 하나 모래사장에서 바늘 찾기다. 홍순희는 남편만 찾기에는 모자가 굶어 죽을 수도 있는 위기 상황에서 제물포 시장 아주머니의 소개로 인꼴이 장사*를 하게 된다.

제물포에서 장사를 하는 동안 유복자가 될 수도 있었던 아들 진수는 중학생이 될 만큼 자랐다. 그리고 이때쯤 남편 서인규를 찾게 되는 기적이 생긴다. 그러나 남편 서인규는 남한 여자의 남편으로 이미 삼 남매를 둔 채 살아간다. 인꼴이 장사 영역에서 멀지도 않은 도보 이십여 분 거리에서 말이다. 그러니 홍순희는 내 남편이라고 말할 수도 없다. 때문에 속만 끓이다가 남편의 대소변을 받아낼 때쯤에서야 비로소 내 남편이라 말할 수 있게 된다. 그렇지만 홍순희는 남편의 대소변을 받아내는 것을 다행으로 여기고, 남편인 서인규는 포로병으로 붙잡힌 바람에 고향에 갈 수도 없어 아내 홍순희를 사실상의 고향으로 여긴다.

'영원할 것처럼 탑을 쌓고, 내일 떠날 것처럼 관을 만들라.'는 말도 있으나, 북한 출신 홍순희와 서인규 부부에게는 해당하는 말이 아닐지도 모르겠다.

---

* 물건을 머리에 이고, 팔러 다니는 장사를 일컫는 전라도 방언

차
례

"애미야~ 어디 있냐~!"

"어머니, 왜요?"

"명호 아빠를 불러라. 빨리 와야겠다. 네 시아버지께서 눈을 감으셨다."

영감 서인규 씨는 그동안 재혼한 여자와만 살다가 병이 들어서야 비로소 본처인 홍순희에게로 왔다. 칠 년이 넘게 대소변을 받아내기는 했으나, 그동안 얘기도 재밌게 잘하고 어제까지도 많이는 아니나 저녁밥도 맛나게 먹었는데, 아침밥은 싫다 하더니 오전 열 시 반쯤에 "나 왜 이리 힘이 없지요?" 하더니 그대로 눈을 감아버린다.

남편 서인규 씨가 그렇게 눈을 감아버리고 나니, 아내 홍순희는 허탈해진다. 그것은 남편이 고향을 그리도 그리워했으나 그리운 것으로 그만이었기 때문이다.

1

"여보, 미안해요."

"미안하기는 뭐가 미안해요."

"건강했을 때 와야 하는 텐데, 그렇지 못하고 다 늙어 병이 들어서야 비로소 찾아와서요."

"그런 말 말아요. 나는 좋기만 해요."

"그동안 당신을 돕지도 못하고, 이제 와서 이게 뭐요."

"아니요. 바깥출입도 못 하게 된 영감에게는 미안하지만, 이것은 하나님께서 같이 있으라고 하신 거요. 나는 그렇게 생각해요."

"아무리 봐도 당신은 사람의 옷을 입은 천사요."

"천사라고요? 전쟁이 만든 일이에요."

"고마운 말이기는 하나, 나는 그렇게 생각하오."

"그런 말 말아요. 영감을 위해서가 아니에요."

"그러면 마누라이기에요?"

"세상에 천사 같은 마누라도 있답디까. 그건 아니고, 영감과 살아보고 싶은 마음을 왜 모르세요."

"그러면 내가 잘못이네."

"잘못을 따지자면 6·25 전쟁이지요."

"그렇게 볼 수도 있지만, 저쪽 집에서 진작 나올 걸 그랬어요."

"거기까지는 말도 안 되고 이렇게라도 와 주어 다행이에요."

"병들어서야 왔어도요?"

"가는 세월 붙잡지 못해 어쩔 수 없이 영감이 되고 말았지만, 이렇게 누워 있으니 내 차지가 된 게 아니오."

'그동안 당신이 얼마나 그리웠는지 영감은 모를 거요. 나는 청상과부도 아니잖아요. 당신이야 다른 여자와 살고 있지만 말이에요. 당신은 남자라 여자 마음을 잘 모르겠지만, 나는 젊은 여자였어요. 내 남편을 가까운 곳에 두고도 쳐다만 볼 수밖에 없다면 잠인들 제대로 잘 수나 있었겠어요. 때문에 너무도 속상했어요. 때문에 울기도 했어요. 이젠 노인이 되고 말았지만 이런 기구한 삶을 살아본 사람도 있을까요.'

"이제 와서 빈말이 되고 말았지만, 내 마음도 복잡했어요."

"알아요. 그걸 내가 어찌 모를 수 있겠어요."

"모를 줄 알았는데, 안다니 다행이네요."

"다행이라고요?"

'남편을 찾고도 내 남편이라고 말도 못 하고 말이에요. 때문에 마음고생이 얼마나 심했을까는 짐작이 필요도 없을 것 같소. 다시 있어서는 안 될 6·25 전쟁. 군인으로서 가치가 없다면 집으로 갈 수 있도록은 해 주어야 할 텐데, 이게 뭐란 말인가요. 인간적으로 말이요. 늦기는 했으나 이제라도 개인 의사를 물어, 보내 주어도 국가적으로 손해나 정치적으로 문제가 될 게 무어가 있겠어요. 그런데도

오갈 수 없도록 가로막고 있는 사람들이 인간이 맞기는 한 건지.'

남편 서인규의 눈빛은 분노로 차 있는 듯하다.

"다행이 아니고요."

"함께 지낼 수도 없는 남편을 찾겠다고, 붙잡히면 죽을 수도 있는 삼팔선을 목숨 걸고 넘은 당신인데 말이요."

"결국에는 찾아내고야 말았지만 말이에요."

'나는 회사 사무직으로 취직을 할 수도 있었소. 그러나 무슨 일이 있어도 당신을 찾아야만 해서 취직 따위는 포기하고 천한 장사일 수도 있는 생선 인꼴이 장사를 다 한 거요. 영감은 거기까지의 사정을 말해야 알겠지만 말이요.'

"철옹성의 삼팔선, 무너질 날이 있을까요?"

"언젠가는 무너지지 않겠어요."

아내 홍순희 말이다.

"그래요, 언젠가는 무너지겠지요. 그렇지만 삼팔선이 무너진다 해도 우리가 떠난 다음이면 소용이 없잖아요."

"그래요. 우리가 떠난 다음이면 무슨 소용이 있겠어요."

"고향에 갈 수 없다 해도 소식만이라도 듣고 싶네요."

"우리 고향 생각은 맙시다."

"고향 생각 어떻게 안 할 수 있어요. 어쩔 수 없어 두고 온 고향인데요."

부모 형제가 있는 고향, 친인척들이 있고 친구들이 있는 고향.

'아! 가고 싶다. 두고 온 내 고향…'

"고향 생각 그만하자는데 자꾸만 하네요. 당신을 찾으려면 돌아다녀야만 해서 천한 직업일 수도 있는 생선 인꼴이 장사를 하고 다니면서 남자만 보면 내 남편은 아닌가 했어요."

"그래서 찾기는 했고요? 허허…"

"찾기는 했으나 다는 못 찾고 반밖에 못 찾았잖아요."

"다른 여자가 차지하고 있어서요?"

"다른 여자가 차지하고 있기는 해도 전쟁에서 살아남아 얼굴이라도 볼 수 있다는 생각에 얼마나 다행인가 했어요."

"당신이야 그랬겠지만 내 얘기를 하자면 그때의 기억이 지금도 생생한데, 쉬는 날 집에서 키우는 강아지를 데리고 나오는 것을 보고 당신이 불렀잖아요."

"내가 그렇게 부를 때 영감은 왜 부르나 했어요?"

"그랬지요. 생선 인꼴이 장사이기는 해도 생판 모르는데요."

"그렇게 부르기는 했으나, 아니면 어쩌나 했어요."

"아니면 어쩌나 했다가 맞다 했을 때 느낀 감정은 어땠어요?"

"느낀 감정을 말로 어떻게 표현해요. 그냥 울고 싶었지요."

"그러면 울어버리지 그랬어요."

"울어요? 남의 남자 앞에서 어떻게 울어요."

"남의 남자요?"

"그러면 아닌가요. 재혼한 쪽 남잔데요."

"틀린 말은 아니네요."

"틀리고 안 틀리고… 나 녹두 부침개 가져올게요."

홍순희는 아직 식지는 않았으나 미리 부쳐놓은 녹두 부침개를 곧바로 가져온다. 재혼한 아내 쪽에서 녹두부침개는 못 먹어 봤을 거라는 생각으로 만든 것이다. 그런 녹두 부침개를 막걸리 안주 감으로 보면 삼 인분을 가져온다. 코스모스 세 개가 그려진 예쁜 쟁반에 담아서.

"녹두부침개…; 어머니가 만들어 주신 것 먹어 보고는 처음인 것 같네요."

"녹두부침개를 보니 어머니 생각이 나요?"

"어떻게 생각이 안 날 수가 있겠소. 당연히 나지요?"

"아까 하려다가 만 영감을 찾은 얘기는 지금 생각해봐도 소설 같은 얘기요."

"소설 같은 얘기요?"

"세상을 살다 보면 별일이 다 있겠지만 말이요."

"그렇기는 한데 당신이 가까이 오라는 말에 선뜻 응하기는 두려웠어요."

생선 인꼴이 장사를 하는 여자라는 것을 알고는 있지만, 부부가 아닌 이상 남자와 여자가 가까이하는 것은 금기사항 중 금기사항이지 않은가. 물론 농경시대이기는 해도 말이다. 때문에 누가 봐도 의심이 안 되게 내가 되레 오라고 했다. 그랬으나, 그럴 사정이 못 된다고 해서 어쩔 수 없이 다가간 것이다. 그것도 쳐다보는 사람이 있나 없나 살피고 말이다. 그랬던 기억을 어찌 잊을 수 있겠냐마는 어제 일처럼 아직도 생생한 것을 어쩌랴. 그래, 입방아 찧기 좋아할 사람이 봤다고 한들 무슨 흉일 수가 있겠냐마는 누구는 멀리서 본 것 같다. 그런 말을 아내 홍순희가 해서다. 어떻든 나는 포로병이었으며, 데릴사위로 살아오던 때에 뜻밖에 본처인 홍순희가 나타난 것이다. 홍순희와 나는 사랑으로 맺어진 부부고 자식까지 둔 부부다. 그런 아내가 나타나 반가운 마음에 안아 주고도 싶었다. 그러나 재혼한 처의 눈치를 보느라 남남처럼 살아온 것이다. 아무리 본

기적이 찾아준 남편

처라고 해도 내 남편을 무슨 물건처럼 빌려주고 안 빌려주고 그럴 수는 없으나, 같은 여자로서 가끔은 본처에게도 가보라고 해서 사랑을 나눴다면 덜 미안할 텐데 말이다. 그렇게 다른 여자 남편으로만 살다 보니 노인이 된 것이다. 거기다 대소변을 받아내야만 하는 누구도 원치 않은 환자가 되어서다. 이런 환자를 누군들 좋다 할 수 있겠냐마는 아내 홍순희는 기꺼이 감당해 낸다.

'나는 두고 온 고향을 가보기는커녕 고향 소식도 못 듣고 이 길로 세상을 떠날 것 같다. 내 생애가 이 모양으로 끝일 것을 아내도 어느 정도는 짐작하고 있을 것이다. 그래, 일어날 수 없으니 당시 건강했던 때로 되돌릴 수는 도저히 없을 것이다. 때문에 누구의 도움이든 도움을 받아야 할 처지다. 그렇기는 하나 누워만 있으면서 아내에게 대소변을 받아내게 해서는 안 되는데 말이다. 미안하다. 미안하기는 해도 다행인 것은, 대소변 받아내기를 싫다 않는 본처 홍순희다. 괜한 생각이지만, 만약 아내가 병들어 나처럼 되거나 했으면 보호자인 남편으로서 어떻게 할 것인가. 요양병원 신세를 지게 하면 되겠지만, 그렇게 하지 못할 형편이면 대소변을 받아내야 할 텐데 말이다. 생각뿐이지만 그런 일을 아내처럼 싫다 하지 않고 감당해 낼 수는 있을까? 기적적으로 홍순희 당신은 이 서인규를 찾기는 했으나, 남편으로서 살아주지도 못하고 대소변이나 받아내게 하여 참으로 미안하다.'

'미안해요.'라는 눈빛으로 서인규 씨는 아내 홍순희를 올려다본다.

"안 바쁘시면 잠깐 와 보실래요? 내가 그렇게 말하니까, 영감은

‘이쪽으로 오시지요.’ 그랬잖아요."

"그래요, 그렇게 말했지요. 기억해요."

"그랬던 일까지 기억하시는 것을 보니, 몸만 누워 있지 마음은 아니네요."

"마음마저 누워 버리면 어떻게 되는 거요. 죽은 게지요."

"그러면 내가 말 잘못했네요."

"말 잘못한 것은 아니나, 생각을 해보면 기막힌 일이 아닐 수 없어요."

"아이고… 말을 말 걸 그랬네요."

"우리가 이런 말이라도 하려고, 그동안 얼마나 기도를 했소."

"기도요? 나, 기도 많이 했어요."

‘그래요, 영감이 내 남편이 되게 해달라고 기도 많이 했지요. 이미 다른 여자의 남편으로 살아간다면 기독 신앙인으로서 사랑이라는 말과 반대되는 말이지만 말이에요. 거기까지 묻지를 않아 모르겠지만 저쪽 여자의 남편으로 살게 된 것은 내가 삼팔선을 넘기 전부터는 아니었나요? 포로 교환으로든 고향으로 돌아갈 기회가 영영 없어졌다면, 고향에 가기를 포기하고 재혼을 했을 것이지만 말이에요. 어떻든 지금이야 노년이 된 바람에 누워만 계시지만 저쪽 마누라와 재혼을 해 삼 남매까지 두었다면 잘못 사신 것은 아니잖아요. 이 홍순희만 억울하다면 억울할 뿐이지요. 그러나 영감은 이렇게라도 내게 와 주어 하나님께 감사해야 할 일이지만 말이에요.’

"그러면 지금의 기도는요?"

"지금의 기도는 벌떡 일어나게 해달라는 기도지요."

기적이 찾아준 남편

"오, 옛날이여…!"

"옛날이지만, 영감은 보는 사람이 있나 없나를 살피다가 온 것 같은데 그랬지요?"

"주변을 살핀 것은 사실이요."

"영감만 그런 게 아니라 나도 그랬어요. 내 남편이 아니면 어쩌나 했지요."

"아니면 어쩌나 했다가 맞다 싶었을 때, 기분이 어땠어요?"

"어쩌기는요. 이게 꿈인가 생신가 했지요."

"나도 같은 생각이었는데, 다가갔더니 나를 빤히 쳐다보면서 '아저씨 한번 물어봅시다. 아저씨 이름이 혹 서인규 씨 아니세요?' 그래서 '이 여자가 내 이름을 어떻게 알고 그러나 해서, 서인규 맞기는 한데 왜요?' 그랬더니 '주소는 함경북도 명천군이고요?', '아니, 아주머니가 나를 어떻게 알고 그러나.' 싶어 이상한 표정을 하고 있는데, 당신은 난데없이 '여보, 나야 나. 홍순희. 당신을 찾으려고 얼마나 헤맸는데 얼마나, 얼마나…' 그러면서 눈물을 주르륵 흘려 당황했어요."

"그때의 얘기를 하니 눈물이 또 나오려고 하네요."

아내 홍순희 말이다.

"그 후로부터는 내 마음이 온통 당신에게만 쏠려 있었어요."

"영감의 마음이 내게 쏠려 있었다고요?"

"당신이야 더 했겠지만, 나도 그랬어요."

"영감은 그렇게까지 했는데, 아내로서 따뜻하게 해 주지도 못해 미안해요."

"어디 따뜻하게 해 줄 기회나 있었나요."

"그렇기는 하지만 말이에요."

"어쩔 수 없는 일이기는 해도 다른 여자의 남편이었다가, 다 늙어 거동조차 할 수 없는 남편이 되고 말았네요."

'병이 들어 대소변까지 받아내야 할 남편을 누가 받아주겠소. 홍순희 당신이나 받아주지. 누군들 받아주겠어요. 말을 들으면 눈에 넣고 싶은 귀여운 손주라도 나이가 많아지게 되면 귀찮아진다고들 하는데요. 그러나 홍순희 당신은 병든 남편이라 싫다는 내색도 없으니 어떻게 된 거요. 나 다시 태어나도 홍순희 당신을 찾을 거요.'

서인규 씨 표정이다. 그래, 이것이 부부고 아내인 것이다. 아내와 남편은 잠시 분리된 한 몸뚱이다. 그러기에 여차하면 언제든지 부를 수 있는 존재가 아내요, 남편이 아닌가. 그래서이지만, 환자로서 대소변을 받아내야 할 경우 아무리 잘해 주는 간병인이라도 대소변 보기가 얼마나 불편한지 모른다.

"그런 말 말아요. 이제야 내 영감이 되었는데요."

"생각을 해보면 그렇기는 하겠지만…."

"그렇기는 하겠지만 뭐요. 사실이잖아요."

"내가 남자라서 그런지는 몰라도 생각을 해보면, 저쪽 마누라가 당신한테 가기도 하라고 말했으면 당신이 외롭지는 않았을 텐데. 밉네요."

"밉기는요. 당신 말대로 어떻게 그럴 수 있겠어요. 말도 안 돼요."

"그건 그렇고, 우리 애들은 이렇게 된 애비를 어떻게 볼까요?"

남편 서인규 씨 말이다.

"자기들 살아가기도 바쁠 텐데, 늙고 병든 아버지 생각이나 하겠어요."

"그렇기는 할 거예요."

"우리는 생각을 좋은 쪽으로만 합시다."

아내 홍순희 말이다.

"그래요, 그런데 다행인 것은 이복형제들이지만 오순도순하는 것 같아 마음이 편해요."

"우리 진수가 멋진 놈이에요."

"안 그럴 수도 있는데, 고맙지요."

"이복동생들까지도 잘살게 해 주어서요."

"나도 진수가 잘하고 있어서 고맙다는 생각은 하고 있어요. 그러기까지는 당신의 공이 커요."

만약이기는 하나 아내가 다른 남자를 만나거나 멋이라도 부렸으면 애들은 반발심이 발동해 엄마를 힘들게 했을 수도 있었을 것이다. 그렇지만 아내 홍순희는 친정 부모의 심성을 그대로 이어받았음인지 바보같이 살았다. 물론 천한 장사일 수도 있는 생선 인꼴이 장사꾼으로 사는 바람에 멋을 부릴 수가 없었기는 해도 말이다. 어떻든 아내는 그렇게 살았기에 어디다 내놔도 멋진 지금의 진수를 만들었다.

"인정해 주시네요."

"어떻게 인정을 못 해요. 그런데 거제 포로수용소에 가 보니 내가 없었어요?"

"전사는 아니고 살아 있다는 말을 들었으니 다행이다 했지요."

"살아 있다 해도 인천에 있을 거라는 생각은 못 했지요?"

"인천에 살고 있을 거라는 생각을 어떻게 해요."

"그렇겠지요. 말하는 사람이 엉터리네요."

"영감을 찾으라는 하나님의 계시인지는 몰라도 그냥 온 거예요."

"그래요?"

"나는 그렇게 생각해요."

"당신 말대로 우리의 만남은 하나님의 계시가 맞는 것 같네요. 그러나 생선 인꼴이 장사는 거제도에서도 할 수 있었을 텐데요?"

"내가 말 안 했나요? 잠시 머물러 있던 집에 온 손님이 구박하는 말을 하는 바람에 생각도 없이 인천행 기차를 탄 거라고⋯?"

"내가 말하는 것은 그게 아니요."

"그러면은요?"

"생선 인꼴이 장사를 할 거면 거제도에서 할 수 있었을 텐데, 인천에까지 왔냐는 거지요."

"아까 말했잖아요. 영감을 찾으라고 하나님께서 보내신 거라고요."

"병든 나를 돌보라고요?"

'기적이든 아니든 잃어버린 남편을 찾았으면 함께 지내는 것은 지극히 당연한 일 아니요. 그러함에도 이미 다른 여자의 남편으로 살아가고 있으니 어쩌지 못하고 쳐다만 볼 수밖에 없었다면 당신은 얼마나 힘들었겠소. 인정하겠지만, 당신만 힘들었던 게 아니요. 우리는 중신 할머니 소개도 아니고 궁합으로 맺어진 그런 부부도 아니잖아요. 기억이지만 장인어른은 나를 사위 삼을 마음으로 불러주시기도 하셨소. 그리고 우리는 서로가 좋아했지 않았소. 그렇게 좋아하는 것을 어른들이 보시고 허락하셨는지는 몰라도 부모님들이 쉽게 혼인을 시켜주신 것이요. 다 지난 일이기는 하나 첫날밤 기

기적이 찾아준 남편

억이요. 혼례식은 지방에 따라, 벼슬 집이냐 평민 집이냐에 따라 다르겠지만, 우리는 복잡한 혼례 절차는 없앤 혼례식을 올렸소. 그것은 양쪽 집안이 모르는 사이도 아니고 한동네 집안이기 때문이었던 같소. 혼례식 후속 절차로 신랑은 신부 옷고름을 풀어주고, 신부는 신랑 허리띠를 풀어주는 그런 순서였소. 또 각각 다른 베개가 아니라 둘이 함께 베는 베개를 만들어 주었소. 한쪽은 수복(壽福), 한쪽은 다남(多男). 이렇게 말이요. 그래서 우리는 헤어질 수 없는 부부인 거요. 그런데도 다른 여자의 남편이라는 이유로 만나도 도둑고양이처럼 몰래 만나다니요.'

"영감 생각은 어떨지 몰라도, 나는 저쪽이 고마워요."

"그래요?"

"가끔이기는 했지만, 영감이 찾아온 것을 눈치챘을 텐데도 말이 없었어요. 그래서요."

"아무나 못 할 생각인데 당신은 하네요."

"그런데 내가 본처라는 것을 어떻게 알았을까요?"

"당신한테 몇 번 왔을 때 다가오더니 물어요."

"뭐라고 물어요?"

"당신 총각이 아니었지요? 그렇게 물어요."

"그래서 총각이 아닌 것은 맞다고 솔직하게 말했겠네요?"

"감출 이유가 없었지요. 어차피 고향에는 못 갈 텐데요."

"그러면 총각이 아님을 냄새로 알아낼 수는 없었을 텐데, 영감이 총각이 아님을 어떻게 알아냈을까요?"

"이건 짐작이지만, 우리가 처음 만나는 장면을 누군가 보고 아내에게 말했지 않았을까 싶네요."

"그럴 수도 있겠지만."

"처음에는 총각이 아니지요? 그랬는데 한참 있다가, 북한에 두고 온 마누라를 만난 거지요? 그렇게 말하더라고요. 그래서 총각이 아님을 알아버렸구나 했지요."

"그것으로 끝이었어요?"

"그렇게까지 말을 해서 가만히 있었더니, '알았어요.' 하더니 밖으로 나가요."

"밖으로 나갔다가 금방 들어는 오고요?"

"금방은 아니나, 한 십여 분 정도에 들어오더니 밥 사 먹으러 가자고 하데요."

"십여 분 정도 후에 들어와 밥 사 먹으러 가자고 했다고요?"

'그래요. 영감이 포로병이라 총각이 아닐 거라는 것을 늦게나마 이해를 했다는 거 아니요. 그게 아니면 심하게 몰아세워서는 애들 학비 등 돈 쓸 곳이 많은 형편에 영감은 월급을 가져다주는 돈줄이기도 할 텐데, 그런 남편을 본처에게 빼앗기게 될 수도 있다는 그런 생각은 아니었을까 싶네요. 남편이지만 돈을 안 버는 것이 아니라 돈을 벌고 싶어도 건강이 나쁘다는 이유로 돈을 못 벌기라도 하면 남편을 식은 꽁보리밥 취급하듯 한다는 그런 세상 아니요.'

"그래요."

"내가 본처이기는 해도 서로를 위해서는 나타나지 말았어야 했는데, 나타났나 보네요."

"나타나지 말았어야 했다니요. 그런 말은 듣기에 안 좋네요."

"듣기 좋은 말은 아니겠지만, 사실인 것은 맞잖아요."

"사실이요? 진실은 필요 없고요?"

"진실이요?"

"그래요. 진실이요. 내가 비록 병들어 누워 있기는 해도 당신과 정담을 나눌 수 있다는 것이 진실인 거요."

설명까지 필요하겠는가마는 보이는 것이 사실이고, 진실은 바라는 내면인 것이다. 그런데도 아닌 모습을 보고는 어떤 인간이라고 평가를 해버리는 경우가 많다.

"사실이고 진실이고는 우리가 따질 문제는 아니고, 더는 아프지 말아요."

"이 나이에 병이 드는 것은 어쩌면 당연할 것이나 당신을 힘들게 하네요."

"힘들 것 없어요. 그런 걱정은 말아요."

"고마워요"

"고맙다는 말 자꾸 하시는데, 난 아니에요."

'보다 나은 사회를 위해 자신이 존재한다는 것을 한시도 잊지 말라.' 이런 말은 지식에서 나온 말이 아니다. 어떤 정신에서 나온 말이다. 강인한 정신은 세상 지식과는 별개다.

"고맙다는 말을 어찌 안 할 수 있겠소. 우리 진수가 잘하고 있는 것은 그냥 된 것이 아니요. 당신의 공이요."

"나야 밥만 먹여 주었는데, 공은 무슨 공이요."

"당신 공이 아니고는 우리 진수가 그렇게 잘할 수 없어요. 나 그렇게 생각해요."

"우리 진수가 잘하는 것은 아버지 유전자를 이어받아서이지요."

잘 커 준 아들에 대한 홍순희 말이다.

"내 유전자를요?"

"그래요."

"내가 무얼 잘했기에 당신은 그런 말을 다 해요."

"아니에요. 어쩔 수 없게 된 것 때문이지, 당신 총각 때를 보면 누군가를 위하고 싶어 했어요."

"그렇지 않은 것 같은데, 당신이 나를 너무 높이 평가해 주는 것 같네요."

"아니라고 하시겠지만, 사실인걸요."

아내 홍순희 말이다.

"나 다른 것은 몰라도 혼인하고 달콤하게 살아보기 전에 군대에 가야 해서 얼마나 속상했는지 몰라요."

"제대할 때까지는 색시를 못 볼 것 같아서요?"

"말해 뭘 해요."

"나도 당신을 군대에 보내 놓고 많이 울었어요."

"울기까지요?"

"어디 울기만 했어요. 당신이 군대 가고 얼마 안 있어 진수가 태어났지만, 보여 줄 수도 없고 얼마나 속상했는지 몰라요."

"남편도 없는데 그랬겠네요. 그런데 진수는 어떻게 키웠어요?"

"어떻게 키우기는요. 굶기지 않고 먹이면 스스로 크는 거지요."

"진수를 그렇게 키우다 말고 함부로 넘을 수 없는 삼팔선을 넘었는데, 무섭지는 않았어요?"

아내가 말해서 안 얘기지만, 돌아와야 할 남편이 돌아오질 않자 급기야 남편을 찾으러 부모님께 말씀도 못 드리고 삼팔선을 넘은 것이다. 삼팔선을 넘는 것은 죽느냐 사느냐 하는 문제다. 생명을 담보로 하지 않으면 넘을 수 없는 삼팔선이다. 그런 무시무시한 삼팔선을 아내는 감히 넘었고, 오늘을 만들어냈다. 씩씩한 남자도 아니면서 갓난아이까지 들쳐업고 삼팔선을 넘다니. 물론 이십 대 초반 나이기는 했어도 말이다.'

"무섭지, 어찌 무섭지 않았겠어요."

"무서울 것은 당연했을 텐데, 무서웠냐고 묻는 내가 잘못이네요."

"그런데 내 얘기 더 들어보세요. 노란 줄 하나짜리 군인이 다가오데요. 그래서 '붙잡히고 말았구나.' 그러고 서 있는데 노란 줄 세 개짜리가 그냥 보내라고 하데요."

"그때는 간이 콩알 만큼이었겠다."

"짐작이지만, '쉽게 넘을 수 없는 삼팔선을 애기까지 들쳐업고 넘겠나.' 그런 생각에서 보내 주었겠지요."

"어떻든 그렇게 해서 삼팔선을 넘기는 했지만, 찾아갈 곳도 없었을 텐데요?"

"찾아갈 곳이 어디 있어요. 그래서 우선 동네에서는 제일 큰 집을 찾아갔지요."

"여보, 그런 얘기 오늘은 그만 해요."

'그런 얘기는 더 들을 수가 없을 것 같아요. 스스로 해결해야 할 대소변조차도 해결 못 하고 당신이 받아내게 하는 지금의 상황에서 고생이 많았다는 말조차도 못하겠소. 생각을 해보면 당신이 삼팔선을 넘을 때쯤 나는 잘 먹고 있었을 때였을 거예요. 물론 포로병이라는 입장을 망각하지는 않았지만 말이요. 아무튼 그때는 이승만 정부 정책에 의해 거제 포로수용소를 나와 동네로 배치된 상태에서 밥을 얻어먹던 때였을 거요. 그렇게 얻어먹는 밥이지만 비렁뱅이처럼 얻어먹은 게 아니라, 음식 솜씨를 발휘해서 맛있게 끓인 생선찌개를 대접받았소. 그것만이 아니었소. 시집갈 나이의 아가씨가 상냥한 표정일 때는 정신이 온전치 못했던 것 같아요. '어머니가 담근 술인데 한잔 드세요.' 아가씨는 부끄럼도 없이 말해서 '저는 술 못해요.' 그렇게 말하니, '술을 못 하시는 분도 계시네요?' 그러면서 그 아가씨는 나를 빤히 보는 거요. 그래서 눈이 마주치기도 했어요. 그 아가씨가 마음에 들었기에 만약 혼인하자고 했다면 두말이 필요 없을 거예요. 그러니까 당신이 그토록 고생할 때 나는 호강했던 것 같네요. 당시를 말해도 화낼 당신이 아니기는 해도 말이요.'

"듣기 싫어요?"

"듣기 싫은 게 아니라, 멀쩡한 귀로는 너무도 기막힌 얘기라…."

"그러면 진짜 궁금한 게 있는데 말해 줄래요?"

"말 못 할 이유야 없겠지만 궁금한 게 뭔데요?"

"새장가 든 이유 말이에요."

"새장가요?"

"그러면 새장가지, 어디 재혼이에요."

"그럴 것 같기는 하나, 나 많이 울었어요."

"두고 온 마누라 땜에요?"

"홍순희가 아니면 무엇 때문이겠어요."

"그런 말은 내가 듣기 좋으라고 하는 말 아니지요?"

'듣기 좋으라고 하는 말 아니지요? 말은 그렇게 했으나 내가 기다리던 마음까지는 아닐지라도 집에 돌아갈 수 없게 되었다면 영감은 얼마나 기가 막혔을까요. 전쟁, 전쟁… 인간 세상에 그 어떤 명분으

기적이 찾아준 남편

로든 존재해서는 안 될 전쟁. 멀쩡한 우리까지 갈라놓는 무지막지한 전쟁. 영감? 우리가 영영 헤어질 수도 있었는데, 늦게라도 만나니 다행이 아닐 수 없네요.'

"새장가 말이 나와서 말인데, 마을 생활 형편 정도에 따라 다섯 명이나 여섯 명을 배치했는데, 우리 조는 여섯 명이었어요."

"여섯 명이면 숫자가 많은데, 여섯 명이 잘 만한 방이 있기는 했고요?"

"비좁기는 하나 정해준 방이 있어요."

"비좁으면 얼마나 비좁은데요?"

'혼인하기 전, 나 혼자 자던 방으로 남편이 도둑고양이처럼 와 주었던 기억이 난다.'

"네 명이 누우면 될 그런 방이었는데, 방을 따뜻하게 지필 땔감이 부족했는지 비워둔 방을 사용했어요."

"그러면 잠만이라도 춥지 않게 자야 할 텐데, 땔감은 어땠어요?"

"땔감은 동네 사람들이 가져다주기도 했어요."

"그러니까 춥지는 않았다는 거네요?"

'춥지는 않았다는 거네요?'라는 말은 '춥지 않게라도 지냈어야요.'라는 생각에서 하는 말일 것이다.

"방이 비좁기는 했어도 모두가 같은 처지라 이해하고 지냈어요."

잠만 같이 잘 뿐 낮에는 각기였다. 물론 일꾼이 많이 필요한 농사철에는 함께했지만 말이다. 임시로 있는 처지라 그랬을까. 아니면 품삯이 없다는 이유였을까. 감당하기 어려운 일까지 시키지는 않았다. 그렇지만 지게도 져 봤다. 지게는 고향에서도 져 보기는 했으나, 본격적으로 진 것은 데릴사위로 들어갔을 때부터다.

"다투지는 않았어요."

"안 다투었어요. 다툴 일이 없기는 해도요."

"그래요, 같은 처지들인데요."

"좁은 방 때문에 다투기라도 했는지 알아보려는 것은 아닐 테지만, 동네 반장이 늘 와 보기도 했어요."

당시 밥줄 집에서는 하루 세 번씩 밥 먹으라고 데리러 온다. 그렇기도 하지만 해당 동네 반장도 매일 찾아와 '잠은 따뜻하게 잘 잤어요?'라는 인사말을 건네곤 했다. 그러니까 포로병이라고 홀대는 없었다. 순박했다.

"그랬었군요."

"그런데 지금의 아내 아버지가 딴생각을 가졌는지 가벼운 일인데도 특별히 나를 불러 일을 시켜요."

"시집갈 딸이 있으면서 특별히 불렀다면 감이 잡혔겠는데요."

"감이 잡히기는 했지요. 그렇게 감이 잡혔던 것은 뭘 가져다주어도 꼭 딸을 시켜요."

"기분 좋았겠다."

"미안한 말이지만, 아가씨가 가까이 오는데 기분이 나쁠 수가 있겠어요."

"이해해요. 총각이 아닌 총각인데요."

"총각이 아닌 총각?"

"안 그래요? 장가든 몸이라고 말 안 했다면 말이오."

'포로병으로 고향으로 되돌아가기는 이미 틀린 줄 알면서 이미 장가든 몸이라고 말하겠는가. 그러나 마음만은 편치 못했을 것은 짐작할 필요가 없을 것 같다. 우리의 혼인은 중신 할미가 연결해 준 그런 혼인이 아닌 것이다. 부모님들끼리 좋다고 해서 이루어진 혼인이다. 그래서 우리 둘은 떨어져 살 수 없는 정으로 뭉쳐진 부부이기 때문에, 남편은 울기까지는 않았다 해도 생각이 복잡했으리라. 이렇게 이 홍순희 말고 다른 사람은 아마 없었을 것이다. 어떻든 그렇게, 그렇게 살다 보니 노인이 되고 말았지만, 이런 얘기도 오늘로 마지막이 될지도 모르겠다.

우리는 무병장수를 말한다. 그래, 세상에 인간으로 태어난 이상 무병장수를 바라는 것은 당연할 것이다. 그러나 무병장수를 누린 사람이 있다면 몇이나 될는지 궁금하다. 그렇게 보면 대소변까지 받아낼 정도로 누워만 있기는 해도 어디 우리 영감만이겠는가. 위로가 된다. 만약 반대의 경우면 영감도 지금의 나처럼 할 것은 묻지 않아도 될 것이다. 이런 문제에 있어 감사한 것은 구린내가 나기는 해도 싫지가 않다는 것이다.'

"어떻게 말해요. 당신에게는 미안하지만 혼자 살 생각이 아닌데요. 혼자 살 수도 없는데요."
"그러니까 지금의 마누라가 좋았다는 거잖아요."
"좋기는요, 생각을 해 봐요. 오갈 때 없는 처진데요."
"영감은 그렇게 말해도 얼굴 보니까 아닌 것 같은데요."
'얼굴 보니까 하는 말은 한번 해 본 말이다. 그것을 영감은 알고도 남을 것이지만 말이다. 그래, 이젠 다 지나간 전날 얘기가 되고 말았지만, 생각을 해보면 오갈 때 없는 포로병이 혼자 어떻게 살아가겠는가. 말도 안 된다. 그렇지만 얼굴 펴라는 의미로 한 말이다.'

"그때를 얘기하면, 연속으로 일주일을 일을 시키더니 장인이 물어요. '서인규 씨 자네 혼자 살아서는 안 되겠지?', '그렇기는 하지요', '그러면 내 사위로 살아주면 어떨까?', '제가 아저씨 사위로요?', '그러면 여기에 누가 있어.', '감사합니다. 그렇지만 생각을 해보고요.', '생각은 무슨 생각. 생각할 것 없어. 우리 딸도 자네를 좋아하는 것 같아.', '따님이 저를요?', '우리 딸이 자네를 좋아한다는 것을 못 느껴?', '거기까지는 잘 모르겠는데요.', '그러면 자네 혹 써먹지 못할 사람은 아니겠지?', '혹 써먹지 못할 사람이라뇨?', '말하자면 고자 말일세.', '고자가 군대 갈 수 있나요.', '그래, 고자가 군대 못 가겠지. 아무튼 멀쩡하다니 됐어.', '허허. 그것만 멀쩡해서는 안 될 텐데요.', '우리 집은 남자면 돼. 딴 거 필요 없어.', '저는 아무것도 없는 포로병이라는 것을 아시지요?', '그걸 누가 모르나.', '아시면서까지…', '우리 집 사정을 인규 자네는 모르겠지만, 딸만 여섯이야.', '그러세요. 따님이 여섯이라는 말씀은 처음 듣습니다.', '처음 듣다니. 우리 집에서 밥이나 몇 끼 먹었을 뿐인데, 우리 집 사정을 인규 자네가 어떻게 알겠어. 안 그래?', '그렇기는 하지마는…', '다른 얘기할 것 없어. 우리 집사람과 의논이 된 거니 그리 알아.', '아이고…', '아이고는 무슨 아이곤가. 이 딸이 마지막이야.', '아, 예.', '이 딸까지 시집을 보내고 나면 나는 아무도 없어. 그래서 함께 살아주면 해.', '저보다 나은 사람이 있을 텐데요.', '자네보다 나은 사람?', '예.', '농사꾼이기는 해도 나도 사람 볼 줄 알아. 우리 딸이 영 싫으면 모를까. 인규 자네를 믿어. 무슨 말인지 알겠어?', '감사합니다.', '그러면 허락한 줄 알고 낼부터 내 사위가 되는 거야.', '낼부터요?', '짐이 있겠는가마는 인규 자네 것이면 다 챙겨서 와. 알았어?', '그러면 잠은요?', '그것까지 말해

기적이 찾아준 남편

야 해?', '같이 살라고요?', '그러면 자식 안 둘 거야?', '거기까지는 아직 아닌데요.', '인규 자네 고자가 아니라고 했잖아.', '허허허.' 웃을 것 없어. 인규 자네가 원한다면 결혼식도 올려야겠지만, 아니면 그냥 살면 돼.', '결혼식이 필요 없기는 하지요. 그렇지만 생각할 시간은 주세요.', '생각은 무슨 생각. 그러면 데릴사위라?', '그냥 살면 데릴사위가 되는가요?', '그렇게 볼 수도 있겠지만, 흉은 아니야. 전 사람들도 그렇게 살았으니까.' 그렇게 해서 살게 된 것이 오늘까지 온 거요."

"결혼식도 없이 그렇게 산 거예요?"
"그냥 살 수 있겠어요."
"그러면 결혼식 형식이라도 치렀다는 거 아니요?"
"결혼식이라고 말하기는 아닌 것 같고, 동네 사람들 불러 '서인규가 오늘부터 우리 사위입니다.' 하고 점심 먹고 헤어진 거지요."
"그러니까 사모관대, 쪽들이 그런 것 없이요?"
"내가 사모관대 쓰면 되겠어요. 당신과 이미 사모관대를 썼는데요."
"나하고는 그랬다 해도, 여기서는 총각인데요."
"총각이요?"
"장가를 들었던 몸이라고 말 안 했을 테니 말이요."
"처가에서는 총각으로 알았겠지요. 아니, 총각이 아니라고 했어도 아무도 없는데 그걸 굳이 따지겠어요."
"그런데 딸만 여섯이고 다들 시집갔다니…. 동서들로 따지면 영감이 막내 동서 아니요."

"그렇게 보면 막내 동서지요."

"내가 '막내 동서'라 말하는 이유는 동서들끼리 만나 술 한 잔씩도 나누고 했냐는 거요."

"그런 일은 단 한 번도 없었어요."

"그래요? 왜요?"

"왜요가 아니라, 몇십 리들 떨어져 살았기에 술 한 잔씩 나누기는 그만두더라도 만날 기회도 없었어요."

"그래요? 동서끼리는 친형제들보다 더 다정하다는 것 같은데 그랬네요."

"큰일 치를 때나 만날 뿐이었어요."

"그러면 마누라 형제들 끼리는요?"

"당신은 별거 다 묻는데 마누라도 마찬가지였을 거요."

"형제지만 만나지도 못했다고요?"

'만나지도 못하는 형제들이라는 말을 하고 보니, 두고 온 동생들 생각이 난다. 다섯 남매들 중 나는 맏이로 혼인을 했다. 그렇지만 멀리 사는 남자가 아니라 한동네 남자와 했기에 친정 식구들은 내 집처럼 왔다 갔다 했다. 나도 마찬가지였지만 말이다. 이제 동생들도 노인이거나 노인 길에 들어섰겠지만, 건강은 괜찮으며 쌀밥 먹기까지는 아니어도 밥은 굶지 않는지 알고 싶다. 보도가 사실인지는 몰라도 고난의 행군이라고 해서다. 고난의 행군이란 뭔가? 먹을 것이 없어 굶어 죽는 것을 말함이 아닌가. 어디 곱게 죽는 주검도 있을까마는 같은 죽음이라도 굶어 죽는 죽음은 처참하기 그지없을 텐데…. 너무 잘 먹어 살을 빼기 위해 돈을 들이기까지 하는 남한 사회에서 듣게 되는 비참한 북한 체제. 그런 비참한 체제에서 살아

기적이 찾아준 남편

가야만 하는 형제들에게 쌀가마니라도 주고 싶다. 그렇지만 도저히 줄 수가 없다는 것이 매우 안타깝다. 사상적으로 멀어진 남과 북이라는 이유겠지만 말이다.

동생들아! 농사지을 땅도 부족한 데다 이모작을 할 수 없는 기후 조건에서 먹을 것이 턱없이 부족할 텐데, 어떻게들 살아가니? 전할 수는 없지만 소식도 없고 말이다. 내가 살아 있는 동안은 무너지지 않을 것 같은 삼팔선. 있는 정 없는 정, 그런 정을 나누며 살아가야 할 인간의 삶을 무참하게 짓밟고 있는 삼팔선. 삼팔선이 무너지지 않은 철옹성이고 아니고는 통치자의 손에 전적으로 달려 있지만, 삼팔선이 무너지기 바라는 마음은 통치자 말고는 모두일 것이다. 나도 그들 중 한 사람이니까. 국가 통치는 일반 상식을 뛰어넘는 고도의 능력을 필요로 할 것이다. 그렇지만 궁극적으로는 인민을 살리자는 데 있지 않겠는가. 인정 못 할 이유는 없겠지만, 인정한다면 때로는 모르는 척 눈을 감아주는 것도 필요하지 않을까? 다른 사람들도 마찬가지이지만 우리 형제들 밥걱정 만이라도 않게 해 주면 좋겠다. 이런 생각도 젊어서는 못했다가 노인이 되고 보니 인생은 짧다는 생각이 들어서 하게 된다.'

"장인, 장모 회갑 때, 두 분 장례 치를 때 만났다고 보면 돼요."
"그러니까 무늬만 동서들이네요?"
"만나면 인사말도 '그동안 잘 살았는가.' 그런 정도의 말뿐이었어요."
"그렇기는 하겠네요. 이렇게 누워 있는 줄 알 텐데, 누구 한 사람 찾아오는 동서들이 없으니 말이요."

"찾아올 수도 없어요."

"왜요?"

"다들 죽고 없는데 누가 오겠어요. 안 그래요?!"

"다들 죽고 없다고요? 그렇기는 하겠네요. 손윗동서들이니까."

"제일 늦게 죽은 동서는 둘째 동선데, 그 동서는 내가 아프기 전에 죽었어요."

"그러면 살아 있는 동서는 막내 동서인 당신뿐이네요?"

"생각을 해보면 이렇게 누워 있기는 해도 명은 내가 가장 길다고 해야 할까 그러네요."

"영감!"

홍순희는 저쪽 얘기는 이쯤으로 하고, 다른 궁금한 얘기를 듣고자 한다.

"왜요?"

"그런데 같이 있던 사람들은 어떻게 됐어요?"

"어떻게 됐는지 내가 어떻게 알겠어요."

"'어떻게 알겠어요.'라는 말은 얘기를 그만하자는 거요?"

"그건 아니지만 내가 말 잘했네요. 당신 그동안 못다 한 얘기 듣고도 싶은데."

'대답하기 곤란할 수도 있는 궁금증이지만, 생선 인꼴이 장사를 하기는 해도 예쁜 젊은 여자라 처다봤을 남자도 있을 터였다. 그렇다면 나보다 멋진 남자도 보이지 않았을까? 그러면 그때는 어떤 생각이었을까?'

"내 얘기 듣고 싶으시면, 이 얘기 다음에요."

"그래요. 그냥 뿔뿔이 헤어지고 말아서 궁금할 뿐이지요."

기적이 찾아준 남편

'나도 마찬가지지만, 한 명씩 없어지더니 몇 날이 못 되어 다 없어진 것이다. 물론 나름의 살 만한 곳을 찾아갔겠지만 말이다. 이런 문제는 이승만의 포로 석방 결단과 연관 지어 생각을 할 수 있을 것이다. 포로 석방이 어떻게 이루어졌는지 설명 자료를 살피면 되겠지만, 전쟁 문제와 절대적으로 관련되어 있을 것이다. 나도 그중 한 명이다. 세상을 떠나기 직전에 있기는 해도 말이다.'

"그랬군요."

"생각을 해보면 임시이기는 해도 잠을 잘 수 있는 집 주소를 가지고 있다가 만날 수도 있었을 텐데 말이요."

"그런 생각도 지금의 생각이지요. 그런 생각을 왜 못했는지 몰라요."

"뿔뿔이 헤어지기는 했어도 잘들 살기라도 해야 할 텐데 말이요."

'생각을 해보면 군인이 아닌 여자이기는 해도 나도 북한을 탈출했으니, 포로들이나 마찬가지인 삶으로 봐야 할 것 같다. 그것은 친인척은 물론이고 그동안의 동네와 친구도 잃었기 때문이다.

"그래요. 나처럼 아프지 말고 호강들 했으면 좋겠네요."

'포로병으로 함께 지냈던 당시 사람들은 지금쯤 어떻게들 살아갈까. 나처럼 병들지 않고 건강들은 할까. 건강하다 해도 젊음은 세월이 가져가 버리고 노인들이 되었을 것이다. 물론 죽지 않고 살아 있다면 말이다. 그래, 다른 포로병들 이름은 잊어버렸으나 장가들어 아이까지 두었다는 맹정식은 잊혀지지 않는다. 맹정식은 장가를 든 내 처지와 같다는 이유로 많은 얘기를 주고받곤 했기 때문이다. 맹정식은 칠 남매 중 넷째라고 했다. 그러면서 자기 여섯째 동생도 소년병으로 군대에 갔단다. 그렇게 군대에 갔지만 아무 탈 없이 건강한 몸으로 제대를 했으면 좋겠다면서 울곤 했다. 그랬던 맹정식도 지금의 나처럼 데릴사위로 살아갈까 모르겠다. 당시 사회적 분위기로 봐 맹정식도 과수댁 남편이나 데릴사위로 갔을 가능성이 매우 높다. 데릴사위라고 해서 다는 아니겠지만, 내 경험으로 봐 데릴사위는 머슴이나 다름이 아니지 않은가. 데릴사위로든 과수댁 남편으로든 자식을 두었을 텐데, 자식을 두었다면 몇이나 두었으며 자식들로부터 효도는 받을까? 또 마누라로부터도 우리 남편이라는 대접은 받을까?

맹정식에게 진짜 궁금한 것은 북한에 두고 온 마누라가 내 본처 홍순희와 같이 삼팔선을 넘었을까 하는 것이다. 내 본처 홍순희처럼 죽으면 죽으리라는 생각까지는 못했을 것이다. 남의 사정을 어떻게 알겠는가마는 말이다. 그러나 남북 이산가족 상봉 신청을 해서 북한에 두고 온 마누라와 자식을 만나는 봤을까? 만났기를 바라지만, 만났다면 무슨 말을 했을까? 많이도 그립다. 부모 형제를 두고 온 고향. 건강상 대소변까지 받아내야 할 만큼으로 누워만 있으니 삼팔선이 무너졌다 해도 고향으로 달려갈 수는 없겠지만 말이다.'

"만날 생각이 있으면 지금도 늦지는 않았을 텐데요."

"늦지 않다니요?"

"말만 듣고는 있지만, 사람 찾아주는 곳도 있다고 해서요."

"그것은 헤어진 가족 찾아주기에요. 주고받을 내용이 없을 남남도 있기는 해도요."

"알고는 계시네요. 혹 모르는가 해서 한번 해 본 말인데."

"돈도 좀 있고 그러면 자랑하는 마음으로 찾아볼 수도 있겠지요. 그러나 당신 자랑, 우리 진수 자랑밖에 나는 없는데요."

"얘기를 잘하다가 엉뚱한 말씀을 하세요?"

"여보, 당신 손 좀 주어요."

"손이요?"

그러면서 아내 홍순희는 누워만 있는 남편 서인규 씨에게 손을 준다. 남편 서인규 씨는 아내 홍순희 손을 자기 뺨에다 대고 눈물을 보인다. 아내 홍순희도 눈물을 보이고 말이다. 6·25 전쟁으로 인한 억울한 눈물. 이런 억울한 눈물을 누가, 어떤 방법으로 닦아줄 건가. 그 무엇으로 말이다. 오! 삼팔선이여, 삼팔선이여!!!

"많이 울었어요?"

아내 홍순희가 남편 서인규 씨 눈물을 닦아 주면서 하는 말이다.

"내가 울었다고요? 나 안 울었는데요."

말은 그랬지만 아내 홍순희 앞에서만은 울지 않으려고 했는데 울게 된 것이다.

'홍순희가 며느리로 와 주었다고 아들인 내 앞에서까지 좋아라 하시던 우리 부모님. 꿈에서라도 뵙고 싶다. 정말이다.'

"울고 안 울고는 그만두고 지금까지 하던 얘기나 하세요."

"그럴까요. 그렇지만 생활 형편이 넉넉할 정도라야 그런 생각도 들지 않겠어요."

"우리부터요?"

"우리부터가 아니라 데릴사위로 있을 땐 세끼 밥 먹기도 벅차서 핑계지만 그런 생각도 못 했지요."

"그건 그렇고 장모님은 어땠어요?"

"장모님이요?"

"예."

"장모님은 이렇다 저렇다 그런 말씀은 없고 그냥 잘만 해 주신 것 같아요."

"말씀은 없다 해도 장모는 딸보다 사위를 더 좋게 대한다던데요."

"잘만 해 주신 것이 그런 마음이었을까요?"

"여자의 마음을 그렇게도 몰라서는 안 되는 건데. 영감도 그랬네요."

"당신 말을 들으니 맞는 말 같네요. 아이고, 장모님 죄송합니다."

"장모님 죄송합니다. 하는 말을 하려면 장모님 묘에 가서나 해야 할 게 아니요. 그러려면 그만 일어나세요."

'그만 일어나세요.'라는 말을 해놓고 보니 하지 말아야 할 말을 해 버렸다는 표정이 어린다. 홍순희는 영감의 손등과 옷소매를 만지작거린다. 그렇다. 이런 일이 아니어도 힘들어하는 사람에게 상처가 될 수 있다.

"장모님 묘까지는 아닌 것 같고, 감사했다는 마음이라도 전해 드리고 싶네요."

지금이야 안 계시겠지만, 고향에서는 첫 사위라고 장모님은 맛있는 것을 만들어 주시면서 많이 먹으라고 하셨다. 우리 부부는 한동네에서 같이 자라 혼인을 한 사이라 사위와 장모 사이가 되기 전까지는 "인규야!" 이렇게 이름을 쉽게 부르시곤 하셨지만 말이다. 군대에 갈 때는 멀리까지 배웅하셨던 것 같다. 멀리까지 배웅하신 것은, 당분간이겠지만 내 딸을 혼자 두어서는 안 되는데… 하는 마음이었을 것이다. 오래까지는 아닐지라도 혼자 두어서는 안 되는데, 그런 마음 말이다. 그런데 어찌 된 셈인지 제대가 아니면 휴가라도 받아 돌아올 때가 됐음에도 영영 돌아오지 않는 것이다. 때문에 결과적으로는 혼인한 딸이 과부가 아닌 과부가 되어 버린 것 아닌가. 아내가 그렇게 되어 버렸으니, 장모님은 친정 부모로서 사돈 어른들 뵙기가 미안을 넘어 만나는 것조차 두렵기까지 하셨을 것이다. 어디 장모님만 그렇겠는가마는 말이다. 그래, 이런 억울한 일이 또 있겠는가마는 살날이 얼마 남지 않은 것 같다. 대소변을 받아내야만 되는 환자로 십여 년 가까이 누워 있으니 말이다.

"친정어머니는 맛있는 거 만들어 주려고 하셨던 같은데, 영감은 그걸 아세요?"

"그걸 내가 모를 수가 있겠소. 그것이 딸이 보기엔 좀 아니다 싶었는지 당신 입이 나오기도 했던 것 같지만 말이요."

"그러니까 아무리 엄마지만 내 남편을 엄마가 더 좋아해서는 안 된다는 그런 생각이었겠지요."

"그랬을까요?"

"그랬을까는 모르겠는데, 여기 장모님은 그냥 데릴사위로만 살다 보니 애들이 태어나게 되었고 나이만 먹은 거요."

"바가지는요?"

"마누라 바가지요? 그런 거는 없었던 것 같아요."

"바가지가 없었으면 화낼 일도 없었겠네요."

"내가 언제 화를 내보기는 했나요?"

"달콤하게 살아보려고 할 때 군대에 가버렸으니, 화낼 시간도 없기는 했지만 말이요."

"화내는 사람은 아니겠지만, 난 본시 야무진 성격이 못되잖아요. 그것을 당신도 잘 알면서 그러네요."

"어떻든 저쪽에 남겨 놓은 거라고는 자식들만이네요."

아내 홍순희 말이다.

"그런지 모르겠는데, 오늘 얘기는 여기까지만 할게요."

"그래요. 영감한테 궁금한 게 많지만 다음에 합시다."

"어떻든 나는 당신한테 대접만 받고 가게 될 것 같네요. 미안해요, 여보."

"대접만 받고 갈 거라는 말 말아요. 이렇게라도 더 오래 계셔야 해요."

그동안 다른 여자의 남편으로만 살다가 대소변을 받아내야 할 때에서야 비로소 내 남편으로 와 준 것이다. 병이 들어서야 왔지만 이런 시간도 얼마 귀중한 시간인가. 생각을 해보면 둘째가 생기기까지 가끔은 내 어려움을 달래주기도 했지만 정담까지는 얼마 만인가. 그러나 먹는 음식을 보면 삶이 얼마 남지 않은 느낌이라 홍순희는 눈으로 누워만 있는 남편을 내려다본다.

"당신이 귀찮을 텐데도요?"

"귀찮기는요. 그런 말 말아요. 이런 시간이 언제 올까 했어요."

"다 지난 얘기지만, 총각 시절 나는 당신이 너무도 예뻤어요."

"전날은 예뻤는데 지금은 아니라는 거요?"

"그건 아닌데 내가 말 잘못했나요."

"어떻든 그래서 집 앞에서 얼쩡거렸어요?"

"얼쩡거렸냐는 말은 좀 그러나 그랬지요."

"나도 알아요. 지금 세상 같으면 '인규 오빠~! 왜 그렇게만 서 있는 거야. 들어와.' 그랬을 텐데, 남녀칠세부동석이라는 사회적 분위기 땜에 그러지도 못했어요."

"나는 아닌 줄 알았는데, 그랬었구먼요."

"아닌 줄 알았다면 서운한데요."

"그러니까. 문을 열어준 것이 바로 그 때문이었군요."

"그렇기는 하네요. 도둑고양이처럼 만나기는 했어도."

"도둑고양이처럼이요?"

"그런 도둑을 당신은 왜 내쫓지 않았어요?"

결국은 혼인을 하고 말았지만 아내가 열일곱 살 때 기억으로 그때를 생각하면, 난 홍순희가 너무도 좋았던 것 같다. 혼자 자는 홍순희를 품어보지 않고는 잠을 이룰 수가 없었다. 남자라는 표시를 홍순희에게 확인 시켜 주고 싶었다. 남자로서 예쁜 여자를 보고도 무감각일 수가 있겠는가마는 말이다.

"아니 누가 들을까 싶네요."

아내 홍순희 말이다.

"들으면 흉이라도 된다는 거요?"

"그건 아니지만 좀 민망해지네요."

"당신 밭이 좋아 잘 자란 진수가 이제는 중년을 넘어 노년 길에 들어서네요."

"씨를 잘 심어 주어 그렇게 된 것이지, 밭이 좋아서는 아닌 것 같은데요."

"아무튼 그런 도둑질도 이젠 할 수가 없게 됐네요. 허허…"

우리 진수는 더 없는 효자다. 남들 앞에서 자식 자랑은 팔불출 말을 듣는다지만, 우리 진수는 자랑할 만하다. 그것은 저쪽에서 낳은 자식들이라고 거리를 두기는커녕 잘살게까지 해 주었으니 말이다. 때문에 그냥 형이 아니라 우리 형이라고까지 하지 않은가 말이다. 그렇게까지 된 것은 효부가 있어서다. 한 사람의 수고가 많은 사람에게 혜택을 준다는 것까지 알고 그랬을까는 몰라도 맏며느리는 작은 집을 늘 찾아가 정을 주곤 했다. 맏며느리가 그렇게 하는 바람에 여간 좋아들 했지 않았는가. 그런 맏며느리가 시아버지 입장에서 고개가 숙여질 정도로 고맙다. 만약이기는 하나 맏며느리가 '네 떡 네가 먹고, 내 떡 내가 먹는' 그런 식으로 산다면, 내가 본처인 홍순희에게 올 수 있었겠는가. 후처로부터 심한 구박까지는 아니어도 마음 편히 눕거나 하겠는가. 그렇게 될지는 모르겠으나, 세상을 떠날 때 너희들 때문에 평안하게 간다고 말할 것이다.

"도둑질을 못 하게 된 것이 아쉬워요?"

"아쉽지. 그러면 아쉽지 않아요?"

"그러면 젊은 시절로 다시 돌아갑시다."

"듣기 좋은 말이요. 우리 그렇게 합시다."

2

"아버지. 오늘은 붕어빵 사 왔어요."

서인규 씨가 세상을 떠나기 며칠 전 시어머니와 시아버지가 과거 얘기로 꽃피우고 있는데, 며느리가 붕어빵을 사 가지고 왔다.

"붕어빵? 그래, 그게 여간 맛있지 않지. 고맙다. 잘 먹을게."

"전날에서는 붕어빵이라고 않고, 풀빵이라고 그랬지요? 여보?"

아내 홍순희 말이다.

"지금 생각하면 왜 그랬을까 싶은데, 생선을 팔아서 주머니에 돈이 있음에도 먹고 싶은 붕어빵 몇 개를 못 사 먹었는지 몰라요."

"어머님이 그렇게 사셨으니까 오늘이 있는 거지요. 저는 그렇게 생각해요. 아버지 안 그래요?"

"그래, 네 말이 맞고말고."

"생각을 해보면 오두막집이기는 해도 그걸 사기 위해 최소한의 생활비만 쓴 것 같다."

"진수 씨도 그래요. 그렇게 안 해도 될 텐데, 돈을 쓰고는 말을 꼭 해요. 물론 용돈 쓴 것을 말함이 아니기는 해도요."

"그러면 네가 쓰는 돈도 묻고?"

"그건 없어요."

"그래야지. 남자가 시시콜콜하게 그런 것까지 간섭해서는 안 되지. 곧 죽어도 배포도 좀 커야지."

세상을 많이 살아본 사람들은 경험을 했겠지만, 남의 돈이지만 큰돈을 만져본 사람은 돈 있다는 자존심을 내보이는 데 반해 생활용품을 팔아 생활하는 사람은 지갑을 쉽게 열지 않는다. 지갑을 연다 해도 상황을 살핀다. 그러니까 졸장부가 되지 말아야 한다. 전날이라고 아니겠는가마는 현대 사회에서는 돈이 사람을 만든다. 이런 문제에 있어 한마디 한다면, 사회생활을 일용직 노동자들로부터 배우라고 말하고 싶다. 학교에서 배울 수 없는 세상 지식과 지혜를 배울 테니 말이다.

"그런 일은 없었어요."

"네 남편이 그런다면 다행이다만 아내가 쓰는 돈을 남편이 시시콜콜하게 말해서는 안 되지."

"…"

분에 넘치는 욕심일지 몰라도 남편이 좀 빈틈이라도 있어야 할 텐데 너무 완벽하다. 잠자리는 말다툼하다 만날 때 더 찰지다는 말도 있기는 하지만 말이다.

"나야 그런 세상을 살아보지 못해서 생각뿐이기는 해도."

시어머니 홍순희가 손주 방으로 자리를 옮기면서 하는 말이다.

"어머님, 죄송해요. 아버님 간호를 며느리인 저도 감당해야 하는 건데…."

며느리 최미정이 손주 방 걸레질을 하는 시어머니에게 하는 말이다.

"말이라도 고맙다. 그렇지만 아무리 시아버지라도 어디까지나 남잔데 그렇게 할 수는 없지."

"아니, 어머님은 아버님 때문에 아예 바깥에 나가지도 못하시잖아요. 그래서요."

"밖에 못 나가는 게 무슨 대수이겠냐. 나는 이마저도 고맙다."

"그래도요."

"애미. 너는 지금의 내 마음을 잘 몰라서 그런 말을 하지만, 나는 잃어버린 네 시아버지를 찾기 위해 천하다 할 수도 있는 생선 인꼴이 장사를 다 했다."

"고생 많으셨어요."

"그래, 고생 많았지. 그리고 기적인지는 몰라도 네 아버지를 찾기는 했으나 이미 다른 여자가 가지고 있는 게 아니냐. 그러니 무슨 물건처럼 내 것이니 돌려 달랄 수는 없어도 어떻게 해서든 내 남편으로 살아보는 것이 소원일 정도였다."

"그런 사정은 진수 씨가 말해 주어 저도 알고 있어요."

'시어머니께서 하시는 말씀은 이미 들어 알고 있다. 시어머니께서는 내 남편임에도 내 남편이라고 말도 못 하고 살아야 하는 기막힌 사연을 안고 살아오신 것이다. 이런 일이 인간 사회에서 있을 수 있는 일인가. 그렇지만 시어머니께서는 이런 별난 세상을 사시다가 남의 남편으로 사시던 시아버지가 병이 들어서야 함께하고 계시는 것이다. 그동안 맛나게 살아보지도 못하고 병이 들어서야 비로소 차

지하신 건가. 시어머니께서는 그런 억울함도 있지 않을까.'

"내 얘기를 너도 진수에게서 들어 알고 있겠지만, 나 고생 많았다. 같은 여자로서 하는 말이지만 내 남편이 가까운 곳에 있음을 보면서도 내 남편이라는 생각으로 품어 보지도 못했다. 때문에 밤잠을 설친 때가 얼마나 많았는지 모른다."

"아, 예."

지금이야 다 늙고 바깥출입조차 어려운 남편과 함께하시지만, 자신의 남편을 가까운 데 두고도 마음 놓고 품어 보지 못했다면 전쟁 때문이기는 해도 시어머니는 고난의 삶을 사신 것이다. 오십여 년을 그렇게 사신 어머님을 위로는 못 해드려도 인정만은 해 드리고 싶다.

"애미 너는 과부가 담배 피우는 이유를 혹 알까?"

"과부가 담배 피우는 이유요?"

"그래, 애기가 생기려면 씨를 가진 사람이 있어야 할 게 아니냐."

"그렇기는 하지요."

"그런데도 씨를 가진 사람이 없다면, 문기둥을 사람으로 착각하며 몸부림이다. 그것도 상당 기간 지속되어 그것을 이기고자 독한 담배를 피우는 것이다."

"아, 예…"

"그래, 애미 너는 내 며느리지만 같은 여자라 솔직히 말해도 되겠지. 나도 그런 증상이 심해, 네 남편 몰래 담배도 피웠다. 네 남편 진수 때문에 집에서는 아니고."

기적이 찾아준 남편

"…"

'어머님, 감사합니다. 그런 얘기는 처음이기도 하지만 여성들의 내밀한 얘기라 저를 인정하지 않고는 함부로 말하기 어려운 얘기일 것입니다. 그러함에도 어머님께서는 해 주시고 계십니다. 저는 진수 씨 아내지만 잘 모셔할 어머님의 며느리입니다. 그것을 한시도 잊지 말아야 할 텐데 아니면 아니라고 말씀도 해 주십시오.'

"지금은 아닐지 모르지만, 애기가 생길 때쯤에는 길 가는 아무 남자라도 불러보고 싶은 것이다. 그래서이지만 나도 그런 고비가 여러 번 있었다."

"…"

과부 사정은 과부가 안다는 말이 있던데, 그런 말은 만들어 낸 말이 아닌가 보다. 그래, 오늘날은 너무 바쁘게들 살아서 그렇지 전기도 없던 시절의 긴긴 겨울밤, 임도 없이 살아가기는 많이도 힘들었을 것이다.

그래서는 안 될 텐데, 인간의 성을 부정적으로 보려는 사람도 있나 보다. 기독교인으로서 남편에게 쉽게 다가가는 일이 불결함을 넘어 죄악에 해당될 것으로 생각하는 여자들도 있다는 것 같다. 말하지만 성은 번식이라는 절대적 가치를 지닌 자연의 일부분이다. 성경적으로는 창조물 중에 걸작품인 것이다. 성에는 번식의 의미도 있지만 그만큼의 행복도 있다. 때문에 성을 따로 하고는 행복을 말할 수 없다.

좀 빗나간 얘기일지 몰라도 건강한 성을 갖기 위해서는 채식보다는 육식을 많이 섭취하자는 생각이다. 건강을 지키려면 채식을 위주로 하라는 엉터리 박사들 말을 듣지 말고. 나이를 먹으면 육식은 질병의 요인이 될 수 있으니 채식을 주로 하라는 주장은 정말 어처구니없는 말이다. 그래, 숨지기 전까지는 성이 살아 있어서 아내를 귀찮게 해서는 곤란하니 그런 의미로 하는 말이라면 수긍이 가지만, 인간은 채식 동물이 아니지 않은가. 육식에 가깝지.

그래서 말이지만 풀은 초식 동물을 위해 자라는 것이고, 초식 동물은 육식 동물을 위해 살을 찌우는 것이다. 불교에서는 육식을 금한다. 이유는 감당하기 어려울 수도 있는 스님들 성 욕구를 최대한 줄이자는 데 있을 것이다. 때문에 불교는 성 욕구와 관련된 음식 마늘조차도 금한다. 아무튼 육식이 성인병의 요인이 된다는 말은 너무 잘 먹어 배부른 사람이 할 수 있는 말이다. 말하지만 영양가가 높은 음식을 잘 먹어서가 아니라, 영양가 낮은 채식만 하여 힘의 균형이 깨어져 생긴 병이 훨씬 많을 것이다. 육식에 대해 더 말하면 가난 때문에 육식은 못 하고 채식만을 했던 사람들이 나이 팔십도 안 되어 허리가 굽는 경우가 많음을 보면 알 수 있다.

그렇지만 육식을 주로 하는 미국 같은 나라 사람들은 뼈만 앙상한 노인일지라도 허리만은 꼿꼿하다. 우리나라에서 화이트칼라 직으로 살아온 사람도 그렇고 말이다.

인간의 생체 구조와 생체 기능에 대해 공부를 안 해서 모르겠지만, 우리 몸을 공격하는 병원균의 씨앗이 없는 사람은 누구도 없을 것이다. 그것을 다소라도 억제하는 방법은 근력을 키우는 육식이라야 한다. 그래서 짐작이기는 하나 육식을 자주 해 병이 나는 사람보다 육식을 못해 병나는 사람이 훨씬 많을 것이다.

기적이 찾아준 남편

"애미야!"

"예, 어머니."

"네 남편에게 잘하고 있어서 더 할 말은 없다만, 웬만한 정도는 그러려니 하고 살아라."

"예, 그렇게 할게요."

"그것이 속 편할 것 같아서 하는 말이다."

"예, 어머니."

'대답은 '예'라고 했지만, 시어머니께서 무슨 뜻으로 하시는 말씀일까? 그래, 내가 잘못하고 있어서 하시는 말씀은 아닐 것이다. 그래, 시어머님 연세가 팔순이 다 되어 가신다. 그래서 살날이 얼마 안 남았다는 그런 의미에서 하신 말씀은 혹 아니실까? 물론 짐작뿐이지만 말이다. 시어머니의 삶은 '세상에 이런 일이'라는 프로그램에 나올 만한 삶이었다. 시어머니로서는 생각하기도 싫으실 6·25 전쟁.

6·25 전쟁이 왜 발생했는지 모르는 사람은 없겠지만, 공산주의 국가인 소련과 중국 앞에 있어서는 안 되는 자유민주주의 국가가 세워진 것이다. 그래서 공산주의 국가로서는 자유민주주의 국가를 없애야만 했을 것이다. 그래서 북한 김일성을 앞세워 군사 무기는 소련이, 지원군은 중국이 보낸 것이다. 시아버지께서는 그런 전쟁의 인민군으로 징집이 될 수밖에 없었을 것이다. 그런데 어찌 된 셈인지 다른 사람들은 휴가로든 집에 오는데 유독 시아버님만 오시지 못했다. 못 오게 되었다는 소식도 없이 말이다. 그래서 시어머니는 군대 간 남편이 국군 포로로 붙잡혔을 것이라는 믿음을 가지고 삼팔선을 넘은 것이다. 남자들도 쉽게 넘을 수 없는 삼팔선을 말이다. 남편이 살아 있어서 망정이지, 그렇지 않았다면 유복자가 될 수도

있는 두 살배기 서진수 씨를 들쳐업고 말이다. 어떻든 그렇게 해서 삼팔선을 넘기는 했으나 오갈 때조차 없는 부초 같은 처지. 때문에 천한 장사일 수도 있는 생선 인꼴이 장사로 생계를 유지하던 어느 날 잃어버린 남편을 찾게 된 것이다. 그렇게 찾기는 했으나, 이미 다른 여자의 남편으로 살아가고 있었던 시아버지. 그렇게 살아가는데 거기다 대고 내 남편이라고 주장할 수 있겠는가. 그럴 수는 도저히 없다. 더구나 아들딸까지 두고 살아가지 않는가. 사정이 이렇다 해도 본래의 남편인데 못 만날 이유야 있겠는가. 그래서 시어머니께서는 시아버지를 누구도 몰래 만나시곤 했나 보다. 지금이야 장가들어 자식까지 두고 살지만, 아들을 두신 것을 보면 말이다.'

  '세상살이가 생각과 같을 수는 없다. 그것을 인정 못 할 이유는 없겠지만, 이데올로기라는 이유로 인류 보편적 만남조차 막아 버리는 북한 체제, 이런 북한 체제를 어찌 할고… 북한에 계시는 어르신들은 아직도 살아 계시기 힘들 것이다. 그렇지만 무덤의 비는 어느 곳에 세워져 있으며, 팔팔했던 형제들도 살아 있다면 이젠 노인일 것으로 어떻게들 살아 갈까? 당시 어린이였던 조카들도 생각난다. 조카들은 부모님의 좋은 심성을 이어받을 것이기에 별 탈 없으리라 싶기는 하나, 혹 말을 잘못해 고난을 겪는 몸이 되지나 않았을까? 돈 벌기까지는 아니어도 옥수수밥이라도 굶지 않고 제대로는 먹을까? 반찬이 맛이 있니 없니, 반찬 투정까지 하면서 살아가는 한국의 지금 처지를 생각하면 나도 거기에 속할 것이다. 그래서 지금의 집을 팔아서라도 쌀을 사서 고향 집에 주고 싶다.
  갈 수도 없는 고향이라 그리워만 하다 반년 전에 납골당에 모셔

　　　　　　　　　　　　　　　　기적이 찾아준 남편

진 영감. 나도 곧 영감처럼 일 것 같소. 기적이 찾아준 것으로 봐야할지는 몰라도 영감을 찾았다는 기분은 하늘을 날 것 같았소. 천한 장사일 수도 있는 생선 인꼴이 장사도 영감을 찾기 위함이기는 했지만 말이요. 영감을 찾을 마음이 조금이라도 부족했다면 괜찮은 회사에 취직했을지도 모르오. 여고 졸업생이 귀하던 시절이었으니 말이오. 어떻든 포로병이라 다른 여자의 남편으로 살기는 하나 영감은 내게 둘째까지 심어 주신 거요. 영감을 새장가를 들게 해준 지금의 아내가 우리의 만남을 알면서도 눈감아 주어 가능했던 일이기는 했지만 말이오.

지금의 아내와 솔직한 얘기까지 나눴는데, 그렇게 나눈 얘기 중에 잠자리만큼은 씩씩하던 남편이 어느 날부터 슬슬 피해서 혹 다른 여자와 만나나 의심이 들더라고 했지요. 그런 얘기를 하면서 남편을 빼앗기게 된 여자가 있다는 얘기까지 하데요. 다른 여자와 불륜을 저지른 사실을 나중에 알게 되었지만, 남편은 다른 여자와 자고 있었던가 봐요. 그런데도 생각조차 못 하고 있었는데, 어느 날은 다른 여자 화장품 냄새가 코로 들어오더라는 거요. 그것도 진하게 말이요. 이건 무얼 말하는 걸까요. 내 남편, 남의 남편을 말함이 아닐까요? 어떻든 영감을 본래의 내 남편으로까지는 아니어도 내 앞에서 세상을 떠나게 해준 저쪽 아내에게 감사해요. 그래요. 누구는 회복이 불가능할 정도의 병이 들어 대소변 받아내기가 귀찮아 본처에게 보낸 것이라고 그렇게 말할지도 모르겠지요. 그러나 저쪽 아내는 영감이나 나에게 더 이상 어떻게 하겠어요. 이만큼까지도 우리 큰 자부가 애쓴 덕이라고 생각해요. 영감도 인정하시겠지만 말이요. 짐작이기는 하나 큰 자부는 불편할 수도 있는 양쪽 집을 웃게 하려고 없는 말까지 했을 겁니다. 큰 자부가 지닌 고운 성미로 봐서 말이요. 이런 생각을 하니 우리 집을 늘 오고 싶어 하던 영감의 청년 시절 모습이 떠오르네요. 친정아버지가 영감을 사위 삼을 생각으로 없는 일을 일부러 만들어 도와 달라고 하셨던 일 등 말이요.'

"애미야!"

"예, 어머니."

"그동안 삶의 얘기, 네 앞에서라도 하고 싶어진다."

"말씀하십시오."

"그래서 말인데 혹 잘못 나간 말이라도 오해는 말아라."

"아니에요. 어머님이 살아오신 그동안의 얘기, 저도 궁금해요."

"내가 살아온 그동안의 얘기를 하자면 다른 사람과는 좀 다르기는 하다. 네 시아버지가 살아 있다는 사실까지는 알았으나 만나게 되리라고는 생각도 못 했는데 찾게 되었고, 병이 들어 대소변을 받아내야 할 즈음에서야 비로소 내 남편이 되는 묘한 삶을 살았다."

"…"

'그동안의 고생을 내게 다 풀어 놓으실 건지 모르겠다. 물론 듣고도 싶지만 말이다.'

"그래도 다행인 것은 면전에서 칭찬하는 것이 그러나, 미정이 네가 며느리로 와 준 것이다. 얼마나 다행인지 모르겠다."

"아니에요. 며느리로서 마땅히 해야 할 일인데요."

"너는 그렇게 말하겠지만, 이렇게까지는 된 것은 애미 네가 해준 덕이다."

"저는 아니에요."

"애미 너야 아니라고 하겠지만, 복잡한 양쪽 가정을 한 가족처럼 만들기 위해 애미 네가 많이도 애썼다. 말은 안 했지만."

"어머님 말씀대로 애를 쓴 것만은 사실입니다. 그러나 애를 쓴 것은 공짜가 아니라고 생각합니다."

"공짜가 아니라고?"

"예, 어머니."

"그래, 고마운 말이다. 어떻게 공짜겠니. 아닐 거야. 네가 낳은 자식들이 본받을 것은 물론일 테니까."

'사람으로 세상에 태어나 중간에 잘못되기 전에는 모두 늙는다. 이는 기정사실이다. 기정사실로 되어 있지만 그동안 잘 살다 떠나노라! 말할 사람은 그리 많지 않으리라 싶다. 나처럼 효도해 줄 자식이 있다면 모를까. 애미야. 고맙다. 애미 네가 어떻게 해줄 문제는 아니나, 두고 온 고향이 이리도 그립냐. 친정 부모님, 시부모님은 자고 나니 갑자기 없어진 것이다. 때문에 부모님은 소식조차 없어 걱정만 하시다 떠나셨지 싶다. 그렇게 떠나셨을 거라는 생각을 하면 자식으로서 가슴이 미어진다. 주어진 연세도 다 못 채우고 세상을 떠나셨을 것이 아닌가 해서다. 그래서 소식만이라도 듣고 싶어 남북 이산가족 상봉 신청을 줄기차게 했다. 그렇지만 내 차례까지는 아직이라 많이 슬프다. 누구는 남북 이산가족 상봉이 되리라는 마음으로 부모님께 드릴 한복까지 만들어 부모님 생각이 날 때마다 만져보고 한다는 것 같다. 나야 그렇게까지는 아니나 한복 가게, 신발 가게를 지나치거나 맛있는 음식을 먹을 때면 부모님 생각이 난다. 두고 온 고향을 그리워만 하다 결국은 세상을 떠나고 말았지만, 네 시아버지 유골만이라도 보내면 좋겠는데 그렇게 될 가망은 앞으

로도 없을 것 같다. 나도 마찬가지일 것으로 생각이 복잡하다.'

지금이야 전날 사람이 되고 말았지만 영감의 대소변을 받아낼 때 며느리에게 했던 말이 생각난다.

"내가 이런 말까지 하기는 좀 그렇다만, 네 시아버지나 내가 죽으면 고향 땅에 묻히고 싶은데 그렇게 해줄 수 있겠니?"

"고향 땅이요?"

'아니, 죽으면 고향 땅에 묻히고 싶으시다니…, 그런 말씀을 하시려고 부르신 건가?'

"물론 현재로서는 불가능하지만 말이다."

"그런데 어머님, 남북 이산가족 상봉 신청은 해보셨어요?"

"그걸 말이라고 하냐."

"죄송합니다."

"애미 네가 죄송해할 일은 아니고, 북쪽에 두고 온 가족을 만나보고 싶은 마음이 얼마나 간절한지 너희들은 말해도 감이 잘 잡히지 않을 게다."

"…."

'그런 사정 있는 지인들도 없어서 보도를 통한 느낌만 들지요.'

"지금이야 안 계시겠지만, 남북 이산가족 상봉 초창기만 해도 살아 계시리라 싶어 신청을 해놓고 기도를 얼마나 세게 했는지 모른다."

"아, 예."

"그렇지만 내 차례까지는 아니었나 보다. 당첨이 되어 만나는 사람들이 내 아픈 가슴을 후벼 팠다."

기적이 찾아준 남편

"그러셨겠지요."

'남북 이산가족 상봉 장면을 보면, 해당이 안 되는 사람들의 가슴이 먹먹했을 테니까요.'

"북에 두고 온 고향, 세월 때문이기는 해도 이제는 돌아가셨을 시부모님, 친정 부모님. 형제들⋯. 그동안 얼마나 보고 싶은지. 어쩔수 없기는 해도 남한으로 올 때 인사도 못 드리고 왔다는 것이 너무도 한스럽다."

"당연하신 일이지요."

'누워 계시는 아버님이 듣지 못하실 다른 방에서 하시는 말씀이지만, 저는 모르는 척할게요. 그런 말을 꺼냈다가는 우실지도 몰라서요.'

며느리는 그런 표정으로 시어머니를 본다.

"삼팔선이여!!!"

'아버님, 어머님. 저는 남한에 와서 인규 씨를 찾았어요. 찾기는 했으나 인규 씨는 이미 재혼을 해서 자식을 셋이나 두고 살아가네요. 그런 인규 씨를 무슨 잃어버린 물건처럼 내 것이니 되돌려 달랄 수도 없어 바라만 보고 살다가 인규 씨가 늙고 병들어 대소변을 받아내야 할 만큼이 되어서야 비로소 제 차지가 되었어요. 그렇지만 저는 이만큼도 큰 복으로 알고 살아가요. 물론 인규 씨도 좋아하지만요.

잊을 수 없는 기억이지만, 진수가 태어났을 때 아버님, 어머님은 아들 손주를 보셨다고 자랑도 하셨어요. 그랬지만 제대가 아닌 휴가라도 얻어 돌아와야 할 아들이 돌아오지도 않고 감감무소식이라 얼마나 애를 태우셨는지 저는 알아요. 며느리가 아들인 진수를 낳기는 했어도 남편이 있어야 할 텐데, 걱정의 눈으로 저를 바라보고 그러셨어요. 아버님, 어머님은 그러셨는데 별빛들만 초롱초롱한 새벽녘에 몰래 도둑처럼 나와 버렸어요. 그렇게 집을 떠나오면서 물론 동네를 보기는 했지요. 진수는 무슨 속인지도 모르고 등에 바짝 달라붙어 있더군요. 그랬던 진수도 이제는 중년을 넘어 노년 길에 서 있어요. 진수가 돈 버는 재주는 있어서인지 돈도 많이 벌어 진수 제 이복동생들까지도 잘살게 해 주고 그래요.

아버님, 어머님. 누구는 그러데요. 젊어서 고생을 좀 해도 노년에 걱정이 없어야 한다고요. 그래서 저는 걱정 없이 살아가요. 이렇게 행복하기는 해도 소원은 부모님이 계시는 고향으로 가고 싶어요. 아버님, 어머님…. 마음은 그렇지만 삼팔선은 아직도 가로막고 있어요. 때문에 살아서는 어림도 없겠지만, 죽어서 시신이라도 고향 땅에 묻히고 싶어요. 그런 생각은 저만 아니라 고향을 북에 두고 온 실향민 모두의 생각일 테지만 말이에요.

노인이 된 인규 씨는 지금 자고 있어요. 잠은 밤낮이 따로 없이 잘 자요. 다행이라고 생각해야 할지는 모르겠으나 나보다도 인규 씨가 먼저 떠날 것 같아요. 그렇지 않고 제가 먼저 떠나기라도 하면, 인규 씨가 천덕꾸러기가 될 것은 볼 것도 없어요. 물론 유별나게 며느리가 잘하고 진수가 잘하기는 해도요.

아버님, 어머님. 오늘은 며느리가 영감 붕어빵을 사 왔어요. 붕어빵을 사 온 것은 우리가 돈이 모자라 사 온 게 아니라 붕어빵을 맛있어할지도 몰라 사 왔대요. 요즘 세상에 이렇게 상냥한 며느리가 또 있을까 모르겠습니다. 모르기는 해도 우리 며느리뿐이 아닐까 싶네요. 아버님, 어머님. 저는 며느리에게 말했어요. 네 시아버지도

기적이 찾아준 남편

나도 죽으면 고향 땅에 묻히고 싶다고요. 삼팔선이 이렇게 견고한 상태에서는 가능하지도 않은 말이지만요.'

하나님 아버지. 노년이 되고부터 저는 지금 엄청난 행복을 누리고 살아갑니다. 이렇게 된 것은 누구도 아닌, 하나님께서 내려 주신 복으로 생각하고 싶습니다. 만약 남편이 국군 포로로 붙잡히지 않고 북한에 그대로 살았다면, 이런 복은 그만두더라도 신앙생활이나 할 수 있었겠습니까. 김일성을 신으로 모셔야 살아남을 수 있는 북한 체제에서 말이에요.

하나님 아버지. 제가 이렇게 되고 보니 이복동생이라고 홀대를 받다가 급기야는 남의 나라 종으로 팔려 간 요셉의 얘기가 생각납니다. 모양은 종으로 팔려 갔지만, 실상은 복을 주시기 위해 하나님께서는 그런 방법으로 요셉 자신을 보낸 것이라고 요셉은 고백합니다.

하나님 아버지. 이런 말은 병들어 누워 있는 제 남편이 해야 맞는 말이겠지만 그런 혜택은 제가 맛보고 있습니다. 물론 젊어서야 고생은 좀 했지만 그렇습니다. 하나도 버리기 아까운 며느리 행동, 며느리도 그렇겠지만 할머니, 할머니 하는 손주들, 진짜 살맛 납니다. 이런 삶보다 더 바라서는 안 되겠지만 그래도 욕심은 한이 없는 것 같습니다. 두고 온 고향이 자꾸만 보여서입니다.

하나님 아버지. 친정 부모님. 시부모님도 세월 때문에 이제는 계시지 않겠지만 친정 형제들, 시댁 형제들이 살아는 있으며 삶은 어떤지, 너무 궁금해서 꿈에서라도 한번 만나보고 싶습니다.

하나님 아버지. 사실인지는 몰라도 보도에 의하면 북한은 먹을 것이 너무도 부족해 굶어 죽은 사람들이 놀랄 정도로 많다고 합니다. 그것을 두고 여기 남한에서는 고난의 행군이라고 합니다. 사실이라면 살아는 있으나 살고 있다고 하겠습니까. 먹을 것이 없어 굶어 죽는 죽음보다 더 비참한 죽음은 없다고 말들 합니다. 그렇다면 우리 형제자매들도 거기에 해당될까요? 우리 친정도, 시댁도 논밭이 많지는 않아도 식량을 꾸어다 먹을 정도의 형편은 아니었는데 말입니다. 물론 정책적으로 토지 몰수 직전이기는 해도요.

하나님 아버지. 개성공단이 활발하게 가동될 때입니다. 입주 회사들마다 제품 생산성을 높이기 위해 근로자들에게 초코파이를 주기도 한 것 같습니다. 그런 초코파이를 맛나게 먹어야 할 텐데, 그렇지 않고 시장에 내다 팔기까지 했다는 소식은 정말 슬픕니다. 여기 남한에서는 인기도 없는 초코파이임에도 말입니다. 개인도, 국가도 내게 부족한 것을 드러내기 싫을 것은 당연할 것입니다. 거지꼴을 내보이는 것은 창피하기 때문이겠지요. 그렇지만 평민의 단견일지는 몰라도 북한이 살길은 개방뿐일 것 같습니다. 오가고, 주고받고 할 수 있는 개방의 문이 열리게 하여 주소서.

하나님 아버지. 통치자로서의 목적의 무엇이겠습니까. 힘이 있는 국가를 만들고 싶어 할 것은 말할 것도 없을 것입니다. 국가의 힘이란 군사력, 경제력일 것입니다. 그중에 가장 중요하고 먼저일 것은 말할 것도 없이 경제일 것입니다. 개인도, 국가도 돈 앞에서 당당하지는 못할 테니까요. 그런데도 북한 정치 체제는 통치자만을 위하는 독재 체제입니다.

하나님 아버지. 그래서 통치자 생각만 바꾸면 안 될 일도 없을 것 같습니다. TV로 생중계까지 했으니 국민 모두가 봤겠지만, 북한 통치자는 백두산에 올라 대한민국 대통령과 손을 맞잡고 만세를 부르기도 했습니다. 그것을 보면서 두고 온 고향에 곧 가게 되겠구나 싶어 가슴이 뛰기도 했습니다. 그렇지만 지금까지를 보면 그게 아니라는 생각이 들어 실망으로 변했습니다.

하나님 아버지. 저는 6·25 전쟁 때문이기는 하나 잃어버린 남편을 찾기 위해 스물세 살에 삼팔선을 넘었습니다. 그렇게 해서 한참만이기는 하나 남편을 찾기도 했습니다. 그랬으나 남편은 이미 재혼을 해버려 남의 남편이 된 것입니다. 그래서 내 남편이지만 잃어버린 물건처럼 되돌려 달라고 말할 수도 없었습니다. 그래서 쳐다만 보다가 그만큼 늙어 버렸습니다. 그만큼 늙기는 했으나 하나님께서 저에게 건강을 주셔서 올해 나이로 여든아홉입니다. 그러니까 고향을 떠나온 지가 65년째인가 싶습니다. 마음은 간절하나 갈 수도 없는 고향, 그런 고향 얘기는 저도 싫지만 장례 준비를 해야 할 처지에 놓여 있는 남편은 더해서 고향 얘기를 꺼낼 수가 없습니다. 고향에 가고픈 마음이 너무도 간절해 울기부터 할 테니까요.

하나님 아버지. 그래요, 삼팔선이 가로막혀 고향에 갈 수는 없다 해도, 어떻게들 살아가는지 소식만이라도 들으면 좋겠는데 그런 일도 막막합니다. 지금의 북한 정부는 남한에 무슨 대단한 선물이나 주는 양, 이산가족 면회라는 것을 갖게는 했습니다. 그마저도 큰마음을 먹어야 1년에 한두 차례. 그럴지라도 이산가족 면회 신청은 수년 전부터 해놓고 있습니다. 그러나 이산가족 면회 신청자가 너무도 많아 제 차례는 아직입니다. 이것이 인간 사회에서 있을 수 없는 일임에도 북한 정권은 당연한 양 하고 있습니다. 이념적 이유라고 할지 몰라도 공산주의가, 민주주의가 가족도 못 만나게 해서는 안 되지 않을까요? 너무도 답답합니다.

하나님 아버지. 자유가 너무도 그리워 탈북해 신앙의 복음을 듣고 목사님까지 되신 분의 간증기입니다. 이웃집에 불이 나 장애를 가진 다섯 살배기 아이가 불 속에서 빠져나오지 못하고 울고만 있습니다. 그렇지만 불길이 너무도 거세 누구도 구해내지 못하고 발만 동동 구르고만 있습니다. 그런데 때마침 집주인은 어디를 갔다 돌아오는 것인지 불 속으로 뛰어 들어가 어린아이를 안고 나오더랍니다. 그래서 역시 부모는 부모다 모두 그랬는데, 아니 이게 뭡니까. 구해내야 할 자식이 아니라, 집 안에 걸려 있는 김일성, 김정일 부자의 초상화를 가지고 나오다니요. 인간 세계에서 있을 수도 없고, 있어서는 안 될 일을 그 아이 아버지는 한 것입니다. 그랬지만 국가는 그에게 국가가 수여할 수 있는 최고의 표창장을 수여했다고 합니다.

하나님 아버지. 그렇게 말한 목사님의 간증을 그대로 믿기는 어려울 것 같습니다. 그러나 날이 밝으면 신처럼 늘 절해 왔던 김일성, 김정일 부자 초상화에 정신이 꽂혀 위험에 처한 자식을 미처 발견하지 못했을 겁니다. 비록 장애가 있기는 해도. 자기 자식인데 불타 죽든지 말든지 했겠습니까. 그것은 말도 안 됩니다. 김일성, 김정일에 대한 충성심이 그리 대단하다 해도 말입니다.

하나님 아버지. 그렇지만 경위야 어떻든 자식을 구해내지 못한 데 대한 잘못은 너무도 큽니다. 그런데도 동네 사람들은 그런 것은 아랑곳하지도 않고, 귀한 자식보다는 김일성, 김정일 초상화를 들고나온 아버지를 대단한 사람으로 상부에 보고했다지 뭡니까. 물론 김일성, 김정일 시신을 방부제 처리까지 해 살아 있는 신처럼 모시고, 국가적 행사 때마다 꽃다발을 증정하기도 한답니다. 북한 영상 방송을 보면 말이에요.

하나님 아버지. 거기까지가 아니라 신문에 실린 존엄이 비에 젖고 있음이 너무도 안타까워 눈물을 흘리기도 하는 것 같습니다. 지구 상에 이런 말도 안 되는 우스꽝스러운 국가가 또 있을까요? 김일성 사망 시 북한 영상 방송을 보면, 김일성이 죽은 것이 너무도 원통해 서 땅을 치고 우는 장면이 나옵니다. 저도 탈북을 안 했다면 그들처 럼 행동했을지도 모릅니다. 자유 대한을 모르니까요.

하나님 아버지. 그것 하나만 해도 저는 엄청난 복을 받은 것입니 다. 그래서 저는 우리 대한 국민들에게 말하고 싶습니다. 북한 통 치자는 자기 형을, 자기 고모부를 무참하게 죽였음에도 그것을 보 고도 찬양할 수 있느냐고 말입니다. 그렇습니다. 생각하기도 싫은 6·25 전쟁을 일으킨 북한이지만, 신앙적으로 보면 과거를 물고 늘어 질 게 아니라 품어야 할 북한입니다. 이렇게 품어야 한다는 말은 다 른 사람들에게는 못할 것 같고 제 자식에게는 할 것입니다.

하나님 아버지. 생각을 해보니 이복형제이기는 하지만, 통치자가 자기 형을 비밀 요원까지 동원해 죽이는가 하면, 자기 친 고모부를 인간쓰레기라 하고 죽이되 조선민주주의인민공화국의 땅에는 묻어 줄 수가 없다는 방송을 듣고, '그래, 북한 체제 속성상 얼마든지 있 을 수 있는 일이다.' 그랬습니다.

하나님 아버지. 그런 문제와 제가 고향에 가기 바라는 문제는 다 르기는 합니다. 그렇지만 세상 모든 것을 주관하시는 능력의 하나님, 가고 싶은 고향을 가지는 못해도 친인척들이 어떻게들 살고 있는지 소식만이라도 들을 수 있는 길을 열어 주소서. 나이 때문에 곧 죽을 것 같은데 죽어서 고향 땅에 묻힐 수 있도록 만이라도 해 주소서.

3

"진수야. 아빠 찾으러 가자!"

갓 두 살배기 아이인데 엄마가 하는 말을 서진수가 무슨 의미로 하는 말인지 알아들을 수 있었겠는가. 그렇지만 어린 색시 홍순희는 그런 말이 자연스럽게 나왔다. 아들을 낳았으니 좋아해야 할 남편이 군대에서 아직도 안 온다. 사랑으로 품어준 서인규의 씨가 아내 홍순희 뱃속에 여지없이 심어졌고, 열 달 후에 아들 진수가 태어난 것이다. 그래서 시부모는 아들 손주 때문만은 아니겠지만 날마다 찾아오신다. 남편도 없이 혼자 애기를 낳았다는 데 대한 미안함도 포함된 것이겠지만 말이다.

시부모님이야 그렇지만 정작 좋아해야 할 남편이 오질 않는다. 아닐 것이지만, 만약 전사를 했다면 아들 진수는 유복자가 되는 것이다. 그런 생각은 하지 말아야겠지만, 불길한 생각이 드는 것은 사실이다. 어찌 된 일이지 다른 사람들은 휴가를 얻어 왔는데, 내 남편만 아직도 오지 않는 거야. 아니, 휴가를 얻지 못해 못 올 사정이라도 생겼다면 못 오게 돼 미안하다는 소식이라도 있어야 할 게 아닌

기적이 찾아준 남편

가. 그런데도 남편 서인규는 감감무소식이라니…. 너무도 답답해 휴가를 왔다는 사람에게 '우리 남편은 왜 안 올까요?' 묻기도 했다. 그렇지만 그 사람도 같은 부대가 아니라 모르겠다는 대답뿐이다. 그렇다면 방정맞은 생각이지만, '혹 전사하지나 않았을까?' 아내로서 몹쓸 생각까지 다 든다.

　'그래, 전사를 했다 하자. 그러면 안타깝게도 전사를 하고 말았다는 전사 통지서라도 있어야 할 게 아닌가. 그것도 없는 걸 보면 남쪽 군인들에게 붙잡혔을 가능성이 높다. 그게 사실이라면 어떻게 할 것인가. 오지도 않을 남편을 마냥 기다려…? 그건 말도 안 돼…. 그럴 수는 도저히 없어. 그러니 삼팔선을 넘어 남으로 가? 그래, 더 생각할 필요 없다. 삼팔선을 넘는 것이다. 진수야, 엄마가 무슨 생각을 하고 있는지 너는 알기나 하니…? 엄마는 진수 네 아빠를 찾지 않고는 못 살 것 같아 그런다. 삼팔선을 넘자면 젖 먹일 시간이 아까울 수도 있으니, 젖이나 많이 먹어 두어라. 밤새 걸어야 될지도 모르니 말이다. 물론 엄마가 많이 먹으란다고 많이 먹히겠냐마는 엄마가 너무도 답답해서다. 엄마가 먼저 잘 먹어야 진수 네가 먹을 젖도 풍족하게 나올 것이지만 말이다.'

　"애미야!"
　홍순희가 그런 생각에 빠져 있는데, 언제 오셨는지 시어머니가 오셨다.
　"예, 어머니."
　"나 좀 보자!"

'시어머니께서 '나 좀 보자.' 하시는데 무슨 말씀을 하시려고 그러실까. 아무리 생각을 해봐도 잘못한 것은 없는 것 같은데 말이다.'

"진수 재웠냐?"

"예, 재웠어요."

며느리 홍순희가 약간 겁먹은 상태에서 하는 말이다.

"애비가 곧 올지도 모르겠다. 꿈에 보여서다."

"예…?"

'야단치실 줄 알았는데 다행이다. 다행이기는 하나 어머님 꿈에는 제 남편이 보였는지 몰라도 정작 봐야 할 제 꿈에는 보이지 않네요. 솔직히 미워요.'

"꿈에 보이는 네 남편 차림이 군복 차림이 아니라 한복 차림으로서 있더라."

"그래요?"

'군복 차림이 아니고 한복 차림이요. 그렇지만 꿈은 꿈일 뿐이에요.'

홍순희는 그런 표정을 시어머니도 알아보게 짓는다.

"꿈이기는 해도 너무도 반가워 '인규야!' 큰 소리로 불러보는데, 대답도 없이 잠깐 쳐다만 보고 금방 사라져 버리더라."

"아, 예."

'그런 꿈은 소식만이라도 있었으면 하는 어머님이 만든 꿈이겠지요. 어디 곧 올 거라는 꿈이겠어요. 그래요, 비록 꿈이기는 해도 마누라인 저에게도 오면 싶은데 전혀 오지 않네요. 제발 살아 돌아와 주었으면 좋겠는데, 그렇게 될지가 걱정이에요. 진수도 낳았겠다. 자랑도 하고 싶고, 그래서 너무도 보고 싶어 잠이 안 와요.'

기적이 찾아준 남편

"그걸 보니 전사는 않고 살아 돌아올 거라는 생각이라 조금은 안심이 된다."

"전사요?"

"전사라는 말은 꿈에서라도 말아야 될 텐데 미안하다."

"아니에요. 어머니."

"그래, 꿈에 보인다고 해서 곧 오겠느냐마는 더 기다려 보자."

"예, 어머니."

"우리 집안에 이런 일이 있어서는 안 되는데⋯. 안 되는데⋯."

'그래, 너는 이제 갓 스물한 살이다. 그러니 네 남편이 얼마나 그립겠냐. 시어머니로서 미안해서다. 네 시아버지도 같이 와서 위로를 해 주고 싶겠지만, 집안 어른이라는 체통 때문에 그러지 못할 뿐일 것이다.'

"곧 오겠죠."

며느리인 홍순회는 속마음이야 아니지만 걱정하고 계시는 시어머니를 위로하는 차원으로 말한다.

"끼니는 거르지 않고 먹느냐?"

"밥은 잘해 먹어요. 어머니."

"네 남편이 오지 않는다고 해서 진수가 먹을 젖이 부족해서는 안 된다."

"예, 잘 먹어요."

"그래, 심란하다고 해서 굶어서는 안 되니 잘 먹여야 한다."

"예, 잘 먹을게요. 어머니."

'예.' 했지만 속이 속 아니다. 군대에 간 다른 사람들을 보면 지금

쯤은 와서 아들을 낳았다고 좋아해야 될 남편이 아직도 안 오고 있으니 시어머니로서도 답답해서 하시는 말씀일 것이다. '인규 씨, 어머니도 이렇게 기다리시는데 왜 안 와요. 제발 좀 돌아와요.'라고 외치고 싶다.

"시어미가 쓸데없는 말 한다고만 마라. 너무 답답해서 하는 말이니."

"아니에요. 어머니."

친정집에서 맏딸, 시댁 집안에서는 둘째 며느리다. 꼭 그래서만은 아닐 것이나 시어머니뿐 아니라 시댁 식구들 모두 자주 찾아와 걱정을 해준다. 그래서 고맙기는 하나 지금의 내 마음을 달랠 수 있는 일은 남편 서인규 씨가 돌아와 주는 것뿐이다. 때문에 너무도 그리워 잠을 설치기가 매일이다. 그나마 두 살배기 애기가 있어 잠은 그런대로 들 수가 있지만, 남편을 찾지 않고는 못 살 것 같다. 임시방편으로 식사 대용 미숫가루 등을 준비했다. 내일 새벽에 삼팔선을 넘을 것이다. 제대는 아니지만 휴전이 되는 바람에 다른 남자들은 집에 왔다들 갔다. 남들은 그러는데 내 남편 서인규만 안 오다니… 생각도 말아야 할 방정맞은 생각이기는 하나 전사를 했다면 전사 통지서라도 전해졌을 것이다. 그것도 없다면 포로로 붙잡혔을 것이다.

애기 엄마인 홍순희는 그래서 마음먹은 대로 시댁 몰래 두 살배기 아들 진수를 들쳐업고 고요한 새벽에 삼팔선을 넘는다. 삼팔선을 넘기까지는 어찌어찌해서 성공까지 했지만, 남편 찾기 가망성은 그만두더라도 밥 먹을 곳도 잠잘 곳도 없다. 그래서 괜찮게 살 것 같은 집으로 들어가 도움을 청한다.

"안녕하세요."

시어머니 연세쯤 돼 보이는 주인집 아주머니에게 꾸벅 절을 한다.

"아니, 새색시 같은데 누굴까?"

등에 업힌 애기가 몇 살배기인지는 몰라도, 애기를 들쳐업기까지 한 홍순이를 주인집 아주머니가 빤히 보면서 하는 말이다.

"예, 저는 북쪽에서 왔어요."

"뭐? 북쪽에서?"

"예, 삼팔선을 넘어왔어요."

"아니, 삼팔선을?"

"예."

"그러면 지금…?"

"예, 애기 젖 때문에 그런데 남은 밥이 있으면 좀 부탁해요."

삼팔선을 넘느라 힘이 다 빠지기는 했겠지만, 거의 죽어 가는 목소리다. 애기 젖을 먹이려면 내가 밥을 먹어야만 한다. 그래서 체면 불고하고 말하는 것이다. 등에 업힌 아들 진수는 여기저기 두리번거리는가 보다. 꾸물거린다.

"아이고, 웬일이야?"

"북에서 지금 오는 길이에요."

"북에서 오는 길이면 힘들 텐데, 일단 방에 들어가 우선 애기부터 내려놓아."

"감사합니다."

'말씀으로 봐서 가라고 내쫓지는 않을 것 같다. 힘들 텐데 좀 쉬었다 가라고 하시겠지. 그래, 전쟁이 문제지 사람 인심이 문제겠는가. 일단은 삼팔선만은 잘 넘은 것 같다.'

"그런데 남자도 아니고, 젊은 아낙이 애기까지 들쳐업고 위험한 삼팔선을 다 넘다니 말도 안 된다."

"제 사정이 그렇게 됐어요."

"그렇게 된 사정이라니…?"

"제 남편이 포로로 붙잡힌 것 같아서요."

"아니, 남편이 포로로 붙잡혔다고?"

"확실한지는 몰라도 그럴 것 같아요."

"그거는 짐작뿐인데…."

"예, 짐작이기는 해도 전사 통지서도 없는 걸 보면 포로로 붙잡혔지 싶어요."

"그럴 수도 있겠지만…."

"제 남편은 포로병일 것으로 믿어요."

"그러면 포로수용소를 찾아가서 알아봐야 할 텐데…, 포로수용소도 한 곳이 아니라는데…?"

"포로수용소가 한 곳이 아니라고요?"

"그래, 여러 곳이래. 말만 듣고 있지만…."

"그러면 가까운 포로수용소는 어디에요?"

"여기서는 가까운 곳이 없어."

"그러면은요?"

"들으면 다 멀어."

포로수용소는 입지 조건보다는 전투 상황이라 최남단에 두었단다. 이유는 포로들이 북한군이거나 중공군이기 때문이고, 대체로 통제하기 용의한 점을 고려하다 보니 섬인 거제도에 둔 것이다.

"멀어도 가 볼 거예요. 어디에 있는지 아시면 가르쳐 주세요."

기적이 찾아준 남편

밥 벌어먹자고 삼팔선을 넘은 것은 아니지 않은가. 집에 돌아와 야 할 남편이 돌아오지 않아 막연한 생각이지만 포로병으로 있을 거라는 생각 때문에 삼팔선을 넘은 것이지. 그래서 무슨 수를 써서 라도 남편 서인규를 찾아내야만 한다. 죽지 않고 살아 있을 테니 말 이다.

'인규 씨! 이 홍순희는 당신의 아들을 낳아 들쳐업고 삼팔선을 넘 었어요. 이렇게 삼팔선을 넘었으면 곧 달려와야 할 텐데, 대답도 없 다면 어떻게 된 거요? 포로수용소에? 포로수용소에 갇혀 있으면 내 가 가서 만나게 어디로 갈 생각은 말아요. 오, 신이여! 잃어버린 남 편을 찾고자 하는 제 마음을 외면 마소서.'

인간사 어찌 같을 수가 있겠는가마는 이건 너무 심하지 않은가. 우리가 서로 마음이 안 맞아 헤어진 것도 아니고 말이다.

"제일 큰 포로수용소는 거제도에 있다는 것 같은데…."

"거제도요?"

"그래, 그렇기는 한데 애기까지 들쳐업고 험한 삼팔선을 넘느라 고생했으니 며칠간은 우리 집에 더 있으면서 생각해 봐."

"그렇게 해 주시면 감사하지요. 정말 감사합니다."

'어려운 처지를 보면서까지 내쫓지는 않겠지만, 잠시라도 머물 수 있게 해 주어 다행이다. 인규 씨! 어디 있다고 소식은 없다 해도 찾 아가면 곧 나타나 반가워나 해 주어야 해요. 알았지요? 아들 진수 도 낳아 이렇게 업고 왔으니 말이요.'

홍순희는 아장아장 걷는 아들을 보면서 누구도 알아들을 수 없 는 말을 한다. 홍순희의 그런 말을 옆에서 듣기라도 한다면 너무도 애처로워 힘이 되어줄 사람이 나타나지는 않을까.

"감사는 무슨 감사. 좀 쉬게 해줄 뿐인데."

"아니에요. 감사해요."

홍순희는 고개를 깊숙이 숙이면서까지 감사를 전한다, 남쪽도 인심만은 박절하지 않아 다행이다. 그렇게 해서 남편 찾으러 가겠다고 말하니 차비까지도 주어 우선 규모가 크다는 거제 포로수용소부터가 본다.

"안녕하세요."

홍순희는 아들 서진수를 들쳐업은 채 포로수용소 정문 근무자를 빤히 쳐다본다.

"어떻게 오셨어요?"

"제 남편을 찾으러 왔어요."

"그래요? 이제는 다 나가버리고 아무도 없어요."

"아무도 없다고요?"

"예, 아무도 없어요."

"그러면 어떻게 하나…?"

홍순희가 포로수용소 건물 쪽을 보면서 혼잣말처럼 한다.

"남편분 이름이 어떻게 되는데요?"

"서인규요."

"서인규요? 그러면 몇 살이요?"

"나이는 스물네 살이에요."

"그래요? 일단은 잠깐 들어오세요."

"감사합니다."

"이름이 있는지만 찾아볼 텐데, 그런 줄 아세요."

기적이 찾아준 남편

거제 포로수용소 정문 근무자는 그러더니 다른 근무자를 시켜 그동안 지냈던 포로병들 명부를 들고나오게 한다.

"이름이 서인규라고 했지요?"

"예, 서인규 씨에요."

"이름이 있는데, 나이는 몇 살이라고 했지요?"

"나이는 스물네 살이에요."

"주소는요?"

"주소는 함경북도 명천군이에요."

"있네요."

"찾았어요?"

"예, 찾기는 했는데 아까 말한 대로 여기는 없어요."

"그러면 어디로 갔을까요?"

"한 달 전에 나간 걸로 되어 있는데, 어디로 갔는지까지 알 수는 없어요."

'지금도 있어서 만나게 하면 좋을 텐데.' 하는 남편 나이 또래 검문소 직원의 눈빛이다.

"우리가 거기까지 알면 좋겠지만, 어디로 갔는지 알 수가 없어 미안해요."

검문소 직원이 홍순희 등에 업힌 애기를 보면서 하는 말이다.

"그래도 어디로 갔을 거라는 생각이 집히는 데도 없을까요?"

"확인은 못 했지만 다섯, 여섯 명씩을 한 조로 마을에 가서 일도 해 주고, 밥을 얻어먹게 한 것 같습니다."

그렇다. 수용 인원이 지나치게 많기도 했지만 지니고 있는 사상이 서로 달라 치고받고 그러지 않았는가. 그러는 것을 그대로 방치

했다가는 감당하기 어려운 사태까지 갈 수도 있다는 이유로 대여섯 명씩 짝을 지어 여러 마을로 보낸 것이다. 이승만 정부 쪽에서야 아무리 생각을 해봐도 그게 상책일 테지만, 그들을 먹여 살려야 하는 농촌 주민들로서는 적잖은 부담이었을 것은 말할 것도 없다. 그것은 가족들만 먹고살기도 턱없이 부족한 식량이었기 때문이다. 그러니까 넘기 힘겨웠던 보릿고개 말이다.

"그러면 어디 쪽으로 간 것까지도 모르고요?

"어디 쪽으로 갔는지 우리로서는 당연히 모르죠."

"죄송해요. 귀찮게 해서."

"아니에요. 찾을 수 있게 해드리면 좋겠지만, 우리는 검문소만 지킬 뿐이라서요."

"그런데 그렇게 해서 나간 사람이 많은가요?"

"많지요."

한국 전쟁 당시, 거제 포로수용소는 13만 2천 명을 수용한 국제연합군 측 최대 규모의 포로수용소였다. 이들은 반공 포로와 공산군 포로로 나뉘어 대립하였는데, 분열의 원인은 국제연합군 측이 1949년 제네바 협정에 따른 포로 자동 송환이 아닌, 자유 송환을 주장하면서부터였다.

"그러면 여기 말고 다른 포로병 수용소는 어디에 있지요?"

"아니, 여기서 나갔는데 다른 수용소를 찾으면 무슨 소용이 있겠어요."

"그렇기는 해도요."

"물으나 마나 한 말이지만 너무도 답답해서 그럽니다. 너무 귀찮

기적이 찾아준 남편

게 한다는 생각은 하지 마세요."

홍순희는 구시렁거린다. 물론 근무자가 알아듣지는 못했겠지만
말이다.

"미안하지만 우리로서는 어떻게 해보시라고 말도 못 하겠네요."

"그러시면 혹 제가 여기 왔다 간 줄 알고 또 올지도 모르니, 오게
되면 어디에 있는지 있는 곳이나 적어 달라고 하면 안 될까요?"

"그렇게는 하겠지만, 오지 않을 겁니다."

"그래도 혹 모르니, 한 달 후쯤에 또 와 볼게요."

"그러시면 어디서 오실 건데요?"

"어디서요?"

"그렇지요."

"저는 거처가 없어요."

"아니, 거처가 없다고요?"

"그러시면 삼팔선을 넘어오셨다는 거요?"

포로병이라 북한 출신이기는 하겠지만, 검문소 직원이 눈이 둥글
해지면서 하는 말이다.

"예."

"허허, 이거야. 그러면 임시 거처라도…."

"임시 거처도 없어요."

"임시 거처도 없다고요?"

"예."

"언제 넘어오셨는데, 거처도 없어요?"

"일주일도 안 돼요."

등에 업힌 아들 서진수는 묻는 근무자를 보려는 걸까 두리번거

리고 있다.

"임시 거처도 없다면 야단인데…. 그러면 부인 이름은요?"

"제 이름은 홍순희에요."

"고향이 북한이면 북한 주소는요? 아니다, 이름만 맞으면 되지. 그래요. 일단은 알겠습니다."

"찾을 수도 없는 사람을 찾아 달라는 것 같아 미안합니다. 그만 갈게요. 수고하세요."

홍순희는 그렇게 인사만 하고 어디로 가야 할지 정처도 없는 발길을 옮긴다.

'그래, 내가 이렇게 찾아왔으리라는 생각을 남편이 했겠는가. 휴전은 되었으나 남한에서 북한으로, 북한에서 남한으로 오가지도 못하게 총구로 막아 버린 삼팔선인데…. 어쨌든 우리 남편이 전사하지 않고 살아 있는 것만으로도 다행이고 감사한 일이다. 거제 포로수용소를 지키는 사람의 말을 들으면 우리 남편이 어느 동네로 갔는지는 몰라도 거기서 굶지는 않을 것이다. '여보, 이 홍순이는 당신을 만나야만 해서 삼팔선을 넘은 거요. 당신이 심어 놓은 아들을 들쳐업고 말이요. 당신을 만나지 않고는 살 수가 없으니, 어느 동네에 있다는 말만이라도 한번 해 주어요.'

그러나 홍순희는 당장 밤샐 곳도 없지 않은가. 두 살배기 애기까지 업은 나약…. 홍순희는 그런 생각을 하다가 삼팔선을 넘어 도움을 청했던 일을 생각한다. 창피하지만 현재로서는 어쩔 수 없다는 생각으로 포로수용소 근처 괜찮게 살 것 같은 집으로 들어간다. 세상인심이 나쁘지도 않지만 애기를 들쳐업은 처지를 돕고자 하는 마

기적이 찾아준 남편

음인지 흔쾌히 받아 주는 집도 있어서 보름 가까이 지내게 되었는데, 가족들이 많다. 할아버지, 할머니, 손주들까지… 대가족이다.

"네 이름이 서진수? 지금 몇 살이야?"

진수는 아직 만 세 살이 안 되어 무슨 말인지 알아듣지 못한다. 걸어 다니는 것만으로 좋아하고, 그것을 보는 노인들도 좋아하신다. 학교에 다니는 손주들도 좋아하는 것 같고 말이다. 그렇다고 이 집에서 마냥 있을 수는 없다는 생각으로 있을 때쯤 손님으로부터 얘기를 듣는다.

"벌어 먹고살기는 고깃배가 들락거리는 포구가 괜찮을 것 같은데 한번 가볼 거요?"

"거기가 어딘데요?"

"이 거제도도 포구가 있기는 하지만, 내가 말한 곳은 인천 제물포에요."

"그러면 인천 제물포는 어디에요?"

홍순희는 밥 벌어 먹고살 수 있다는 손님 말에 솔깃해 캐묻는다.

"여기서는 기차를 타야 해요."

"기차를 타야 한다면 거리가 먼 곳 아니요?"

"기차로 약 일곱 시간 정도 걸릴 거요."

"인천 제물포는 잘 아시고요?"

"가 보지는 않았지만, 아는 분이 제물포에서 장사를 한다고 해서요."

"장사를 한다면 무슨 장산데요?"

"포구니까 생선 장살 겁니다."

"그러면 장사한다는 말만 듣고 하시는 말 아니에요."

"그렇지요. 그런데 내가 할 말은 못 되나 벌어 먹고살아야 할 텐데, 이렇게만 있어서는 안 될 것 같아 하는 말이요."

남편을 찾고자 삼팔선을 넘었다 해도 그렇지, 임시이기는 하나 따듯한 밥 준다고 해서 어디로 갈 생각은 않고 보름 가까이 죽치고 있다는 말과 걱정된다는 눈빛이다. 그걸 홍순희가 왜 모르겠는가.

"알겠습니다. 그런데 기차 시간은 아세요?"

"기차 시간은 몰라요. 그래도 아침 일찍 나서야 할 게 아니오."

"그렇기는 하네요."

"차에서 내리자마자 갈 곳이 정해진 곳도 없으면서 한밤중은 좀 그러잖아요."

홍순희는 그렇게 인천 제물포로 가보라는 말을 듣고 인천으로 갔고, 인천 제물포에서 인꼴이 장사를 하게 된다. 그러면서 남자만 보면 '혹 내 남편은 아닐까.' 하여 건성으로 안 보인다. 그렇게 내 남편일 거라는 생각으로 남자들을 보던 어느 날, 그를 찾게 되는 기적까지 생긴 것이다.

그러니까 두 살짜리 애기를 들쳐업고 남하한 이후, 아들 진수가 중학교 2학년이 된 때의 애기를 하자면 다음과 같다.

"갓 잡아 온 생선인데, 아직 마수도 안 했어요. 사시오."

인꼴이 장사는 멀리 못 가고 십 리 안팎에서 하게 된다. 갓 잡아 온 생선의 신선도 유지 때문이기도 하다. 매일 그렇지만 오늘도 하루에 다 팔 수 있을 정도의 생선을 머리에 이고 늘 찾아가는 곳으로 가, 여자들 네 명과 남자 한 명이 모여 있는 곳에다 생선 다라를 내려놓는다.

"준치가 제철인데…."

남자의 말이다.

"상필이 아버지가 사시오."

같이 앉아 있는 동네 여자 말이다.

"저는 제집사람이 알아서 사고 안 사고 합니다. 그러니 아주머니들이나 사시오."

서로 그런 말만 하고 사질 않는다.

"안 사실 거면 머리에 이어나 주시오."

그렇게 해서 상필이 아버지가 생선 다라를 홍순희 머리에 이어준다. 무거운 짐 이어 줄 때 키가 엇비슷하면 상대에게 입맞춤도 가능할 만큼 가깝지 않은가. 그래서 홍순희는 찾고자 했던 남편 서인규 씨를 알아보게 된다.

홍순희 남편 서인규가 분명하다고 하는 것은 왼편 쪽 턱에 큰 점하나가 있어서다. 옆에 여자들만 없다면 생선 다라고 뭐고, '당신 이름이 서인규 씨 맞지요.' 했을 것이지만, 당장 그럴 수는 없다. 어느집으로 들어가는지를 먼발치에서 보고 어떤 집인지를 알아둔다. 그렇게 알아두고서 장사는 맨날 그 동네만 빙빙 돌면서 한다. 그렇지만 그 남자를 볼 수가 없다. 새벽에 일 나갔다가 밤늦게 들어오는지….

'그래, 내 남편이 맞을 가능성이 아주 크다. 그렇다고 해서 덥석찾아가 확인할 수는 없지 않은가. 그래, 남편 서인규 씨 마누라가어떻게 생긴 여자인지는 몰라도 가정을 이루고 살아야지 홀아비로만 마냥 살아갈 수는 없지 않겠는가. 포로병으로 붙잡힌 바람에 북한으로 돌아갈 수도 없는데 말이다. 여기 남한에서 얻은 마누라가 누구인지 알 수는 없어도 생선 장사를 하면서 본 여자일 것이다.'

남편과 사는 여자를 누가 가르쳐 주지 않는 이상 알 수는 없지만 생선을 사 주기도 했을 것이기 때문이다. 생선을 팔러 다니면서도 그런 생각으로만 매일이던 어느 날 봐 두었던 집에서 나오는 남자를 홍순희는 보게 된다. 그렇지 않아도 기회가 주어지기만을 기다리던 터에 이때다 싶어 홍순희는 기회를 놓칠세라,

"아저씨?"

강아지를 데리고 나오는 남자를 보고 묻는다.

"저 불렀어요?"

"예."

"왜요?"

"그렇게 안 바쁘시면 잠깐 이리 좀 와 보실래요?"

누가 혹 보기라도 하게 되면 큰 낭패일 수 있다는 생각에 으슥한 곳으로 유도한다.

"그러지 말고 이쪽으로 오시지요."

"아니에요. 그럴 사정이 못 돼요."

"알았어요."

몇 발짝만 걸어가면 되는 데 아니라고 할 수는 없겠다 싶어 그렇겠지만, 서인규 씨는 홍순희에게로 다가간다.

"그런데 아저씨 한번 물어봅시다."

"뭘, 물어봐요?"

"아저씨 이름이 혹 서인규 씨 맞으세요?"

기적이 찾아준 남편

"제 이름이 서인규 맞기는 한데 왜요?"

"주소는 함경북도 명천군도 맞고요?"

"아니, 아주머니가 어떻게 나를…?"

"여보, 나야 나. 홍순희."

"뭐라고…?"

"당신을 찾으려고 얼마나 헤맸는데 얼마나, 얼마나…."

홍순이는 남편 서인규에게 넘어질 뻔했다. 그렇지만 누가 보기라
도 하면 야단일까 봐 소리가 나지 않게 운다.

"순희야, 너 어떻게 된 거야~! 너를 여기서 만나게 되다니…."

"당신이 생선 다라를 이어줄 때 말할까 하다가 말았어."

"그랬구먼…."

"사람들이 있어서 그러지는 못하고 이제야…."

"야, 그러면 순희 너 이 근방에 살고 있는 거야?"

"그래, 여기서 가까워."

"그러면 혼자?"

"아니야."

"아니면 누구랑?"

"아들이랑."

"뭐야? 아들이라니…?"

"당신이 심어 준 아들이야. 다른 사람 아들이 아니고…."

"내 아들이라고…?"

"그래."

홍순희는 또 운다. 물론 소리 나지 않게 말이다.

"그러면 지금 몇 살이야?"

"지금 중학교 2학년이야."

"그래? 그러면 순희 네가 사는 집 주소나 주고 가. 누가 보기라도 하면 곤란할 수도 있으니."

"주소도 필요 없어. 제물포 바로 앞 동넨데 맨 꼭대기에서 살아."

"알았어. 그런 줄 알고 있을게. 일단은 가 있어."

"언제 올 건데?"

언제 올 것까지는 걱정을 안 해도 될 텐데 묻게 된다.

'그래 서인규 당신을 찾기 위해 괜찮은 취직자리가 있었음에도 마다하고, 천하게 보일 수도 있는 생선 인꼴이 장사를 지금까지도 하고 있는 거야. 당신은 그런 줄이나 알아.'

"글피가 쉬는 날이야. 그때 아침 먹고 갈게."

"꼭 올 거지?"

꼭 올 거냐는 말까지 하다니. 당연히 올 텐데 말이다.

"여러 말 말고, 어서 가 있어. 다른 사람들이 보겠다."

세상에 이런 기가 막힌 일이 내게도 있다는 말인가. 포로병이라는 이유로 하는 수 없이 그동안 헤어져 살았지만, 홍순이 너만 그리웠던 게 아니다. 지금의 마누라를 안을 때도 지금의 마누라는 좋아서 어쩔 줄 몰라 하는데, 홍순이 네가 생각이 나 미안해서 애기 만드는 수준이었다. 어떻든 상상도 못 한 반가운 일이기는 해도 좋기만 할 수 없는 것은 가정을 이미 가졌고, 아들딸 삼 남매를 두고 살아가는 처지가 되었기 때문이다. 마누라가 이런 사실을 알기라도 하게 된다면 반응이 어떨지 짐작이 필요하겠는가. 어느 마누라가 잘된 일이라고 하겠는가. 마누라 눈이 둥글해질 것은 분명하다.

기적이 찾아준 남편

그래서 처가로부터 쫓겨날지도 모른다. 아니, 쫓겨나서 홍순희 너와 살면 더 좋겠다. 홍순희와의 결혼은 중매도 아니고 연애도 아니다. 그러니까 홍순희 부모님과 우리 부모님의 뜻이 맞아 맺어주신 것이다. 물론 우리 둘도 억지로가 아니라 좋아서 맺어진 부부지만 말이다. 어쨌든 죽더라도 홍순희 앞에서 죽을 것이다. 그런 생각을 내내 하면서 제물포 앞 동네 맨 윗집에서 산다는 본처 홍순희 집을 서인규는 찾아간다.

"어디를 봐. 여기를 봐야지."

두리번거리는 남편 서인규를 홍순희가 먼저 보고 하는 말이다.

"아니, 집에 있으면 될 텐데, 어디까지 나와 있는 거야."

"난 간밤에 한잠도 못 잤어."

"나 때문에?"

"나 때문이라니…, 그걸 말이라고 해."

이렇게 된 마당에 잠이 올 수가 있겠는가. 남편을 찾고 싶어 붙잡히면 죽을 수도 있는 목숨까지 걸고 삼팔선을 넘어 이렇게 만나게 되었는데 말이다. 현대 여성들처럼 여차하면 헤어질 수도 있는 그런 서인규가 아니다. 죽어도 서인규 앞에서 죽고 싶다, 서인규도 마찬가지로 내 앞에서 편히 세상을 떠나게 해야 할 그런 남편이기도 하지만 말이다. 어쨌든 때문에 미안하지만 걱정이 많으신 시댁 어른들 몰래 뛰쳐나온 것이다.

'시부모님은 지금 내 생각을 하고 계실까? 친정 부모님도 말이다. 아니, 지금도 살아는 계실까?'

"야, 꼭대기 집이라 전망이 좋다."

"아니, 내가 좋은 게 아니라 전망이 좋다니…."

"그거야, 그렇지만…."

남편 서인규가 여기저기를 보면서 하는 말이다.

"전망이 좋고 안 좋고는 모르겠고, 살아보니 헌 집이기는 해도 나 살기는 괜찮은 집이야."

남편이 말을 잘못해서 미안해할까 봐, 아내 홍순희는 에둘러 말한다.

"그런데 이 집을 네가 어떻게 샀어?"

"이 집을 사게 되기까지를 설명하자면 얘기가 길어져. 나중에 얘기할게."

"그래?"

"자기와 뽀뽀해도 내려다볼 사람 없지 않겠어. 안 그래?"

"뽀뽀? 말도 잘 갖다 붙인다."

남편 서인규 말이다.

"다른 말 그만하고 방으로 들어가. 누가 볼지도 모르잖아."

"보면 어때."

"그렇기는 하지, 우리는 부분데…."

말은 그렇게 했지만, 남편을 당장 안아 보고 싶어서다. 남편을 끌어안아 본지가 그 얼마였던가. 군대에 가던 전날 밤 말고는 여태까지 남자 곁에 가보지도 못한 생과부였지 않았는가. 그래, 남자가 그립다고 해서 아무 남자나 끌어들일 수는 없다. 때문이기도 하지만, 남편 품에 안겨 본지가 얼마였던가. 15년여 기간이나 지났으나 애기도 펑펑 낳을 수 있는 그런 나이 35세. 35세 여자면 남자란 어떤

기적이 찾아준 남편

존잰지 제대로 알고도 남을 나이…. 우리 아들 진수는 학교에 가서 없는 단둘 만의 오전 시간…. 남편 서인규를 안아보기 위해 몸도 깨끗이 씻은 상태다.

"밥은 먹었겠지?"

남편 서인규 말이다.

"그러면 밥 안 먹어?"

"혼자라 대충 먹고살까 싶어서야."

지금의 마누라는 내가 먹고 싶은 생선찌개 같은 음식은 거의 하지 않는다. 애들 때문에 생활비가 부족하다 해도 너무하다 싶다.

"부엌도 한번 볼 거야?"

홍순희는 부엌문도 활짝 열어준다.

"본래 깔끔한 성격이기는 해도 정말 깔끔하다."

"그런 말 말고 웃옷이나 벗어."

"알았어."

그래, 안아보고 싶은 마음이 홍순희 너만이겠는가. 이 서인규도 마찬가지이지. 서인규는 평소의 옷차림이지만, 아내 홍순희는 이런 시간을 갖기 위해 마음을 먹었는지 옷 벗기기도 간편하게 입었다. 그러니까 오늘을 위해 치마와 새로 구입한 사리마다뿐이다. 아무튼 그렇게 해서 서인규와 홍순희는 더할 수 없는 에로스다. 이 짓이 현재의 마누라 쪽에서는 불륜일 수 있겠지만, 우리는 법적으로 정식 부부인 것이다. 여기 남한 호적에는 아니나 북한 호적에는 부부로 등재되었는데, 그런 등재가 지금도 그대로일 것이지 않겠는가. 말할 것도 없이 다시는 없어야 할 인류 파괴인 전쟁, 이런 무지막지한 전쟁이 있기까지 거슬러 올라가 보면 모두 일본 책임이다. 또 한

반도를 공산화하기 위한 배후 세력인 중국이 있다. 그러나 직접적인 책임은 북한 통치자 김일성에게 있다.

아무튼 이 시간만은 홍순희와 서인규만의 시간이다. 중천에 저렇게 떠 있는 태양도 이들의 몸짓에 박수를 보내지는 않을까. 완벽한 에로스의 표현은 끝났지만, 몸은 떨어질 줄 모른다. 홍순희는 서인규 품에서 한없는 눈물을 보인다. 이 홍순희의 눈물은 남자가 너무도 그리웠는데, 그걸 충족시켜 준 것에 대한 눈물일 것이지만 말이다. 잃어버린 남편 서인규를 찾으려고 거제 포로수용소도 가보기도 했고, 생각지도 못하게 제물포라는 곳까지 떠밀려 와 살지만, 남자들만 봐도 혹 내 남편은 아닐까 찾아보기를 무던히도 애썼다는 그런 눈물이지 않겠는가. '하나님 아버지. 아무리 생각을 해봐도 당신의 은총이 아니고는 설명이 안 될 것 같습니다. 감사합니다.' 그런 눈물 말이다.

우리가 낳은 아들은 제 아빠가 국군 포로로 붙잡혀 남한에 있을 거라고만 알고 있을 뿐이다. 찾았다는 말을 안 했으니 말이다. 어떻든 엄마가 이렇게 된 마당에 준수 네 아버지와 만나게 해 주어야겠지. 그래서 생각인데 시간이 된다면 내일쯤에라도 말이다. 그래, 그런 문제는 이 시간 후 일이다. 삶에서 잃어버린 귀중품을 찾았을 때가 가장 기분 좋다지만, 이건 그런 귀중품과 비교가 되겠는가. 목숨과도 같은 내 남편, 사정이 어쩔 수 없어서 그렇지, 어디 나만 그랬겠는가. 남편 서인규는 나를 얼마나 좋아했는가.

남편 서인규는 전쟁이라는 이유 때문이기는 해도 남한 여자와 재

혼을 해 자식들까지 두고 살아간다. 그러기에 부부이기는 해도 떳
떳하게 살아갈 수 없는 사정이 되고 말았지만, 이렇게 되었다.

4

"인규야!"

홍순희 친정아버지 말이다.

"예~?"

"너 이리 좀 와 봐라."

"…"

'왜 부르시지? 우리 집 앞에서 얼쩡거리지 마라! 혹 그런 말씀을 하시려고는 아니실까?'

"너 바쁘냐?"

"아니요."

"그러면 내가 하는 일 좀 도와줄래?"

"바쁘지는 않지만, 무슨 일인데요?"

그렇잖아도 세 살 아래인 열다섯 살 홍순희가 자꾸만 보고 싶어 순이 집 근처에서 얼쩡거리곤 했는데 말이다.

"나는 힘이 약해서 그러니 이 볏가마니, 마당으로 좀 옮겨다 줄래?"

"예."

서인규는 '볏가마니 말고도 더 있으면 제가 도와 드릴게요.' 한다. 덩치도 좋겠다. 힘을 쓸 수 있는 열여덟 살 나이. 볏가마니만 옮겨다 준 게 아니라 벼를 멍석에 널어주기까지 한다. 홍순희는 서인규가 그러는 것을 보면서 고마움이 더해져 좋아지기 시작한다. 그렇지만 서로가 말을 걸어보기도, 가까이하기도 마음뿐이다. 서인규는 어른들이 눈치라도 챌까 봐, 홍순희를 슬쩍슬쩍 본다. 그렇지만 그마저도 홍순희가 안 보이면 마음이 편치 못하다. '나는 홍순희 너를 엄청 좋아하는데 순희 너는 나를 좋아할 필요가 없다는 거냐? 그렇게 들어가 버리게.' 서인규는 괜한 부아가 난다.

"인규 너 힘이 엄청 세다."

"할 일 더 없어요?"

"순희야!"

"예~!"

"엄마더러 막걸리 좀 내오라고 해라~!"

그렇게 해서 막걸리가 나온다.

"인규야. 너 수고했는데 마땅히 줄 것은 없고, 이 막걸리나 한 사발 해라!"

"막걸리요?"

"그래."

"저는 술 못 마시는데요."

농촌이기에 술은 집집마다 있을 뿐더러 술을 못 빚는 여자들은 없다. 그래서 인규 엄마도 술을 잘 빚어 놓고 술맛이 어떤지 한번 마셔보라고 종지 같은 바가지에 따라 주시곤 해서, 두어 모금은 마셔보기는 했다. 그렇지만 어른들처럼 마셔본 일은 없다.

"못 마시기는 왜 못 마셔. 괜찮아. 어른이 주는 술이니까 마셔도 돼."

"아니에요."

"걱정 말고 이리 와 봐! 나 혼자 마시기는 좀 그러니 인규 네가 좀 도와주어야겠다. 자 받아라!"

그리고서 어른들이 마시는 양의 반 정도를 따라서 주신다.

"저는 막걸리를 못 하는데…."

홍순회가 더 보고 싶어 쉽게 떠나지 못하고 있는데, 막걸리를 따라 마시라고 내밀어 안 받기는 좀 그래서 받았다. 그렇지만 어른 앞에서 마시기는 아닌 것 같아 서인규는 술잔을 들고 저만치 물러서 마신다. 그것을 본 홍순회는 빙긋이 웃고는 부엌으로 들어가 버린다.

"한 사발 더 할 거야?"

"아니요."

"그래, 네 부모님이 보시면 내 아들 함부로 부려먹지 마세요. 그러실까 봐 조심스럽기는 하다."

"…."

'우리 아버지가 그렇게까지 하지 않을 텐데요. 모르기는 해도 장가들 나이라 홍순회를 좋아해라! 하실지도 모르는데요.'

"그렇지만 가끔은 인규 네가 좀 도와주어야 할 것 같다. 그래도 괜찮겠냐?"

홍순회 아버지 홍태신 씨는 그냥 도와달라는 말이 아니다. 서인규를 사윗감으로 생각하고 하는 말이다. 서인규 부모 집안 성품들로 봐, 그럴 리는 없겠지만 만약 서인규 부모가 말한다면 솔직하게 말할 것이다. 인규를 내 사위로 삼을 마음이라고….

"예, 괜찮아요."

"그래? 그러면 우리 집에 자주 와도 된다. 그러니 오고 싶으면 언제든지 와라!"

"아, 예!"

대답은 '예.' 했지만, 홍순희 아버지가 부르기 전에는 오늘처럼 오기가 쉽지는 않을 것 같다. 동네 사람들 눈도 있고 그래서다.

"순희 아버지! 우리 아버지가 식사하시게 오시래요."

서인규 여동생 아홉 살짜리 맹금이가 말한다.

"아버지가?"

"예,"

"그래, 알았다. 곧 갈 거마."

그래서 홍순희 아버지, 어머니는 서인규 부모 집에 가게 된다.

"아이고, 어서 오세요."

서인규 부친 서명진 씨. 홍순희 아버지 홍태신 씨보다 한 살 위라 서로 벗을 해도 되겠지만, 이 동네로 이사 온 지가 7년밖에 안 되어 처음부터 올려서 말을 해버린 것이 그대로 이어졌다.

"저만 온 게 아니라 안사람도 같이 왔습니다."

"아니, 두 분이 오시라고 말했는데 그렇게 말 안 하던가요?"

"둘이 오라고 말했어요."

'아내에게는 말 안 했다. 그렇지만 나 혼자만 오라고 했겠는가.'

"맛있는 것이 있어서 오시라고 한 게 아니라, 보시다시피 흰 쌀밥이기에 같이 먹고 싶어 오시라고 한 것뿐입니다."

"고맙습니다. 먹기 어려운 닭고기도 있네요. 잘 먹겠습니다."

"잔 받으십시오."

초대를 한 서인규 아버지 서명진 씨 말이다.

"아이고, 먼저 드시지. 고맙습니다."

홍순희 아버지 홍태신 씨는 받은 막걸리 한 사발을 맛나게 마신다.

"양조장 막걸리는 아니고, 집사람이 빚은 가용주입니다."

"그래요? 어쩐지 양조장 막걸리는 아니다 했는데 여간 맛있지 않네요."

"맛있다니 다행입니다. 그런데 홍씨!"

"예…."

"제가 하고 싶은 말이 있는데, 지금 해도 될까요?"

"그래요? 무슨 말씀인지는 몰라도 해보세요."

"다름이 아니라, 홍씨 따님 순희가 제 며느리가 되면 좋겠다. 안사람이 그래서입니다."

장가들면 따로 살게 해야 할 작은 아들이기는 하나, 인규가 청년이 되고 보니 며느릿감이 보여 아내와 의논한바 아내 핑계를 댄다.

"예? 고마운 말씀이기는 하나 아직 열다섯 살인데요."

"지금 혼인시키자는 것이 아닙니다. 우리 인규가 사윗감으로 싫지 않으시다면 다른 곳에 마음을 두지 마시면 해서입니다."

기적이 찾아준 남편

"아이고, 서씨께서 우리 순희를 좋게 보시는 것 같아 기분이 좋네요."

"저나 안사람이나 순희가 좋게만 보여 드리는 말씀입니다."

"고맙습니다만, 그런 말씀은 처음 듣는 말씀이라 대답하기는 아직 아닌 것 같습니다. 옆에서 아내도 듣고 있지만 말입니다."

말은 그렇게 했지만, 홍순희 아버지 홍태신 씨는 '서인규가 사윗감으로 나도 좋지요. 그래서 무거운 것은 좀 옮겨 달라고도 했어요. 어른 입장이기는 하나 남의 아들에게 함부로 마시게 해서는 안 될 막걸리도 한잔 마시게 했고요. 솔직한 생각이지만 서인규 너는 이제부터 내 예비 사위다. 그런 줄 알고 자주 와라! 그런 말도 하고 싶었습니다.'라고 말하려다가 그만둔다.

"믿고 있겠습니다. 안사람이 여기 있지만 좋다고 해서입니다."

서인규 아버지 서명진 씨 말이다.

"고맙습니다만 그런 얘기는 오늘 말고 다음에 또 합시다."

그런 생각은 서씨 생각만이 아니다. '인규가 내 사위가 되면 어떨까?' 그런 생각을 하고 있던 중에 나온 말이다.

"저는 고개 넘어 고창리가 친정이에요."

서인규 모친 말이다.

"그래요. 그래서 고창댁이군요."

"아무튼 이것은 좋은 일이니 아드님 인규가 우리 집에 자주 와도 나는 말 안 할 텐데, 괜찮겠지요?"

홍순희 아버지 홍태신 씨가 서인규 어머니를 보면서 하는 말이다.

"말 안 할 겁니다. 우리 인규가 필요하시면 언제든지 부르세요."

이번에는 서인규 부친 서명진 씨 말이다.

'그래, 홍순희를 며느리로 삼으면 싶다고 말했는데, 어찌 싫다고 하겠는가. 바쁜 일이 아니면 늘 가서 홍순희와 정도 들게 해야지.

서인규와 홍순희는 그렇게 해서 중신 할미 소개도 없이 맺어진 것이다. 그런 부부가 6·25라는 전쟁이 전혀 모르는 사람으로 갈라놓은 것이다. 그랬다가 신의 은총으로 이렇게라도 만나게 된 것이다. 그런 생각인지 이웃이 들을까 싶지만, 아내 홍순희는 목놓아 울기까지 한다.

"부모님은 그러셨는데, 지금도 살아계실까?"

아내 홍순희 말이다.

"글쎄…."

"그래, 살아계실 것으로 믿고 싶을 뿐이지."

"믿고 싶을 뿐?"

"친정 부모님은 당신을 사위로 삼기 위해 늘 불렀는데, 그걸 당신은 알고 있었을까?"

"알지 왜 몰라. 그런데 순희 네가 보고 싶은데도 너는 자꾸만 피하데."

"내가 피했다고?"

"그러면 왜 옆에도 오질 않았지?"

"마음이야 손이라도 잡아보고 싶었지. 그렇지만 부모님 눈치가 보였어."

"눈치가 보였다고?"

기적이 찾아준 남편

"그래."

"아니었던 것 같은데…"

"아니었으면 내 손 잡아 보게…?"

"거기까지는 어렵다 해도 나를 사윗감으로 알고 부르시곤 했는데, 순희가 옆에서 몇 마디 했다고 소문까지 내시겠어."

"그렇기는 하지. 아무튼 부모님 눈치가 보여서 그랬어."

혼인한 부부라도 남이 보는 앞에서는 상당한 거리를 유지해야 했던 시대에 우리는 혼인을 했다. 남편 서인규가 그것을 어찌 모를 수가 있었겠는가. 그랬던 일은 과거 일이고, 우리가 극적으로 만나 사랑을 이렇게 나누게 되는데, 이런 사랑을 불륜이라고 말할 사람도 있을까. 그래, 말할 사람이 있다면 자식을 셋이나 두고 사는 지금의 마누라겠지만 말이다. 다시는 없어야 될 전쟁, 누구를 위한 전쟁이며 전쟁 종식은 언제쯤이나 이루어지게 될 것인가? 부부로서 한 이불 속에서 평생을 살아가야 할 사랑하는 남편과 헤어지게까지 한 지긋지긋한 전쟁….

'그래. 전쟁이 없었고, 전쟁이 있다 해도 지금이야 아니지만 포로로 붙잡혀 갈라진 상태로 살지만 않았어도 자식 몇 명은 더 두고 오순도순 살고 있지 않겠는가. 문득 거제 포로수용소에서 잔잔하게 마음을 울려 퍼졌던 '전쟁에 피는 꽃'이 생각난다.'

포성이 멈추고 한 송이 꽃이 피었네 / 평화의 화신처럼 / 나는 꽃을 보았네 / 거친 들판에 용사들의 넋처럼 / 오 나의 전우여 / 오 나의 전우여 / 이 전쟁이 끝나고 평화가 오면 내 너를 찾으리 / 평화의 화신으로 산화한 전우여 / 너를 위해 꽃은 피고 먼 훗날 이 땅에 포성이 멈추면 / 이 꽃을 바치리 / 오 나의 전우여 / 오 나의 전우여~

"순희가. 나를 어떻게 알아봤을까?"

"이건 뭐야?"

홍순희가 남편 서인규의 턱 밑 큰 점을 만지면서 하는 말이다.

"점?"

검지와 중지로도 만져지지 않는 점을 서인규는 만진다.

"당신 나이 또래의 남자를 보면 턱에 점이 있나 봐지더라고."

"그렇구먼, 그러면 다른 데는 안 보이고?"

"다른 데라면 어디가…?"

"아니야, 아니야…."

홍순희와 서인규는 사랑으로 이어지고, 따스한 햇볕은 둘의 사랑 모습을 엿보고, 시원한 바람은 대막가지로 엮은 창살 문틈으로 살며시 들어오고 있다. 말도 없이 말이다. 하나님께서 창조하신 최대 걸작품인 부부간의 성, 그런 성을 아껴두었다가 어디다 써먹을 것인가. 그동안 힘들어했을 홍순희에게 써먹어야지. 이런 사실을 재혼해서 얻은 큰아들인 상필이 엄마가 아는 날엔 야단이겠지만, 홍순희를 이렇게라도 사랑해 주어야 할 입장임을 인정해 주었으면 한다.

"그래 무슨 말인지 알았어, 여보, 고마워. 난 지금 죽어도 한이 없어."

홍순희는 소리까지 내면서 또 운다. 그동안 굶주렸던 것은 성만이 아니다. 15년이 넘도록 찾지 못했던 남편이다. 이것은 하나님께서 나를 불쌍히 여기시고 잃어버린 남편을 찾게 해 주셨기 때문이다. 그래, 그동안 남편 서인규를 찾게 해달라고 얼마나 간절한 기도를 했는가. 외롭기도 했지만 교회에 가자는 전도의 말을 받아들여 신앙생활을 하게 되었고, 교회에서는 홍순희 집사라는 말도 듣는다. 서른 중반 나이에서 말이다.

"미안하다는 말은 하나 마나 한 말이지만, 순희를 이렇게 만날 줄 알았다면 홀아비로 그냥 살 걸 그랬잖아."
"나를 만나게 될 줄 알았다 해도 젊은 사람이잖아."
"젊은 사람?"
"젊은 사람이 어떻게 혼자 살아."
"그렇기는 해도."
남편 서인규 말이다.
"그렇기는 해도라니, 그런 말은 하나 마나 한 말이다."
"그래, 하나 마나 한 말이기는 하지."
그렇지만 순희를 극적으로 만나고 보니 그런 말이 해지는 걸 어쩌랴.
"지금으로서는 다른 방법은 없어 그냥 이대로 살아."
"홍순희는 몰라라 하고?"
"그거야, 눈치껏 슬쩍슬쩍 와 주면 되잖아."
말은 그렇게 했지만, 남편 서인규를 늘 품지 않고는 못 살 것 같다. 서인규와 내가 여기서 부부라는 사실을 증명할 길은 아들밖에 없지만, 많은 사람들 앞에서 청실홍실에 매달린 잔을 주고받으며 혼인한 사이가 아닌가. 그렇게 보면 재판관이 국제법을 적용할 경우 아이를 셋이나 낳은 지금의 서인규 마누라보다도 우선권을 가진 마누라로 판결이 나지 않겠는가.

그래, 그런 법이 있다 해도 지금 내 자리를 점령하고 살아가는 여자에게 비켜달라고 할 수는 없다. 그래서 최선의 방법을 찾는다면 지금의 상황을 인정하고 큰 마누라, 작은 마누라로 살아가면 좋겠다. 법적으로야 안 되는 일이지만, 생각을 해보면 그리 멀지 않은 전날까지도 그것을 인정하고 살았지 않은가. 그랬던 시대를 생각해서라도 형님, 동서 하면서 살아갈 수는 도저히 없는 걸까. 이건 마음씨가 좋아서가 아니다. 한집에서 같이 살기는 어렵다 해도 나도 살고, 그대도 살 수 있는 일이기 때문이다.

"그러나 탄로라도 나는 날엔?"
남편 서인규 말이다.
"탄로 나지 않게 하는 것이 기술 아니겠어."
"기술?"
"그래, 기술. 기술이란 말을 여기서 써먹기는 좀 그러나, 도둑이 붙잡힐 때까지 도둑질한다는 말 못 들었어?"
"그거야…"
"들통이 나면 쫓겨날까 봐?"
"허허…"
그래, 나가 살라고 쫓아내면 더 좋지. 순희 너는 내가 좋고, 나도 순희 네가 좋은데 말이다. 그렇게 보면 쫓겨나는 행동을 일부러 해야 할 것 같다. 다른 사람이 보기에 흉하지 않게… 아니, 흉이 될 수는 없다. 홍순희와 살기 싫어서 헤어진 것도 아니지 않은가. 6·25

라는 전쟁을 이유로 피치 못하게 헤어졌을 뿐이지. 그게 아니라도 본마누라와 살겠다는데 누가 말하겠는가.

"그리고 아들 보고 싶지 않아?"

"그걸 말이라고 해."

"그러면 내가 부를 때까지 기다리고 있어. 알았지?"

"사진 있어?"

"사진은 없어."

"사진 좀 찍어 주지 그랬어."

"그렇네. 사진 찍어줄 생각을 왜 못했지."

"없는 사진 소용은 없고, 지금 중학생이면 몇 학년?"

"몇 학년이겠는가. 계산을 한번 해 봐!"

"내가 군대 간 것이 1950년 4월이니까 지 나이대로 학교 보냈으면 중학교 2학년?"

"그래, 중학교 2학년이야. 생일은 1951년 1월 17일이고."

"낳기는 낮에? 밤에?"

"오후 3시쯤이야."

"그러면 애기는 우리 어머니가 받고?"

"아니야, 산파인 월산댁이 받았어."

"월산댁?"

월산댁, 그분은 다른 동네 애기들까지도 받고 그러기는 했지. 전날에는 동네마다 무당 같은 분도 있지만, 애기를 능숙하게 잘 받아내는 여자 분들도 있었다. 의료 체계라고는 거의 없던 시절에 전해들은 얘기로든, 짐작으로든 개인적으로 약처럼 만들어 치료약으로 사용했던 단방약이라는 것이 있듯 말이다.

"애기 낳기는 힘들지 않았는데, 좋아해 줄 당신이 없다는 것이 슬펐어."

"울지는 않았고?"

"울기까지는 안 했지만, 아무튼 그랬어."

"그러면 내가 군대에 가게 된다니까 임신을 해버린 건가?"

"그런 일이 어디 내 마음대로 되는 일이야."

"그렇기는 하지."

그래, 임신은 마음대로 될 수 없는 일이지. 애기가 생길 때쯤에 피임 목적으로 씨를 가진 놈이면 옆에 얼씬도 못 하게 하든지, 아니면 도망을 가 버리든지 하면 또 모를까.

"생기기는…?"

"사진이 없어 보여줄 수는 없으나, 생기기는 서인규 판박이야."

"내 판박?"

"그래, 판박!"

'그래, 생김새가 내 판박이 아니어서는 다른 놈 자식이지, 내 자식일 수 있겠는가. 생김새도 그렇지만 걸음걸이도 말투도 지니고 있는 성격까지도 닮는다지 않는가. 우리 진수야 성장 단계에 있으니 그것들이 다 나타나기까지는 아직 이르다고 할 수 있겠지만 말이다.'

"그래?"

"아무리 서인규의 씨라지만 턱 밑 점까지도 닮지는 않았겠지?"

"턱에 점은 없어."

"그건 그렇고, 이름이 뭐라고?"

"이름 말한 것 같은데 까먹었을까?"

"이름은 말 안 했는데."

"그래? 이름은 진수. 아버님이 지어 주신 이름이야."

오늘날에서는 자식 이름을 아빠도 아니고, 엄마들이 지어 주는 경우가 대부분인 것 같다. 그것도 예쁘게만 지어야 한다는 이유인지 의논도 하지 않는다. 앞으로는 사정이 여의치 않으면 또 모를까 이름 지을 때는 어른들이랑 의논해서 지으면 좋을 것 같다. 좋은 이름이지만 친인척과 겹치는 이름인지를 살피기도 하고, 어른이 되었을 때를 생각해서도 말이다. 작명가들 말처럼 이름을 잘 지어야 그 사람의 운명이 어쩌고는 필요 없는 시대지만, 누구의 자식 이름처럼 이름이 시찌, 또는 꽃분, 그래서야 되겠는가.

그래, 이름이야 시찌, 꽃분이기는 해도 이름과는 상관없이 똑똑해서 대통령이 되었을 때, 국무총리가 되었을 때, 또는 장관이 되었을 때를 생각해서라도 조롱의 이름이 아니게 지어주라는 것이다. 환갑을 넘은 여성분들 중에 영자, 순자, 순희 이런 이름들이 대부분인 것 같다. 그런 이름은 신세대들이야 써먹지 않겠지만 어떻든 개명이 쉬워진 오늘날이라도 누가 들어도 괜찮은 이름으로 짓되 가족과 의논해서 지으라는 것이다.

5

"진수야!"

"엄마, 왜?"

"뭐 먹고 싶은 거 없어?"

진수 아빠가 총각 시절 잘 먹던 기억 때문에 묻는 말이다.

"먹고 싶다면 뭘 만들어 주려고? 빈대떡?"

"아니다."

"빈대떡이 아니면 뭔데?"

"잠잘 자리에 빈대떡은 손해 볼 수도 있으니, 다음 토요일 낮에 만들어 줄게."

"나 같은 입맛은 돌을 씹어도 소화가 된다던데."

"그러기는 하지. 진수 너 때는 돌을 씹어도 소화가 될 정도의 나이이기는 하지."

음식에 있어서는 상식을 따라서는 안 된다. 그래, 채식주의자도 있다는 말이 들리기는 한다. 그러나 인간은 본시 육식을 먹게 창조

　　　　　　　　　　　　기적이 찾아준 남편

되어 있다는 것을 알아둘 필요가 있다. 어느 시대부터 농경이 시작되었는지는 몰라도 농경시대 이전에는 짐승 사냥으로 먹고살았다. 오늘날에도 가난한 국가 말고는 육식을 즐겨 먹는다. 그래서 채식으로만 살아온 민족의 사람들은 늙어서 허리가 굽고, 육식을 주로 하는 민족의 사람들은 허리가 굽지 않는다는 것을 알아둘 필요가 있다.

"지금대로만 먹어도 나는 충분해. 더 잘 먹이려고 안 해도 돼. 엄마."
"진수 네가 그렇게 말해 버리니 엄마는 미안해진다."
"엄마는 내 말에 감동 먹었어?"
"그런 말에 감동 먹지 않을 엄마가 어디 있겠냐. 고맙기까지 하다."
"어우!"
"진수야!"
"왜?"
"너도 아빠가 있으면 좋겠니?"
"그게 무슨 소리야?"
"아니야, 그냥 한번 해보는 소리야."
우리 진수는 어찌 된 셈인지 제 아빠 말은 전혀 안 한다. 제 아빠는 포기해서일까? 태생지가 북한이라는 것을 알고 있고, 포로병으로 있을지도 모른다는 것까지도 말해서 알고 있음에도 말이다. 어쨌든 아빠가 없는 아이들은 어딘가 기죽어 보인다는데, 우리 진수는 전혀 아니다. 왜 그럴까? 그렇다면 아빠를 찾았다고 말해도 시큰둥하지는 않을까. 찾았다고 말해서 좋아한다면 곧 만나게 해줄 텐데 말이다. 지금의 태도로 봐서는 아닐 것 같아 조금은 걱정이다.

"엄마, 학교 친구들을 초대해도 괜찮겠지?"

"이렇게 시시하게 사는 데도?"

"상관없어. 잘 사는 애들이 아니니까."

"그러면 다행이지만, 엄마가 집에 있을 때라야 뭘 만들어 주기라도 할 텐데. 없을 때 오면 어쩌지?"

"엄마가 있을 때면 좋겠지만, 아니어도 괜찮아."

아들 진수는 우리 집 사정을 친구들에게 말해서 감추고 말고 할 것도 없다는 눈치다.

"그러면 언제쯤 올 건데?"

엄마 홍순희는 방에 물걸레질을 하면서 말한다.

"언제라고 말하기는 어렵겠지만, 낼 모레쯤!"

"낼 모레? 알았다."

그래서 엄마 홍순희는 진수가 애들을 몇 명이나 데리고 올지 몰라도 다섯 명이 먹을 수 있는 부침개와 생선찌개도 만들어 놓고 나갔고, 생선 장사도 평소처럼 하고 집에 돌아온다. 그렇게 돌아와 보니 우리 진수 말대로 제 친구들은 왔다 간 모양이다. 부침개 그릇도, 찌개 그릇도 빈 그릇이다.

"네 친구들 왔었냐?"

"…"

'아니, 우리 엄마는 다른 남자를 불러들이는 거야 뭐야. 마당에 담배꽁초가 있는 것을 애들한테 들켰잖아. 애들이 엄마 혼자인 줄

로만 알고 있는데 말이야. 말도 안 되게.'

아들 서진수는 그런 태도의 표정이다.

"엄마가 고작 부침개나 생선찌개만 만들어 놓아 속상해서 말 안 하는 거냐?"

"…"

'다른 엄마들은 몰라도 우리 엄마만은 아닐 줄 알았는데, 정말 실 망이다. 애들 보기도 창피해서 어떻게 해.'

진수는 대답하기도 싫다는 표정이다.

"네가 말을 안 하는데, 왜 그런지 이유나 좀 알자!"

"엄마, 알았어."

"알다니, 그게 무슨 태도야!"

'진수 이것이 남자이면서 남자 냄새를 맡고 그러는 건가? 진수가 기분이 좋을 때를 봐서 제 아빠를 찾았다고 말할 참이었는데 어쩌 면 좋냐. 진수 네 기분이 좋고, 안 좋고 상관없이 말을 해버려? 다 른 애들은 아빠가 있으면 좋겠다고 할 텐데. 우리 아들 진수는 그렇 지도 않다니… 내가 엄마이지만 아들에게 말하기가 이렇게 어려울 줄이야. 이것은 하나님께 기도해야 할 일인 것 같다.'

"엄마?"

"그래."

"우리 집에 누가 왔다 갔어?"

"아닌데, 왜?"

"그러면 마당에 담배꽁초는 뭐야? 엄마는 담배 안 피우잖아."

"응…, 그건…."

단둘이만 사는 아들에게 말하기가 이렇게 어려울 수가….

"엄마 말하기 곤란하면 말 안 해도 돼."

"진수야!"

"…."

'변명 안 해도 돼. 엄마가 변명을 한다고 해서 쉽게 넘어갈 그런 바보가 아니니까.'

"사실은 천천히 말하려고 했는데, 진수 네가 그러니 말을 해야겠다. 네 아버지를 찾았다."

"뭐? 아버지를 찾았다고?"

"그 담배꽁초는 아버지가 피운 거다."

"그러면 언제?"

"언제가 아니고 네 친구들 오기 전날에."

"그러면 곧 말하지, 이제야 말하는 거야?"

'아빠를 찾았다는 말이 진짜라면 곧바로 말해도 될 텐데. 내가 꼬치꼬치 따지니까 하는 수없이 말하는 걸까? 아니면 말하기 어려운 무슨 이유라도 있다는 건가? 엄마는 나를 위해 최선을 다하고 계신다. 그것을 아들인 내가 어찌 모르겠는가. 웬만한 것은 판단할 수 있는 중학생인데 알고도 남지. 누구처럼 생선가게도 아닌 천한 장사일 수도 있는 머리에 이고 다니는 장사. 그렇게 장사를 하면서까지 나를 키우고 계시지 않은가.'

"진수 너야 아닐지 몰라도 이제야 말하는 것은 그럴만한 사정이 좀 있어서다."

"그럴만한 사정?"

　　　　　　　　　기적이 찾아준 남편

'그럴만한 사정이란 뭘까? 엄마는 여자로서 고등학교까지 다닌 지식인이기에 생각나는 대로 말씀을 하시지는 않을 테지만 말이다.'

"다른 사람도 아닌 진수 네 아버지 일이라 낼 모레쯤 말할까 했었을 뿐이다."

'진짜다. 진수 네 아버지를 말하지 않은 것은 말해도 될 만할 때를 찾고 있었을 뿐이다.'

자식은 대하기 쉬운 상대이기도 하지만, 어려운 상대이기도 하다는 것을 모르는 부모는 없으리라. 직장인인 자식에게 월급이 얼마인지 궁금해도 묻지 못하는 것이 부모이다. 부모 마음을 알아서 자식이 먼저 말하기 전에는 말이다.

"그러면 아버지는 어디에 살고 계셔?"

"말해 주면 네가 가 보게?"

"가 보고, 안 가 보고가 아니잖아."

"아주 가까운 데 사셔."

엄마 홍순희는 동네까지도 말할까 하다가 '아주 가까운 데'라고만 말한다.

"그러면 엄마는 아버지가 사는 집에 가 봤고?"

"가 본 게 아니야."

"그러면?"

"길에서 찾았어."

"길에서 찾았으면, 가까운 곳에 사시는 것을 엄마가 어떻게 알아?"

"그거야 아버지가 사는 집 앞이니까 알지."

"그러면 혼자는 아니시겠지?"

"지금까지 혼자 사시겠냐. 새장가를 들었던지 그러셨겠지."

"…"

혼자 사시느냐고 묻는 것은 엉터리다. 아버지가 포로병이기는 하나 청년 나이였는데 말이다. 그러면 새로 장가든 작은엄마는 어떤 분일까? 자식은 두었을 테지만, 엄마처럼 장사하는 그런 분은 아닐 테고 말이다. 그것도 있지만 아버지는 본처를 잊고 사시다가 생각지도 못하게 엄마를 만나보게 된 것이다. 그랬으면 그 기분은 어땠을까. 기분이 좋았을지 생각이 복잡했을지가 궁금하다.

"그런데 아버지를 찾은 것이 진수 너는 반갑지 않은 거 아냐?"

"왜 반갑지 않아. 나도 반갑지."

그런데 내 아버지이지만 다른 애들 아버지도 돼서 그런지 마음이 썩 내키지 않은 것만은 사실이다. 아버지 집을 찾아가면 애들의 엄마가 반가워는 할까? 작은엄마 마음씨가 엄청 좋아서 데리러 오면 또 모를까…. 데리러 오지 않고서는 지금은 아버지가 사신다는 집에 갈 생각이 없지만 말이다.

"그래, 아직 그 정도로만 알고 있다. 진수 네가 아버지를 만나보고 싶다면 아버지를 오시게 하든지 해야겠지만."

"…"

사정이야 어떻든 아버지가 홀로 계시는 것도 아니고, 다른 엄마와 살고 계셔서 그런지 엄마 생각과는 다르다는 표정을 서진수는 짓는다.

"네 아버지 만나기는 진수 네 생각에 달렸다."

'진수 너야 아닐지 몰라도 이 엄마는 꼭 찾아야만 될 너의 아버지다. 그런데도 진수 너는 그렇게 반가워하지 않는 것 같아 섭섭하다. 때문에 말을 어정쩡하게 하는 것이다. 그래, 네 아버지가 돈이 많아 도움받기에 충분하신 분이라고 말하면 반가워할까? 아무리 야박한 세상이라고 해도 엄마가 찾았다면 반가워해야 맞을 텐데 말이다.

그래, 이 엄마가 네 아버지를 찾으려고 얼마나 헤맨 줄 알기나 하느냐. 진수 네 아버지를 찾기 위해 이 엄마가 그렇게 잘해 주시던 네 친할아버지, 할머니도 모르게 새벽에 도망쳐 나와 인민군에게 붙잡히는 날엔 죽을 수도 있는 삼팔선을 넘은 것이다. 진수 너를 들쳐업고 말이다. 넘어지고 가시에 찔리고 그렇게 해서 삼팔선을 넘어 오늘을 살아가던 중에 네 아버지를 극적으로 찾은 것이다. 그런 얘기를 진수 너에게 자세하게 말할 필요까지는 없겠지만, 네 아버지를 찾은 일은 한 편의 드라마다.

두렵기는 했어도 등에 업혀진 진수 네가 있어서 용기가 생겨 삼팔선을 가볍게 넘기는 했지만 말이다. 시간이 많이 지난 지금의 생각이지만 사람이 다니기에는 어려운 아주 험한 길로 넘어야 해서다. 그것도 단번에 넘을 수도 없는 그런 거리를 밤에만 걸었다. 그렇게 여러 날 걷다 보니 집에서 나올 때 들고 올 수 있을 정도의 먹을 것도 다 먹어버려 배가 고팠다. 배만 고픈 게 아니다. 인민군에게 붙잡히면 겁탈이라도 당할까 봐 두렵기도 했다. 전쟁에서 약탈과 겁탈은 상식에 속한다. 그래서 험한 산길이라 보기만 해도 징그러운 뱀을 밟기도 여러 차례, 상처야 흉터도 없이 나았지만 가시에 찔리기는 그 얼마였던가.

그랬으나 다행히 붙잡히지 않고 무사히 삼팔선을 넘었고, 네 아

버지를 찾기 위해 거제 포로수용소도 다 가봤다. 그것도 스물두 살
때 말이다. 네 아버지만 아니었으면…, 진수 너만 아니었으면…, 삼
팔선을 넘는 고생도 않고 다른 남자와 재혼을 했을지도 모를 일이
다. 말을 안 해서 그렇지 솔직하게 말한다면 나는 네 엄마이기 전에
다른 남자와 사랑도 나누고 싶은 아직도 젊은 서른 중반 나이의 여
자다. 그러니 효자로 성장하길 바라지는 않지만 네 아버지를 찾아
좋아하게 된 이 엄마의 마음만은 인정해라!'

　현대 사회에서 행복을 가져다주는 것이 무엇이냐고 묻는다면 당
연히 돈이라고 할 수도 있을 것이다. 그래서 효 얘기는 부담스러운
단어 중 첫 번째가 아닐까 싶다. 그렇지만 효는 가정의 질서, 사회
질서를 지키는 기본이다. 또 효는 인생 가치의 최고라는 것을 몰라
서는 안 될 것이다. 효를 받게 되는 입장이기는 하나, 효 집안에 효
난다는 말은 확실하다. 부모님은 삶의 거울이기 때문이다. 아버지
가 조부모를 위하는 것을 보면서 자랐다면 그것이 옳고 그르고가
아니다. 그대로 본받게 된다는 것이다. 어른들의 말이지만, 얼마 전
까지도 행동이 불량하면 본 데 없는 놈이라고 욕하는 말도 했다. 그
런 욕은 누구도 아닌 당사자 부모를 욕하는 말이다. 그렇다고 착하
게 살라는 말은 하고 싶지 않다. 그것은 착하게만 살아서는 내 것
을 다른 사람에게 빼앗길 수도 있기 때문이다. 그렇지만 나보다 못
한 이웃에게 다가간다면 삶에서 최고의 대접을 받을 것이다. 어떤
형태로든 되돌려 받을 것이다.

　"진수야!"

"왜?"

"진수, 네 생각을 엄마는 알고 싶다."

"무슨 생각?"

'그러면 내가 잘못하고 있는 건가? 아버지를 찾아서 좋아할 줄 알았는데, 그게 아니어서? 우리 엄마는 돈을 벌어다 주어야 할 남편이 없어, 매일 생선을 머리에 이고 다니면서 장사하느라 고생이 많으시다. 그것을 내가 어찌 모르겠는가. 안다. 알지만 엄마는 엄마고, 아버지는 아버지다.'

"아버지를 만나고 싶다고 진수 네가 말할 때까지 엄마는 기다릴 것이다."

"아버지에게 내가 있다는 것도 말했겠네?"

"그러면 말 안 해."

"아들이 있다고 말했더니 뭐라고 하셔?"

"말했더니 하늘만 쳐다보시더라."

"보고 싶다는 말도 없이?"

"보고 싶다는 말을 안 해도 얼마나 보고 싶겠냐? 짐작이지만 여기 와서 낳은 자식도 있는데…, 그런 생각은 아닐까 싶다."

"엄마 짐작이 아니라 사실일 거야."

"진수 너는 중학생이니까 이제부터 청년으로 접어드는 시기의 나이다."

"내가 청년으로 접어드는 시기라고?"

"그러면 아닌 것 같으냐?"

"앞으로 5년 후면 대학생이 될 텐데, 틀린 말은 아니네."

"진수 너는 여학생을 사귀더라도 건강하고 마음씨 좋은 학생을 사귀어라!"

'건강하고 마음씨 좋은 학생을 사귀어라.'는 말은 대화의 분위기를 좀 부드럽게 해야 될 것 같아서 한 말이다. 그렇지만 진수가 제 아버지를 좋아하지 않은 것 같아 고민이다. 때문에 홍순희는 이런 일에 있어 어떻게 해야 할지를 몰라 사람이 어떻게 살아야 하는지 삶의 철학을 말해 줄 수 있는 이종국 목사님을 찾아간다.

"목사님, 제가 이렇게 와도 될지 모르겠지만 찾아왔습니다."

찾아가겠다고 전화를 미리 해서 기다리고 있었을 테지만, 인사말이다.

"무슨 말씀이세요. 잘 오셨어요."

"목사님을 찾아뵈려면 축하받을 만한 일을 가지고 찾아뵈어야 할 텐데 그런 일이 못 될 것 같아 죄송합니다."

홍순희는 아들 때문에 큰마음을 먹고 목사님을 찾은 것이다.

"목사는 말하기 어려운 얘기를 들어주는 그런 직업일 수도 있습니다. 그러면 힘든 일이라도 있다는 말씀인가요?"

"저의 사정이 기구하다고 말할 수는 없겠으나, 좀 그런 일이 있어서 목사님의 말씀을 듣고 싶어서 이렇게 왔습니다."

"그러시면 잠시만이요."

"여보!"

"예~"

"아니, 오시겠다고 전화 주신 홍 집사님께서 오셨는데 준비된 것이 있으면 내오시오."

"알겠어요."

이종국 목사 아내는 그러면서 다과상을 내온다.

"아이고, 감사합니다."

홍순희가 사모가 내오는 다과상을 받으면서 하는 말이다.

"아이고, 바쁘실 텐데."

이종국 목사도 홍순희 집사도 찻잔을 비운다.

"제게 하실 말씀이 있다면, 무슨 얘긴지부터 말씀해 보세요."

"제가 남모르게 안고 있는 사정 얘기를 목사님께서는 들으셨는지는 몰라도 남편을 어떻게 해서라도 찾아야만 해서 북한을 탈출해서 살아왔습니다. 그간의 사정은 이렇습니다."

"오, 그러세요. 처음 듣는 얘깁니다. 고생이 많으십니다."

알고 있는 얘기라도 상처를 줄 수도 있는 얘기는 가급적 안 하는 편이라, '고생이 많으십니다.'라고만 말한 것이다.

"어쩌면 창피한 얘기이기도 합니다만, 그렇습니다."

"창피라니요. 그건 아닙니다. 성도가 목사님을 찾는 것은 당연한 일이고, 환영할 일입니다."

목회자는 성도가 자주 찾아주는 것을 좋아한다는 것을 몸소 보여줄 필요가 있을 것 같다. 그것은 목사와 성도이기도 하지만, 인간관계를 좋게 형성하는 데 있어 더 이상 없는 일이기 때문이다.

"성도교회 담임목사지만 부임한 지가 1년이 조금 넘어 이름 파악이 아직인데, 교회 요람을 보니 홍 집사님은 배우자가 없는 것으로 되어 있네요."

"예. 그렇기도 하지만 집사로 임명되기도 목사님이 오시기 바로 전 재작년이에요."

"집사는 교회 일꾼을 말하는 것이지, 연도를 따지는 것은 아니에요."

이번에는 이종국 목사 아내 말이다.

"그렇기는 해도 죄송하지만 저는 장사랍시고 교회 일도 거의 못 하는 편이에요."

"가게 장사가 아니라는 말 듣고는 있지만, 많이 애쓰십니다."

이종국 목사 말이다.

"그런데 목사님, 저는 찾지 못할 줄 알았던 남편을 찾게 되었어요."

"그래요? 아이고, 참 잘된 일입니다."

"남편을 찾기는 했으나, 이미 남의 남편으로 살아가고 있네요."

"그러시면 합치기까지는 못했다는 말씀이네요?"

따로 살아가야 할 현실 형편에서 어떻게 합칠 수 있겠는가. 그렇지만 말을 잇기 위해 하는 말이다.

"남의 남편으로 살아가는데 어떻게 합치자고 하겠습니까. 보고만 있을 뿐이에요."

"그렇기는 하겠지요."

이번에는 이종국 목사 아내 말이다.

"내 남편이지만, 잃어버렸던 내 남편이라고 누구에게도 말할 수도 없어 속상합니다."

"속상한 거야 말로 다하겠습니까."

이종국 목사 말이다.

기적이 찾아준 남편

"아니, 그러시면 남편분은 홍 집사님에게 어떻게 대하시는가요? 너무 나간 물음 같아 조심스럽기는 합니다만…."

"고민에 있는 것 같아요."

"어찌 고민이 안 되겠어요. 헤어지고 싶어서 헤어진 것도 아닌데 요."

그래, 사랑하는 부부가 전쟁 때문에 헤어질 수밖에 없었다면 이 슬픔은 누가, 어떤 방법으로 보상할 것인가. 홍순희 집사는 그나마 살아서 만남이 이루어져 다행이라고 할 수도 있을 것 같지만 어느 나라든 다시는 없어야 할 전쟁의 비참함을 국가를 운영하는 주체들이 알아야 할 것이다.

"그래도 살아 있어 찾아본 것만으로도 좋아요."

"살아서 찾아본 것만으로도 좋으시다고요?"

"예."

"그래요. 그것이 부부인 것 같습니다."

이종국 목사가 아내 표정을 보면서 하는 말이다.

"아, 예."

"엉뚱한 얘기가 될지 모르겠지만, 제가 어려서 겪은 6·25 전쟁의 기억으로는 예수쟁이는 다 죽여야 한다면서 수십 명 교인들의 두 손을 묶고 목에 무거운 돌을 매달아 바닷물에 빠지게 하는 장면을 먼발치이기는 하나 직접 본 것입니다. 인간끼리 한 행동이라고는 말할 수 없는 너무도 끔찍했던 기억입니다."

"아, 예."

"그건 그렇고 남편분은 지금 어디에 계세요?"

"제가 사는 동네 제물포 앞 동네인데, 가깝다면 가까운 숭의동에 살고 있어요."

"그러시면 남편분이 계시는 집은 가보셨나요?"

"아니요. 그렇지는 못하고 집만 봤어요."

"그래요?"

이종국 목사 아내 말이다.

"가 보실 생각이야 물론 있었겠지요?"

"아니요."

"홍 집사님 생각 이해합니다. 사정이야 어떻든 오라고 초대라도 한다면 또 모를까, 그렇지 않고는 갈 볼 생각이나 하겠습니까. 못하지요."

"목사님 말씀 맞습니다."

"목회자 집에는 홍 집사님 사정 같은 일이 아니라도 사연을 안고 계시는 분이라면 누구라도 오시라고 말하고 싶어요."

"아, 예."

"남편분께서는 홍 집사님을 오랜만에 봤을 텐데, 금방 알아보시던가요?"

"아니요, 못 알아봐요."

"얼마 만인데 알아보겠어요."

담임목사 아내의 말이다.

"그게 아니라, 저 남자가 내 남편일 것이라는 생각이 이상하게 들데요."

"그래서요?"

"물어봤다가 아니면 어떨까 해서 물어볼 기회가 오기를 기다렸는

기적이 찾아준 남편

데, 다행히도 물어볼 기회가 온 것입니다."

"그래서요…?"

또 '그래서요.' 하는 것은 말을 계속하라는 의미이다.

"마침 집에서 나오데요. 그래서 '아저씨, 말 좀 물어봅시다.' 그랬더니, '왜요?' 하면서 다가오데요."

"그래서 무슨 말로 물으셨어요?"

"이름을 말했더니 아주머니가 나를 어떻게 아세요? 그러데요."

"홍 집사님 얘기는 한 편의 드라마다."

이종국 목사 아내 말이다.

"그렇게 해서 잃어버렸던 남편을 찾았다면 같이 살아가야 할 텐데요?"

"그것은 제 마음뿐입니다."

"그러시다면 안타깝습니다."

이종국 목사 말이다.

"남편은 여기서 새장가를 들어 삼 남매나 두었는데 그럴 수는 없을 것 같습니다."

"찾기는 했으나 함께하지 못한다면 완전히 찾은 게 아니네요."

이종국 목사 아내 말이다.

"그런데 문제는 우리 아들이에요."

"아들이 왜요?"

"그냥 찾았는가보다 그런 태도에요."

"그러니까 아들 문제가 고민이라는 거 아니에요?"

"목사님, 제 아들이 중학교 2학년이에요. 그래서 눈치도 보이고 그래요."

"홍 집사님 아들이 중학교 2학년이면 충분히 그럴 나이입니다. 그래서 지혜가 필요한데 아들이 교회에 나오나요?"

"교회는 아직이에요."

"그렇군요. 그러면 내가 한번 보자고 하면 올까요?"

"모르겠네요."

"한번 물어보세요. 목사님이 보자고 하는 데 갈 거냐고요."

"그렇게 해 볼게요."

"그런데 홍 집사님도 아시겠지만, 세상일이 순리대로만 이루어진다면 얼마나 좋겠습니까. 그게 아니어서 고민을 하고, 낙담도 되고 그러는 거지요. 제 말이 맞을지는 몰라도 말씀을 드린다면 아드님에게 아버지 얘기는 당분간 하지 마세요. 그리고 될 수 있으면 남편분을 만나는 것도 조심스럽게 하세요. 아들은 엄마의 눈치를 볼 것이기 때문입니다. 이건 제 생각입니다만 그렇습니다."

"아, 예."

"아버지를 찾았다면 만나기도 할 텐데, 왜 만나지 않지? 그러다가 '엄마는 아버지를 안 만나는 거야?' 그런 말이 나올 때까지 기다리는 것이 좋을 것 같네요. 그것이 대단한 해법이겠습니까마는 제 생각은 그렇습니다. 홍 집사님으로서는 찾아야만 될 그런 남편분을 찾은 것이기 때문입니다."

"아, 예."

"홍 집사님은 남편을 찾기 위해 위험한 삼팔선을 다 넘었고, 남편분을 찾고자 십여 년이 훨씬 넘게 찾아 헤맸습니다. 홍 집사님에게 남편분은 생명과 같았기에 찾아다녔고, 하나님의 은혜로 찾게 되었습니다. 그래서 늘 함께하셔야 할 것은 말할 것도 없습니다. 그렇게 하는 것이 상식으로는 당연한 일이지요. 당연히 그래야 되고요. 그러나 그렇게는 이미 다른 여자의 남편이기도 하지만, 아들이 없을 때만 가능한 일입니다."

"아, 예."

"설교 같은 말이지만, 홍 집사님 아들이 중학교 2학년 학생 나이면 청년이 되기 위한 사춘기입니다. 앞으로 5년 후는 대학생으로 지구를 짊어지고 싶은 그런 나이입니다. 그래서 말인데 아들 생각으로는 어머니가 홀로 계시는 것이 보기 싫어 표현은 좀 그렇지만 중매쟁이 노릇도 할 것이라는 생각입니다. 그래선데 아무리 하고 싶은 일이라도 아들이 싫다는 일은 하지 마시고 평범하세요. 그렇게 하기가 물론 쉽지는 않겠지만 그렇습니다."

"예. 그렇게 할게요."

"홍 집사님, 기도 한번 하겠습니다."

하나님 아버지. 홍순희 집사님의 얘기를 들었습니다. 6·25라는 전쟁 때문이기는 하나 잃어버린 남편을 찾기 위해 목숨을 담보로 해야 하는 사선을 넘었고, 남편도 없이 아들 하나에게만 의지하고 고생하면서 살다가 찾고자 했던 남편을 찾기도 했습니다. 그래서 좋기도 하지만, 어렵기도 하신 것 같습니다. 이런 어려운 문제에 하나님께서 개입하셔서 그동안 누리지 못한 행복도 누리게 하여 주소서. 예수님 이름으로 기도합니다. 아멘.

6

"진수야!"

홍순희가 아들 서진수의 기분이 나쁘지 않을 때인지를 엿보다 기회가 왔다 싶어 하는 말이다.

"엄마, 왜?"

"왜가 아니라 진수 너는 아닐지 몰라도 나 목사님 말씀을 듣고 왔다."

"언제?"

"어제. 그런데 목사님 말씀은 네 아버지를 찾아 좋기는 하겠으나, 그렇다고 해서 아들 보는 데서 좋아하지 말라고 하시더라."

"그래? 왜 그렇게 말씀하셨을까?"

"그러니까 진수 네가 내 아들이기는 해도 생각이 따로일 수 있다는 거야."

"목사님이?"

"그래, 진수는 진수고, 엄마는 엄마일 수도 있다는 거야. 그러면 진수 네 생각은 어떠니?"

기적이 찾아준 남편

"내 생각?"

"그래."

"맞는 말 같기는 하네."

"아니면 아닌 거지, 맞는 말 같다니… 이것도 저것도 아닌 어정쩡하게…"

"잘 모르겠지만, 여간 어렵지 않아."

"어렵다니, 네 아버지라는 데도 말이냐?"

'진수 네 아버지와는 전쟁으로 인해 헤어질 수밖에 없었어. 그리고 남한 여자에게 새 장가를 들어 아들딸 삼 남매까지 두었다. 그래서 나야 네 아버지에게 다가가기는 거의 불가능한 상태다. 그렇지만 진수 너는 내 아들이 아니냐. 그러니 이 엄마의 입장도 좀 생각해라.'

"어렵다고? 아닌 것 같은데."

"아니라고? 엄마는 진수 네가 문제다."

"아니, 아버지가 문제가 아니라 내가 문제라고?"

"진수 너, 목사님 말씀 한번 들어볼래?"

"목사님이라고 신통한 방법이 있겠어? 그냥 살면 되지. 엄마 안 그래?"

"그래, 그냥 사는 것이지. 별 신통한 방법이 있겠냐. 그래도 무슨 말씀을 하실 건지 한번 들어보면 좋겠는데…"

'진수 너야 아닐지 모르겠지만, 목사님 말씀을 들으면 그동안의 네 생각이 바뀔 수도 있을 것 같아서 하는 말이다. 교회 목사님은 중학생인 너와는 달리 세상을 많이 살아본 이력도 있지만, 삶에 대해 그만큼 공부를 하셔서 설교에서 전하는 분이시기 때문이다.'

"그래, 그러면 목사님한테 같이 가자고. 그러면 됐지?"

"그래? 그러면 언제?"

"학교 안 가는 토요일이라야지 않겠어."

"그러면 토요일 말고, 이번 주 금요일 저녁에 가자. 가겠다고 전화를 미리 드리게…."

"알았어."

그렇게 해서 홍순희는 아들 진수를 데리고 목사님을 찾아간다.

"목사님 안녕하세요."

"어서 와요. 그런데 누군가?"

홍순희 집사 아들이 올 줄을 이미 알고 있지만, 이종국 목사님은 모르는 척하고 묻는다.

"목사님 제 아들이에요."

"그래요. 그렇지 않아도 기다리고 있던 참인데 잘 왔어요. 그렇게 서 있지만 말고 이쪽으로 와 앉아요."

앞자리에 놓인 소파를 서서까지 가리키면서 하는 말이다.

"목사님은 늘 바쁘실 텐데 또 와서 죄송합니다."

홍순희 집사 말이다.

"아니에요. 이렇게 찾아주시는 것은 목사를 위하는 일입니다. 그런데 아드님 이름은…?"

"예, 제 이름은 서진수고요. 중학교 2학년입니다."

"이름만 모르지 중학교 2학년이라는 말은 어머니에게서 들어 알고 있어요. 그런데 학생이라 공부하기도 바쁠 텐데, 이렇게 찾아와 주어 고마워요."

　　　　　　　　　　　　기적이 찾아준 남편

"이렇게 와 주어 고마워요."

담임목사 아내가 다과를 내오면서 하는 말이다.

"아, 예."

"누구는 학생은 공부를 직업으로 하라고 하지만, 공부처럼 힘든 것도 없는데 진수 학생 많이 힘들지?"

"아, 예."

"내가 목사지만 목사가 되기 위해서 공부하느라 고생이 많아서 그걸 알아. 가정 형편이 넉넉하지 못한 이유도 있기는 하겠지만."

"…"

'아니, 설교를 하시려는가?'

"진수는 목사직이란 무엇인지 알까?"

"여보, 너무 어려운 말 마세요."

"그래, 나도 얼마 전에서야 알게 됐다고 할까. 목사는 가르치는 사람으로 알겠지만, 그게 아니라 그리스도인으로서 서로 섬기는 위치, 그런 위치에서 앞장선 사람이 곧 목사인 거야. 그래서 다른 말은 귀에 들어오지 않을 테니, 서진수 학생 어머님에게서 들은 얘기부터 할게. 진수 학생 어머니는 아버지도 없이 아들 진수를 낳으신 거야. 아버지는 결혼하고 곧바로 군대에 가버렸으니, 아무것도 모르는 상태에서 엄마는 아들을 낳으신 거야. 그래서 남편에게 자랑하고 싶은데 남편은 군대에서 돌아오지도 않는 거야. 그렇다고 생사를 알 수도 없고 말이야, 싫지만 전사를 했다면 전사 통지서라도 있어야 할 텐데, 전사 통지서도 없는 거야, 군대에서 돌아와야 할 진수 학생 아버지가 돌아오질 않으니 시부모님도 불안해 그랬겠지만, 며느리가 괜찮은지 위로 차원인지 날마다 찾아오시는 거야. 그렇게 찾아와 위로하시지만 남편이 없는데 위로가 되겠어. 그래서 어머니는 잠도 잘 안 오지, 그런 상태로는 도저히 살 수가 없어 하는 수 없이 위험천만한 삼팔선을 넘으신 거야. 근력이 충분한 남자도 아닌 여자의 몸으로 말이야. 그것도 혼자가 아닌 젖먹이인 진수를 들쳐업고 말이야. 생각을 해볼 필요도 없이 죽으면 죽으리라는 각오가 아니면 생각이나 하겠어. 그래서 말이지만 진수 엄마는 불굴의 여성분이라고 말할 수도 있어. 진수 엄마 일만 아니면 설교에서 써먹을 얘기이기도 해. 아니 써먹을 거야. 물론 가명으로 하겠지만 말이야. 이보다 더 감동적인 얘기는 없을 것이니 말이야. 어떻든 진수 엄마는 삼팔선을 넘기까지 붙잡히면 죽을 수도 있어서 목숨을 담보로 해야 했는데…, 홍 집사님 제 말이 거의 맞습니까?"

"예 맞습니다."

"흥남 철수 사건처럼 남으로 넘어가려는 사람이 너무도 많아 넘어가지 못하게 경계가 철통같아 정상 길로는 삼팔선을 넘을 수가 없었습니다. 때문에 산을 넘는데 껌껌한 밤이기도 하지만, 없는 산길을 만들면서까지 걷다 보니 산짐승들이 놀라 후닥닥 뛰기도 했습니다. 그런데 우리 진수가 그걸 알고 일부러 울지 않으려고 했는지 등에 바짝 달라붙어 꼼짝도 하지 않데요. 그런 말씀도 하신 것 같은데 맞나요?"

"예 그랬어요."

"이런 말은 진수 어머니께서 하시는 것이 실감 나겠지만, 목사인 내가 대신 하는 것이니 진수 학생은 이해하고 들으면 해."

"…"

'알겠습니다. 목사님…'

"그래요, 홍 집사님은 어마어마한 고생을 하셨습니다."

이종국 목사 아내 말이다.

"고생이 아니에요. 어쩌다 보니 그래진 것이지요."

"어쩌다 그랬을 수가 있겠어요. 어머님이 겪고 있는 사정 얘기를 들으면 세상에서 말하듯 운명일지 모르겠지만 잘 오신 것이요. 그렇게 된 일이 불행이 아니라는 것을 전제로 하시겠지만 말이요."

"…"

삼팔선 얘기는 학교에서 듣기는 했다. 그러나 어머니에 대해서는 목사님으로부터 처음 듣는다.

"진수 학생은 커 가는 중이라 어른들의 세계를 아직 모를 거야. 그래서 말인데 어머니가 안고 계시는 내면을 이해하려고 노력만은 하라고 말하고 싶어."

말을 듣고자 이렇게 찾아왔으니, 말을 해도 될 목사이기는 해도 서진수 학생은 중학교 2학년이라 말하기가 조심스럽다. 그것은 아버지가 계시나 홀어머니나 마찬가지이기 때문이다.

"아, 예."

'목사님께서 그렇게 말씀하셔도 저는 무슨 말인지 잘 모르겠습니다. 그러나 엄마를 힘들게까지는 안 한 것 같은데요.'

그런 마음인지 서진수는 엄마와 목사님을 번갈아 본다.

"홍 집사님에게도 한 말씀 드리겠습니다. 남편분을 찾기는 했으나 사정상 남편분과 함께할 수 없다면 아들인 서진수 학생에게 의지할 수밖에 더 있겠어요. 홍 집사님은 그렇지요?"

"그렇지요."

"그러니 홍 집사님은 지금의 삶을 각오로 하셔야 할 것 같습니다.

그래요, 지금까지 한 말이 정답일 수는 없겠으나 참고로 하시라고 드리는 말씀입니다."

"아, 예."

'목사님이 하시는 말씀을 우리 진수가 알아듣기는 할까요?'

"세상에 사람으로 태어난 이상 행복하게 살아야 할 것은 당연합니다. 그렇지만 행복은 거저 와 주는 게 아닌 것 같습니다. 때문이기는 하겠지만, 복을 달라고 신에게 빌기도 합니다. 빌어서 행복해질 것 같으면 하는 일이 아무리 바빠도 하던 일 모두를 멈추고 빌것입니다. '빌다'는 말이 나와서 생각인데, 우리 그리스도인들은 오늘을 살게 해 주신 일에 대해 감사해야 합니다. 그러니까 뭘 채워달라는 그런 기도는 아니라는 것입니다."

"아, 예."

'말씀을 너무 많이 하면 안 될 텐데, 말씀을 많이도 하신다.'

"설명할 할 필요도 없이 하나님께서는 우리가 숨을 쉴 수 있도록 공기도 주시고, 마셔야 될 물도 주시고, 낮과 밤을 허락해 주셨습니다. 그것을 지혜롭게 활용하면 되는 것입니다. 제가 잔소리 같은 말을 너무 길게 했나 싶기도 한데, 어떻든 홍 집사님도 아들 서진수 학생도 행복하시라는 말밖에 더 드릴 말씀이 없을 것 같습니다. 삶에 대한 공부는 했어도 아직도 잘 모르겠어서 하는 말입니다. 그것은 행복 조건은 고정되어 있지 않기 때문일 것입니다. 서진수 학생에게 다시 말이지만, 어머니 마음의 욕구를 채워드리는 것이 아니라 고마운 분으로 생각했으면 해. 그것은 아버지를 찾고자 무던히도 애를 쓰셨으니까. 서진수 학생은 알겠지?"

"예."

기적이 찾아준 남편

목사님이라서 잔소리가 길다. 그렇지만 아들 서진수는 어머니 얘기를 이제야 목사님으로부터 듣게 되었다는 표정이다.

"'예'라고 대답을 해 주어 고마운데, 그런 점에서 기도 한번 하겠습니다."

하나님 아버지. 서진수 학생에게는 쉽게 받아드리기 어려운 아버지와의 관계에 대해 목사인 입장에서 몇 마디 해 주었습니다. 6·25라는 전쟁이 그 원인이기는 하나 다시는 못 만날 뻔했던 아버지를 찾았다고 합니다. 극적으로 찾은 아버지지만, 며칠이 지났음에도 달려가 품에 안기지 가져다준 있는 것 같습니다. 이것은 서진수 학생 잘못이 아니라 현재의 상황이 그런 것 같습니다.

하나님 아버지. 오늘 얘기는 가정사이기는 해도 서진수 학생이 고민이 있어서 어머니와 함께 목사인 저를 찾아왔습니다. 그래서 제가 생각하는 정도의 말을 해 주기는 했습니다. 그렇지만 일반적 상식으로는 아들이 아버지를, 아버지가 아들을 쉽게 만날 수 없어서야 되겠습니까. 그리 멀지도 않은 아주 가까운 곳에 살고 있는 줄 알면서도 말입니다.

하나님 아버지. 서진수와 진수 아버지가 서로 만나기가 부담스럽다면, 이 일을 어떻게 해야 할까요? 인간의 생각이지만 쉽게 풀릴 수 있는 방법은 서진수 아버지가 피치 못할 사정으로 재혼을 해서 살아가는 가족의 마음이 열리면 싶은데, 그렇게는 정말 어려울까요? 물론 이런 사정을 아버지가 계시는 쪽에 말을 안 해서 아직 모르고 있겠지만, 사실을 알게 된다면 싫다는 반응일까요? 사정이 이렇게 된 것은 생각하기도 싫은 6·25 전쟁이 가져다준 안타까움입니다. 안

타까움이기는 하나 생각만 바꾸면 하나도 어려울 것이 없을 것 같습니다. 그렇게 말할 수 있기는 북한에서 출생한 서진수에게는 생각지도 못한 동생들이 생기게 되는 것이고, 이곳 남한에서 태어난 동생들은 형과 오빠가 생기게 되는 일이기 때문입니다.

하나님 아버지. 그러니 서진수 학생 쪽에서 사실을 말하지 않더라도 저쪽에서 미리 알고 선으로 다가와 주면 좋겠습니다. 이것은 비용이 드는 일도 아닙니다. 마음이면 얼마든지 가능한 일이기 때문입니다. 그렇지만 아무짝에도 쓸모없는 오로지 한 아버지, 한 어머니라는 고정관념 때문에 어려울까요?

전쟁이 갈라놓은 안타까운 일이기는 하나 바라기는 저쪽에서 이런 사실을 알아차리고 달려와 서로 만나 '형님', '동생' 하고 살면 좋겠습니다. "애들아, 아버지가 너희들을 얼마나 많이 사랑하는지 알지?", "사랑하시는 줄 알지요. 그런데 엄마, 왜?", "다름이 아니라 너희들 큰엄마가 있어서다.", "큰엄마라니? 그게 무슨 말이야?", "아버지는 6·25 때 포로병으로 붙잡혀 북한으로 돌아가지 못하고 엄마와 결혼을 해서 너희들을 낳았다.", "그것은 엄마가 말해서 알고 있어.", "그래? 엄마가 말 했었나? 그게 중요한 게 아니라 너희들이랑 큰엄마를 만나면 어떨까 해서다.", "엄마가 좋다면야 나쁘지는 않지만 큰엄마는 혼자고?", "아니야. 북한에서 낳은 자식이 있어.", "그러면 형이야 누나야?", "너희들로서는 형이고, 오빠지.", "그러면 같이 살 수도 있을까?", "그렇게까지는 안 되겠지만, 서로 오고 가고 했으면 싶다. 엄마는…", "엄마 생각에 아빠도 동의는 하실까?", "그거야 아버지에게 물어는 봐야겠지만 싫다고는 안 하시겠지.", "엄마, 아빠가 좋다면 우리는 그대로 따를게."

기적이 찾아준 남편

하나님 아버지. 이렇게는 정말 어려운 일일까요? 이런 문제에 있어 성령님께서 개입하셔서 생각지도 못한 좋은 일까지도 있었으면 좋겠습니다. 하나님 아버지. 그리고 서진수 학생은 중학교 2학년이랍니다. 그래서 이런 문제가 아니라도 공부가 벅찰 것입니다. 그렇지만 서진수에게 지혜와 총명을 더해 주셔서 나중에 청년이 되면 사회 어느 곳에서든 대접받는 인물이 되게 해 주시고, 서진수 어머니 홍 집사님에게도 건강 주시고 뜻하는 일마다 복 내려 주소서. 아멘.

"엄마. 목사님 말씀이 맞는 것 같기는 한데, 내 마음에는 쉽게 와 닿지가 않네."

"왜 그러는데?"

"나는 어른이 아니고, 아직 중학생이라서 그럴까?"

"그럴 수도 있겠지."

"엄마 너무 조급한 생각은 말아. 알았지?"

"조급?"

"그래."

"진수 네가 그런 생각을 하는 것만으로도 엄마는 행복하다."

"우리 엄마 웃는 것 처음 보는 것 같다."

"그러면 엄마가 늘 우울했다는 거냐?

'그래, 진수 네 말대로 엄마가 웃어본 일이 거의 없는 것 같다. 걸어서 20여 분 거리에 사는 네 아버지와 함께할 수도 없는데 어떻게 웃어지겠니. 그렇지만 가까운 날에 네 아버지와 함께할 수 있게 해 달라는 기도만은 하겠다. 이 엄마의 속마음을 드러낼 수는 없지만, 사는 것이 사는 것이 아니다. 목사님을 찾아뵌 것도 그래서다.'

"그렇지는 않지만…"

"진수 너, 아버지 만나야 할 텐데. 어떠냐?"

7

"진수 너, 아버지가 밉지?"

'진수 네가 보호자인 아버지도 없이 홀어머니인 엄마 밑에서 이만큼 커 준 것만도 다행이다. 진수 너도 알고 있겠지만 본래대로 합칠 수는 없다. 그것은 남한 여자와 재혼해서 낳은 삼 남매가 있기 때문이다. 그래, 총탄은 물론 포탄도 밤낮으로 쏟아지던 무시무시한 전쟁터에서 부상도 없이 살아남은 것만도 다행으로 여겨야 할 것 같지만 그렇다. 포로로 붙잡혔을 때 생각이지만 사랑하는 아내를 홀로 남게 해서 얼마나 보고 싶어 했는지 모른다. 진수 네가 태어났으리라는 생각은 어림도 없었고 말이다.'

"아니요."

"아닐 수가 있겠냐. 어떻든 미안하다."

"…"

아버지가 맞기는 맞나 본데 아직도 남의 아버지인 것 같다. 옆에 계시는 엄마가 미안하게 말이다.

"여보, 진수 손 한번 잡아보세요."

부자간이지만 서로 어색한지 말로만 하고 손을 잡지를 않아, 서진
수 엄마 홍순희가 하는 말이다.

"그래, 진수야 네 손 한번 줄래?"

서인규는 아들 진수 손을 붙들고 눈물을 흘린다.

'지긋지긋한 전쟁만 아니었으면 진수 너는 이 아빠에게 투정도 부
렸을지도 모르는데 이게 뭐야. 이럴 줄 알았다면 재혼을 하지 않고
그냥 살 걸…'

후회도 되는지 서인규 씨는 눈을 지그시 감는다.

"집에는 아직 말 안 했어요?"

아내 홍순희 말이다.

"말 안 한 게 아니라 아직 못 했어."

"그렇기는 하겠지. 상상도 못 할 느닷없는 일이 생겼는데 남의 일
처럼 말하겠어. 그러니 우선은 말 말아. 들통이라도 나면 그때 말
하더라도…"

어떤 일이라고 들통이 나지 않겠는가. 그렇지만 본처 홍순희는 그
렇게 말한다.

"당신 혹 다른 여자가 생긴 거는 아니지?"

두 달 후쯤에 재혼한 아내가 하는 말이다.

"뭔 소리여, 아니야."

"당신 옷 냄새가 좀 이상해서야."

담배 피우지 않은 사람과 같이 살면 담배 냄새가 역하게 나듯, 자
신만 끌어안고 살던 남편이 바람을 피우거나 하게 되면 금방 알게

기적이 찾아준 남편

된다지 않은가. 그래서 하는 말일 것이다.

"내게서 무슨 냄새가 난다고 그래."

"아니면 그만이지만, 그런데 이상하다는 생각은 지울 수가 없어요."

'전처럼 적극적이지도 않고 슬슬 피하려고 하는 것은 또 뭐야… 말을 들으면 슬슬 피하려고 하는 것은 다른 여자가 있다는 것 아닌가. 들으면 믿었던 남편이 바람피우는 데서 나는 냄새라고 하지 않은가. 그러면 남편도 바람을?'

"나 오늘 회사에서 힘들었어. 그러니 나 건들지 말아."

"그래, 건들지 않을 테니 잘 자요. 그런데…."

"그런데라니… 뭐여?"

"아니야."

전처를 만나고 있다는 것을 마누라가 아는 날엔 순탄치 못할 것은 불을 보듯 할 텐데, 문제는 삼 남매 애들이다.

"여보, 나 당신이 본처를 만나고 있다는 것을 알아냈어. 그렇다고 당신이 내 남편이 아닐 수는 없지만, 내가 당신의 본처라면 나 몰라라 해서는 안 되지. 헤어지고 싶어 헤어진 것도 아닌데 말이야. 본처 나이가 나보다 위라면 형님으로 여기고 살면 안 될까? 물론 애들에게도 큰엄마로 알라고 하고 말이야."

지금의 처가 이런 순한 양이면 얼마나 좋을까.

현재로서 그럴 가망성은 제로다. 두고 온 고향에 가고 싶어도 갈 수 없는 포로병인 서인규와 재혼하게 된 아내 입장에서는 어쩔 수 없이 결혼했다고 해도 본처와 의좋게 살기는 사실상 어려울 것이다. 그렇지만 본처와 후처가 드러내 놓고 서로 '형님', '아우' 한다고 해서 험담할 사람은 누구도 없을 것이 아닌가.

8

"뭐 먹고 싶은 거 있어요?"

"아니, 먹고 싶은 거 없어요."

"화장실 못 간다고 먹고 싶은 거 참아서는 안 되는데…."

"그런데 우리 고향은 그대로 있을까요?"

"영감도 고향 가고 싶어요?"

'말해 뭘 하겠는가. 나도 마찬가지인데. 그래, 밥 벌어 먹자고 애 쓸 때는 아니었지만 나이가 많아짐에 따라 날마다 생각나는 고향인데. 고향, 어찌 된 일인지 몰라도 나이가 더해짐에 따라 더 간절해지는 고향 생각. 그래, 세월은 그만큼 흘러 고향 땅은 도시 개발이라는 이유가 아니면 전날 그대로일 것이다. 우리 부부가 새살림을 차렸을 때 잘살기를 빌어주시던 부모님들은 지금 무덤에 계시겠지. 가고 싶어도 갈 수 없도록 삼팔선이 가로막고 있어서 슬프다. 그래, 포로병이 된 바람에 어쩔 수 없다 해도 벌초만이라도 해 드리고 싶다.'

"우리 이만하면 잘못 산 건 아니지요?"

기적이 찾아준 남편

"잘못 살다니요. 누구보다도 영감은 마누라를 둘이나 거느리면서 살았는데요."

"마누라를 둘 거느려?"

"그렇게 말해 버리면 할 말이 없어지는데, 했네요."

"할 말이 없기는요. 아들 넷, 딸 하나 자식을 다섯이나 두었고, 시집 장가들을 다 보낸 복 많은 나는 당신의 영감인데요."

"말을 듣고 보니 틀린 말이 아니기는 하네요."

홍순이가 낳아준 맏이 진수가 이복동생들까지 잘살게 해준 바람에 결과는 행복하게 늙어가지만, 그동안을 생각해 보면 아찔했다. 그것은 생각지 않게 본처 홍순희가 나타난 바람에 힘이 몇 배나 더 들었다. 본처와 만나는 것을 몇 달이 못 가 아내가 알아버렸고, 본처는 임신까지 해 버렸기 때문이다. 그렇게 된 사실을 알게 된 아내는 그때부터 남편에게 교통비 이상은 주지도 않는다. 그래, 내 손에 들어온 돈은 영원한 내 돈일 수 있겠지만 말이다. 어떻든 아내가 용돈을 주기 싫어서는 아닐 테지만, 친구와 점심 한번 나눠 먹기도 어렵다. 물론 그만한 용돈이 있다 해도 술 한잔 나눌 친구가 없기는 해도 말이다. 그렇게 사는 동안 후처에게서 낳은 자식들 모두 결혼을 해서 나가 살고, 본처에게서 또 낳은 아들도 결혼을 해서 따로 살아간다. 그렇게 살아가는 동안 마음고생이 너무 커서였을까. 나이 칠십도 안 돼 바깥출입이 불가능하게 될 만큼 건강이 나빠졌다. 그렇게 병든 남편을 본처는 이제야 내 남편이 되었다는 마음으로 병수발에 지극정성이다. 그래, 어떻게 찾은 남편인가. 두 살배기 아들을 들쳐업고 위험한 삼팔선을 넘었고, 거제 포로수용소에까지 가서 살아 있음을 확인까지 했으나 어디로 가버렸는지 알 수 없는 상황에서 그래도 찾아보겠다고, 생선 인꼴이 장사를 하다 만나게 된 것이 아닌가.

"여보, 미안해요."

남편 서인규 씨 말이다.

"미안이라니요. 그런 말 말아요."

"젊어서 도와야 했는데 그렇지도 못하고, 병이 들어서야 비로소 찾아왔는데 어떻게 안 미안해요."

"당신이 일부러 그런 거 아니잖아요."

"그렇기는 해도요."

"아무 걱정 말아요. 나는 좋으니."

다른 여자와 일부러 살게 된 것은 아니지만, 남편으로서 그동안 맞나게 살아주지 못했는데 어찌 미안하지 않을 수 있겠는가. 많이 미안하겠지. 그래, 이 같은 일이 다시는 없겠지만 이렇게라도 감사할 일로 여기자. 아내로서 대소변 받아내는 것이 무슨 대수겠는가.

"고마워요. 여보."

"고맙다는 말 아무에게나 해서는 안 되는데…"

"그래도 하게 되네요."

"우리가 어떻게 만났지요?"

"우리가 만난 것을 당신은 다 잊었어요. 나는 다 기억하는데."

"당신은 총기가 아직 좋은가 보네요. 나는 안 그런데."

'말은 그렇게 했지만, 내가 어찌 그것을 기억 못 할 수가 있겠어요. 한 동네 처녀와 총각이지만 남녀칠세부동석이라는 사회 윤리적 문제 때문에 드러내 놓고 좋아하지 못했고 눈짓으로만 좋아한

다는 표시를 했지요. 그것을 알아차리고 그러셨는지는 몰라도, 양
가 어른들이 마음에 든다고 며느리로 사위로 삼읍시다 하고 밥 먹
는 자리에서 그렇게까지 했는데.'

"지금도 잊을 수 없는 기억인데, 영감은 부모님 몰래 일도 저질렀
잖아요."

"내가…?"

"다른 집 딸들은 부모와 한방을 썼지만 나는 내 방이 따로 있어
서…"

"그래, 기억난다. 시간 기억은 없지만."

"시간은 새벽녘이에요."

"새벽이라고?"

"그래요."

아내 홍순희 말이다.

"그때 임신을 했다면 어땠을까요?"

"임신은 아무 때나 되나요. 학교에서 배운 거지만 몸 상태가 애기
씨를 받아들일 준비가 되어 있을 때라야 임신이 되는 거지요."

"그때 나이가 열 몇 살이었지요?"

"열일곱 살이요."

"열일곱 살?"

"나는 열일곱 살, 영감은 열아홉 살, 그랬잖아요."

"생각을 해보니 그러네요. 당신은 열일곱 살이고, 난 열아홉 살이
었을 때네요."

홍순이 집에 오는 것을 홍순희 부모님은 허락하다시피 해서 결국
은 일을 저지르고 말았지만, 혼자 자고 있을 홍순희를 안아 보고

싶은 마음이 너무도 커, 잠을 이룰 수가 없어 단잠에 취해 있을 홍순희 방에 들어가니 홍순희는 '들키기라도 하면 어쩌려고 왜 왔어?' 그러면서도 끌어안아 주는 것을 싫어하지 않았던 것 같다. 그렇고 보니 그때의 일이 지금에 와서는 추억이지만 말이다.

"다 기억하면서 기억 안 나는 척은 또 뭐요."

"기억 안 나는 척…?"

"그렇잖아요."

"어떻든 부모님이 알았다 해도 서로 만나는 것을 허락했으니, 눈을 감았겠지?"

"그런데 임신 주기가 아니었기 망정이지 임신이라도 됐다면 망신이었을 텐데 다행이었어요."

시대적으로 혼인하기 전 임신은 집안을 우습게 만드는 일이다. 그래서 딸들은 혹 허락되지 않은 남자와 만나 일을 저지를지도 모른다는 생각에 부모 옆에 재우곤 했다. 때문에 부모의 정사가 자식들에게 고스란히 노출되기도 했음을 당시를 살아본 입장들은 기억할 것이다.

"말을 하다 보니 별말이 다 나오네요."

남편 서인규 씨 말이다.

"그건 그렇고 내가 당신을 찾기까지 얘기가 궁금하지 않아요?"

"당연히 궁금하지요."

"여보, 우리는 꼭 만나야만 했을까요?"

"아니, 꼭 만나야만 했을까요? 라니 그게 무슨 말이요."

"그동안 살아온 것이 다른 사람들과 달라도 너무 달라서요."

죽지 않고 살다 보니 시간은 그만큼 흘러 이미 지나가 버린 일이

기적이 찾아준 남편

지만, 남편을 찾기까지의 삶은 기구까지라고 말하기는 아닐지라도 정말 어려웠다. 그런 얘기를 홍순희는 하고 싶은가 보다.

"부침개 잡수세요."

아내 홍순희는 기다리라고 해 놓고 녹두로 만든 부침개를 가지고 온다.

"우리의 만남은 기적이요. 기적이지만 노인이 될 때까지 서로 환하게 웃고 살아본 적이 없었네요?"

남편 서인규 씨 말이다.

"당신 군대에 갈 때, 나 얼마나 울었는지 모르지요."

"군대 갈 때 울었다고?"

"죽을 수도 있는 전쟁터에 남편이 가는데 '잘 갔다 와.'라고 할 사람이 세상에 어디 있겠어요. 그래서 울었지요."

"나는 군대에 가면서 죽을 거라는 생각은 추호도 없었소. 홍순희와 혼인은 했지만 달콤한 날이 며칠도 안 되는데… 그런 생각이었지."

"다 지난 얘기지만, 생각을 해보시오, 위험한 전쟁터에 보내는 마음도 힘들었지만 제대할 때까지는 독수공방 아니오."

"독수공방?"

"영감은 여자 마음을 이렇게도 몰라서야…"

"그래요. 여자들 마음 모른다고 해도 될 거요. 입대하자마자 총검술 등 혹독한 훈련 후 며칠 만에 전쟁터로 보내지는데, 당신 독수공방 생각할 새나 있겠어요."

"거기까지는 알 수 없어도 많이 외로웠어요."

외롭기는 했으나. 안 죽고 이렇게 만난 것만도 감사한 일인데 남편 탓만 한 것 같다는 눈빛으로 남편 서인규 씨를 본다.

"그런데 국가를 지키라는 게 아니라 남조선을 함락시키라는 명령이 떨어져 낙동강까지 진격한 거요."

"낙동강 전투 얘기는 여기 와서 들은 얘기지만 많이 위험했겠는데요."

"위험이야 말할 필요도 없지요."

"그랬는데도 다친 곳이 없다면 신의 도움은 아닐까요?"

"당신 교회에 나가니까 하나님 도움…?"

"나는 그렇게 봐요. 다 늙어서라도 만나라고 말이요."

"그런데 후회는 항상 뒤에서 난다고, 부상을 입을 걸 그랬어요."

"일부러요?"

"일부러지요."

"일부러가 어디 있어요. 그러면 왜요?"

"부상병으로 집에 가게."

"부상 입으면 병원으로 가는 거지. 집으로 보내줘요?"

"군대서 쓸모가 없으면 집으로 보내 주지 않겠어요."

"말이 될 것 같기도 하네요. 그렇다 해도 집으로 보낼 만큼 부상이면 장애자인 건데요."

"장애자?"

"그러면 아닌가요."

"이건 회사 직원한테 들은 얘긴데 백마고지 탈환 작전 전투 때 군인이 무더기로 쓰러지는 거요. 군인으로서 그것을 보고 있노라니 나도 살아남지 못하겠구나 싶어 군화를 벗고 뾰쪽하고 날카로운 나무 끌텅을 팍 밟은 거요. 그렇게 팍 밟았으니 어떻게 되겠어요. 나무 끌텅이 발등으로 올라와 피가 철철 흐르는 거요. 그래서 사실을 감추기 위해 군화를 얼른 신고, '아이고~ 나 좀 도와줘요~!' 소리를 지르니, 동료 군인들이 쫓아오는가 하면 얼마 지나지 않아 앰뷸런스가 와 병원으로 직행하여 치료를 받게 해 주는 거요. 그렇게 해서 치료를 받는 동안은 푹신한 침대에 누우니 군인이라는 생각은 어디로 가버리고 천국이 부럽지 않더라네요. 의사들이야 빨리 낳으라고 상처에 좋다는 미제 약품을 바르는가 하면 주사도 놔주고 그래서 군인만 아니면 곧 나아야겠지만, 그럴 필요가 없어 상처가 덧나게 한 거요. 그런 바람에 수개월 동안 환자로 대접만 받다가 제대를 했다고 자랑삼아 말하더라고요."

"그 사람 이름은요?"

"이름이요? 이름을 알아서 고발이라도 하게요?"

"하는 말이지. 그 사람 이름을 알아서 뭘 하겠어요."

"알았어요. 그런데 치열했던 전투에서 부상도 없는 것은 다행이나 고향에 두고 온 임자를 만나지 못하게 되는 바람에 새장가를 가게 되었는데 이렇게 되고 보니 미안해지네요."

"미안해할 것 없어요."

"임자는 6·25 전쟁 원인에 대해 잘 모르지요? 군인이 아니었기에?"

"그러면 6·25 전쟁 원인에 대해 영감은 알아요?"

"안다기보다 책을 좀 봤어요."

"책 볼 시간은 있었고요?"

"많은 책은 안 봤어도 궁금한 내용에 대한 책은 봤어요."

나는 본래 술, 담배를 안 했다. 그것이 건강상으로는 괜찮을지 몰라도, 친구를 만나는 데는 술, 담배가 효과적일 수도 있다는 생각은 한다. 인민군들에게 지급되는 담배도 피울 생각을 안 했다. 다른 군인은 전쟁 시에도 피웠는데 말이다. 아마 모르기는 해도 어떤 나라든 군인이면 담배를 지급했으리라 싶지만, 난 좀 별난 성격자인지는 모르나 그것이 생활에 조금은 도움이 됐지 싶다. 많지도 않은 월급이라서다. 담배는 심심초라고 말하지 않는가. 그래서 술, 담배를 안 하니 회사에 출근 안 하는 날에는 책을 보게 된 것이다. 그렇게 만나야 할 친구도 없이 멍청하게 시간만 보낼 수 없었다. 친구는 돈을 주고도 사귀라는 말도 있지 않은가. 그런 줄 알면서도 친구를 사귀지 못했다. 솔직히 말해 친구 사귈 생각이 없었다. 친구를 사귈 지갑이 없어서이기도 하다. 아내가 그것을 성격으로만 여겼다면 서운하지만 말이다. 그러나 생각을 해보면 애들 학교 보내는데, 학비가 넉넉하지 못한 상태에서 술, 담배를 하게 된다면 그로 인해 생활비는 턱없이 부족했을 것이다. 데릴사위 처지로 살아는 가나 물려받은 재산은 거의 없는 상태라 술, 담배를 못 하는 것이 어쩌면 다행이었다고 봐야 할 것 같다. 어떻든 술, 담배는 친구를 사귀는데 효과적일 것이나, 그런 생각은 해본 일도 없고 책은 봤다. 책이란 모르는 것을 알기 위함이기도 하지만 정신 수양에 도움이 되기도 하지 않은가.

"그러면 책 본다고 말은 안 했겠지만 술, 담배도 못 하는 남자라고 그러지는 않았어요?"

"술, 담배도 못 하는 남자라고 말하는 아내도 있을까요?"

기적이 찾아준 남편

"나 같으면 그런 말 했을 것 같은데요."

"봐요. 내가 총각일 때 장인어른께서 남자는 술 한 잔씩은 해야 한다고 하시면서 술을 손수 따라 주시는데, 안 마실 수도 없고 혼났어요."

"내가 보기엔 벌컥벌컥 잘도 마시더구먼."

"내가 술 마실 때는 부엌으로 후다닥 들어가 버리더구먼, 술 마시는 걸 어떻게 봤어요."

"청년이기는 해도 열아홉 살짜리가 술을 어떻게 마시나 궁금하기도 해서 문틈으로 본 거요."

"문틈으로요? 그런 말 그때는 말 않고 이제야 하는 거요."

"그때 말했으면 어떻게 하게요?"

"어떻게가 아니라, 그런 말을 혼인하고서도 안 해서지요."

"그건 그렇고, 6·25 전쟁 발발에 대해 책은 어떻게 말하고 있던가요?"

6·25 전쟁 발발 이유 얘기를 듣고자 하는 것이 아니다. 그런 얘기를 듣는다고 고향 갈 일도 아니지 않은가. 영감은 삼팔선이 가로막혀 오갈 데 없는 포로병이다. 겉보리 세 말만 있어도 처가살이하지 말라는 격언이 있지만, 그동안 데릴사위로 살아 온 것이다. 마음고생이 많았을 것은 짐작이 필요 없다. 때문에 남자로서의 자존심을 버리고 싫으면 싫다고 말도 못 하고 머슴처럼 살지 않았을까.

그런 이유로 말문이라도 열자는 이유이지 다른 데 있지 않다. 그래, 영감은 대소변을 받아낼 정도의 환자다. 내가 본처이지만 대소변까지 받아내야 할 환자를 뭘 원해서 맞겠는가. 그렇지만 영감 손을 자신 있게 만져보기가 얼마 만인가. 영감 표정을 보니 미안하다는 표정도 묻어나지만 평온한 눈빛이다. 평온한 영감 눈빛은 내 마음도 평온케 한다. 그래, 다른 것은 몰라도 우리는 자식은 잘 두었다고 해야 할 것 같다. 양쪽 자식들이 생각 외로 효도를 잘해서다. 특히 맏며느리가 그렇다. 한집에 사는 며느리가 많이 불편할 수도 있어 조심스럽지만, 그걸 알고 그러는지 시장에 다녀올 때마다 무얼 사 오곤 한다. 며느리가 그렇게 해 주는 것이 시어미로서 더없이 고맙다. 만약이지만 대소변을 받아내야 하는 상황에서 표정만이라도 아니게 보인다면 어떻게 되겠는가. 사는 것이 사는 것 아닐 것이다. '네 시아버지가 이렇게 병든 상태에서 살면 얼마나 살겠냐.' 본처인 아내 홍순희는 그런 마음으로 남편에게 말을 돌려 할 것이다.

"밥 두 그릇도 많다 않고 먹을 젊은 남자들 먹여 살리느라 동네 분들 고생이 많았겠다."

"내가 있던 동네는 커서 석 달 정도 밥상으로는 생각처럼 그렇게 고생은 아니었을 거요."

"석 달 정도면 밥상을 괜찮던가요?"

"다는 아니지만, 명절 때나 먹어 보던 고기반찬도 먹게 해 주고 막걸리도 주고 대접 잘 받았어요."

"고맙다고는 했겠지요?"

"그거야 말로만인데 안 하겠어요. 당연히 했지요."

"대접이 좀 아니다 싶은 집도요?"

"생활 형편에 따라 조금은 부족한 집도 있었지만, 정성을 다한 밥상인데 고맙다는 인사는 당연하지요."

"그러면 그렇게 있는 동안은 부잣집 아들 못지않게 잘 먹은 거네요."

기적이 찾아준 남편

"그렇지. 잘 먹으니까 예쁜 여자가 보이고 좀 그래지더라고요."

"남자들은 예쁜 여자면 눈이 휘둥글해진다는데 당신이라고 다르지 않았겠다."

"어디 남자만 그런가? 여자도 같겠지. 안 그래요?"

홍순희 당신은 이 서인규만 생각했지 다른 남자는 안 보였을까 모르겠다. 그래, 인간이기는 하나 남자는 몸집이 커지고 성숙하면 번식을 해야 하는 동물이다. 그러기에 번식 주기 땐 몸이 달아올라 어쩔 줄 모른다고 하지 않은가. 그랬음에도 나이 이십 대인 홍순희는 이 서인규를 위해, 아들 진수를 위해 이겨내느라 고생이 이만저만이 아니었으리라. 서인규는 아내 홍순희를 누운 채로 빤히 바라본다.

"나는 아니었던 것 같은데요."

말은 그렇게 했지만, 아닐 수 있겠는가. 가족처럼 여겨주신 할머니 말씀이 생각난다. '지나가는 남자도 슬쩍슬쩍 만나고 그렇게 해. 젊은 여자가 수절만 해서야 되겠어. 나도 남편이 일찍 떠나버린 바람에 남자를 그리워해 봤던 여자야. 그러니 아들에게 들키지만 않게 사랑도 나누고 그렇게 해.'

"그래서 밥도 잘 얻어먹고 그랬으면 고맙다만 해야 할 텐데, 밥상을 차려준 여자가 너무도 예쁜 거요."

"예쁘면 나이는 몇 살인데요?"

"나이? 너무 꼬치꼬치 묻는다."

"꼬치꼬치 묻는 게 아니라 기왕에 그런 얘기가 나왔으니 다 듣고 싶어서이지요."

남자 눈에는 예쁜 여자를 보면 덮치고 싶은 생각이 백 프로라고 보면 될 것이다. 다만 아닌 척할 뿐이지. 그래서 다른 여자를 덮치는 얘기라면 더 듣고 싶지는 않다. 그렇지만 얘기를 하고 있는 남편의 말문을 닫을 수는 없다. 무슨 말이든 하라고 했으니 말이다. 아니, 하고 싶은 말이 많을 텐데 다 하게 해야 할 것 같다.

"짐작뿐이지만 스물 중반쯤 되어 보였어요."

"덮칠 마음이 급하기도 했겠다."

"덮칠 마음이 급한 게 아니라 기회다 싶어 동료들에게 변소에 간다고 핑계 대고 그 과부 방에 들어간 거요."

"아가씨가 아니고 과부라고요?"

"나이 스물 중반쯤이면 아가씨겠어요. 안 그래요?"

"그런 얘기는 듣기 안 좋다."

길 가던 사람 붙들고 물어봐도 자기 남편이 다른 여자와 어쩌고 저쩌고했었다는 말 듣고 싶은 사람 세상에는 없을 것이나, 노인이 된 나이에 그걸 따지겠는가마는 홍순희는 그런 표정을 감출 수는 없나 보다. 옆에 보는 사람이 없어서 그렇지 알아볼 정도의 표정이다.

"듣기 안 좋으면 얘기 그만둘까요?"

"아니에요, 계속하세요."

"그러면 하던 얘기 마저 하고 다른 얘기 할게요. 나중에 알게 되었지만, 그 과부도 군대 간 남편이 전사 통지서조차도 없이 돌아오지 않는 거요."

"그러면 북한에서 포로로 붙잡힌 거 아니요?"

"그거야 알 수는 없지만, 그럴 가능성이 큰데 사실이라면 나같이 재혼은 하지 않았을까 싶네요."

기적이 찾아준 남편

"그렇게 보였으면 그 여자랑 살아버렸으면 될 텐데, 그냥 말았어요?"

"그 여자랑 그냥 살아버려요?"

"그렇잖아요. 같은 사정일 수 있는데 말이요."

"같은 사정일 수 있다는 말 듣고 보니 말이 되기는 하네요."

'당신 말대로 그 여자랑 살았다면 지금의 상황은 어떨까요? 그래요, 삶이 더 좋아졌을 수도 있겠지요. 그렇기는 하나 이곳이 아닌 전혀 다른 동네에서 있었던 일이라 당신을 만나 볼 수는 없었을 것이 아닌가요. 이것을 누구는 운명이라고 말할 수도 있을 것이지만 말이요.'

"그 과부가 영감과 그리고서 나처럼 남편 찾으러 북한에 갔을까요?"

"그거야 늘 만나고 그런 게 아니라 그때 보고 동네를 떠나버렸으니 더는 알 수 없지요. 그렇기는 하나 그 여자는 애기가 없었으니 재가를 했지, 당신처럼 남편을 찾고자 북한에 갔겠어요."

"재가요?"

"그러면 남편 없이 과부로만 살아요? 말도 안 되게."

"자식도 없이 과부로 살 수는 없어도 당신이 덮친 바람에 그 여자에게 당신 애기가 생겼을지도 모르는데."

"애기가 생기다니…?"

"그러면 아닐 것 같아요?"

"한 번 그랬다고 애기가 생겨, 그건 말도 안 된다."

"말도 안 되다니요. 말이 되지. 애기가 생기기는 임신 주기가 맞아떨어지면 애기가 생기는 것이지, 여러 번이 아니에요."

"그럴까?"

'나는 여자가 아니라서 여자 생리에 대해서 잘 모르나, 아내 말을 듣고 보니 애기가 생겨 낳았을 가능성을 배제할 수는 없다. 그때의 일로 만약 애기가 생겨 낳았다면 나이가 사십이 넘었을 테지만 아들일까? 딸일까? 그래, 그 여자도 나이로는 환갑을 넘어 칠십을 바라볼 텐데, 어디쯤에서 어떤 사람의 마누라로 아프지 않고 건강하게는 살아갈까? 나이 때문에 그때의 예쁜 모습은 아닐 테지만 말이다. 오랜 기억으로 한밤중에 찾아간 것이 잘했다고 말할 수는 없어도 밤에 찾아갔을 때 그 여자는 붙들고 울기도 했다. 지금 생각이지만, 울기는 했어도 하룻밤 풋사랑이기는 하나 몸 비비는 것이 서로가 너무도 좋았다. 그래서 하루만 말고 같이 살자고 그 여자가 말했다면 나는 옳거니 했을 것이다. 그것은 한 몸 붙이고 살아갈 처지가 못 되는 포로병이었기 때문이다.'

"당신 말 들으니, 덮친 그 과부가 싫어하지 않았다면 애기가 생겼을 가능성이 충분한데요."

"아니, 그러면…? 몰라서 그렇지 당신 자식이 또 있다는 거 아니요."

"자식이 있다면 내가 큰 죄를 저지른 건가?"

"죄일 수도, 죄가 아닐 수도, 더 좋을 수도 있지 않을까요?"

일부러는 아닐지라도 그 과부는 그때 심어준 자식 덕으로 살아갈 수도 있지 않을까. 몰라서 그렇지 누구의 씨로 태어났느냐는 상관없이 사회적으로 대접받는 인물이 얼마든지 있을 것이기 때문이다.

"그렇기는 하겠지만…"

"그때 심어준 자식이 잘돼서 친아버지인 서인규 씨를 찾아 효도를 한다면 당신 나쁘지는 않겠지요?"

"허허, 지금의 자식들도 잘하고 있어서 고마운데 거기까지는 아닌 것 같은데요."

"만약 말이지요."

"'만약'이 다 뭐요."

"그건 그렇고, 지금의 마누라는 어떻게 만났어요?"

"지금의 마누라를 만난 거?"

"그래요."

"처가댁도 시집보내야 할 딸들이 층층이 있지, 생활 형편도 빈궁한 데다 마땅한 사윗감은 없지, 내가 할 말은 아니나 포로병이기는 해도 괜찮게 생겼지, 아가씨도 좋아하는 것 같지, 그래서 냉수 한 사발 떠 놓고 얼렁뚱땅 혼인을 해버린 거요."

"북한에 여자가 있다는 말은 했고요?"

"그런 말을 어떻게 해요. 말도 안 되게…"

물을 걸 물어야지 말도 안 될 말을 다 묻는다. 그래. 이해는 한다. 총각인 것처럼 거짓말을 한 것이 싫을 거라는 생각.

"그러면 지금도 마음 나쁜 여자는 아니지만, 처음에도 좋았겠네요?"

"그걸 물으면 내가 어떻게 대답해야 할까요."

"알았어요. 묻지 않을게요. 아들 둘, 딸 하나까지도 두었는데."

물론 금실이 좋아서만 자식을 많이 둔 것은 아니지만, 나는 재밌는 삶을 살아보지도 못하고 늙어버렸다는데 아쉽다는 홍순희 말이다.

"지금까지는 내 얘기였으니, 당신 얘기 좀 들읍시다."

"내 얘기는 당신처럼 고생스런 얘기는 아니에요."

남편 서인규 씨 말이다.

"고생스런 얘기가 아니라고? 당신은 나보다 몇 배 더 고생했는데."

"나는 그렇게 생각 안 해요."

"우리가 살던 고향으로 보면 삼팔선을 넘기는 강원도 쪽 아니요."

"삼팔선 넘은 얘기 안 했었나요?"

"언제 그런 얘기할 시간이나 있었나요. 이제야 하게 되는 게지."

"그래요. 강원도 쪽으로 넘었어요."

"내가 궁금하게 생각하는 것은 어떻게 내가 살고 있는 인천 쪽으로 오게 되었느냐는 거지요."

"그런 얘기를 하려면 입에다 단 것도 물고 해야 하는데."

"뭐요? 입에다 단 것을 물고…?"

"나 가게 갔다 올 텐데, 뭘 먹고 싶어요?"

"먹고 싶은 거 없기는 한데, 사 올 거면 쥐포나 좀 사 와요."

"알았어요."

아내 홍순희는 쥐포 열 마리와 막걸리 한 병과 소주 한 병을 사온다. 그래서 쥐포는 석쇠에 약간 구워 쟁반에 올려놓고 한 마리 통째로 주는 게 아니라, 한입에 들어갈 만큼만 찢어 주면서 막걸리, 소주 둘 중에 뭘 마실 거냐고 묻는다.

"소주 조금만 따라요."

'당신이 말해서 마시는 거지, 마시고 싶지는 않다. 그래, 홍순희 당신이 보고 싶은 총각 때 기억이지만 예비 장인분이 따라주는 막걸리를 마셔는 봤다. 그랬으나 술 체질이 아닌지 술을 좋아하기까지는 아니다. 물론 마누라에게 눌려 살았다고나 할까. 아무튼 그렇기는 하지만, 술을 취하게 마셔본 기억이 없다. 술도 체질에 맞지 않아 소주 한 잔만 마셔도 얼굴에 나타나는 사람도 있다. 그렇지만 나는 그래서 술을 가까이하지 않는 게 아니다. 전쟁 포로들 대부분 그럴 것으로 세상 사는 것이 재미가 없어서였다. 그냥 살아지는 것이지.'

"그러면 술 괜히 사 왔네. 술 치울게요."

"술 치울 것 없어요. 그냥 두고 인천에 오게 된 얘기나 하세요."

"그래요. 삼팔선은 넘기는 했으나 오라고 기다리는 사람도 없지, 배는 고프지, 그래서 무조건 큰 집을 찾아가 4일간을 거기서 먹고 자고 머물렀지요. 그런데 안주인이 내 처지가 너무도 딱해 보였는지 앞으로 어떻게 살 거냐면서 인천 제물포를 말하데요."

"…."

'그래, 처녀가 아닌 과부이기는 해도 애기가 없었으면 적당한 사람과 혼인해서 맞나게 살 수도 있었을 텐데, 애기 때문에 그럴 수도 없고… 앞으로 살아갈 일이 난감했겠다.'

"그래서 인천으로 온 거지요. 제물포는 생선 배도 드나드는 포구라 생선 장사를 할 수가 있다고 온 것인데, 당신을 찾게 될 줄을 누군들 알았겠어요. 이것은 기적이라고 누구는 말할지 몰라도 나는 하나님께서 허락하신 복이라고 생각돼요."

"하나님께서 허락하신 복?"

"그래요."

"어떻든 남편을 찾기는 했으나 다른 여자가 가지고 있어서 마음이 어땠어요?"

"어떻기는요, 그냥 덤덤했지요."

삼팔선을 넘어 온 지가 올해로 62년이나 된 것 같다. 우리 진수가 올해로 예순세 살이니까. 여기 와서 낳은 아들 진명이가 마흔여섯이고 말이다.

"나 없는 사이에 진수를 낳아 키우느라 고생이 많았겠어요."

"진수를 낳았을 때만 해도 좋았어요."

"고생이 아니라 좋았다고요?"

"아들을 낳았다고 친정에서도 좋아들 하시지, 그래서 당신이 집에 오면 자랑하고 싶었어요."

시집을 가게 되면 뜸 들일 필요 없이 곧바로 아들을 낳아야 대접인 그런 사회적 분위기에서 홍순희가 아들을 낳은 것이다. 때문에 홍순희는 며느리로서 어깨에 힘이 들어갔을 것이다. 하는 일이 아무리 바빠도 쉬고 싶으면 언제든지 쉬고, 젖 먹인다는 핑계로 낮잠도 자고 말이다. 그래서 남편 없이도 얼마간은 행복했다. 그런 행복이 집에 와 될 남편이 오질 않아 불안으로 바뀌기 시작하고, 부모님은 부모님대로, 나는 나대로 눈치가 보여 이건 사는 것이 사는 것이 아니었다. 다 지나간 일이지만 때문에 잠도 제대로 잘 수가 없었다.

"자랑하고 싶을 때 달려갈 걸 그랬네."

"농담이 아니에요. 그렇게 좋아는 했지만, 다른 집 아들들은 다 오는데 어찌 된 셈인지 당신만 오지 않는 거요."

"생각을 해보니 진수가 태어날 때쯤은 낙동강 전투가 치열할 때네요. 날짜를 계산해보니까."

"그래요. 당신이 아들을 낳았다는 소식을 전해 들었다 해도 죽느냐 사느냐 그런 상황에서 기뻐할 수는 없었을 거요."

"어쨌든 이제는 다 지난 얘기가 되어 버렸네요. 그래도 당신이 할머니가 되기 전에 여행이라도 갔어야 했는데, 그렇지도 못했네요. 여행은 그만두더라도 이렇게 누워 있을 게 아니라 바깥출입만이라도 해야 하는 건데, 대소변을 받아내게 하다니요. 정말 미안해요."

"그런 일에 미안해하지 말아요. 당신이야 그랬겠지만, 진수를 잘 키울 생각은 어디로 가버리고 당신을 찾아야겠다는 생각만 계속하게 되더라고요."

"그래서 잠도 제대로 못 잤겠다."

"그렇게 되니까. 말씀을 잘하시던 부모님만이 아니라 누구도 말을 하지 않는 거요, 물론 나도 할 말이 없었지만 말이에요."

"삼팔선을 넘어와 이곳에 정착하기까지는 누구의 도움이 있었어요?"

"포구 사람들은 좀 억센 편이기는 해도 마음씨만큼은 그렇지 않았어요."

"포구 사람이라고 해서 마음씨가 나쁘겠어요."

"당신을 찾으려면 굶어 죽지 않고 살아야만 해서 고깃배가 들락날락거리는 부두로 돈 벌러 나가 봤지요."

"진수를 들쳐업고요?"

"어디다 맡길 데도 없는데 어쩌겠어요."

"새파란 아낙이, 아이고…."

"잠잘 곳은요?"

"잠잘 곳이요? 거지 신세라 사정 얘기하고 재워달라고 했지요."

"재워주기는 흔쾌히 했고요?"

"흔쾌히까지는 몰라도 들쳐업은 애기를 보고 밥도 많이 먹게 해 주고 그랬어요."

"그때 우리 집으로 왔었더라면 어땠을까 싶다."

"집사람이 나한테는 좀 아닌 것 같으나 다른 사람에게는 괜찮다 싶게 보여서요."

"그렇게 되면 내가 알아볼 수도 있지 않겠어요."

"직장이 멀어서 집에는 밤늦게 들어오고, 출근은 아침 일찍 했는데, 어떻게 알아봐요."

"그렇기는 하겠네요."

"당신은 그냥 시골뜨기 여자가 아니었는데…"

"밥 벌어 먹고살자는데 학벌이 무슨 대수겠어요."

"그렇게 말하면 할 말은 없지만. 전쟁이 뭔지…"

아내 말을 듣고 있자니 눈물이 다 나오려고 한다. 정상적인 가정은 돈은 남편이 벌어오고, 아내는 애기를 키우고 그러는 게 아닌가. 그런데도 아내는 누워 잘 만한 집도 없다. 돈 벌어올 남편도 없다. 그렇지만 항상 옆에 있어 주어야 할 애기는 있다. 어떻게 살았을까…?

"사정이 급한데 어떻게 하겠어요. 그래서 진수를 들쳐업고 부두로 나가 생선 파는 아주머니 앞에서 얼쩡거렸어요. 얼쩡거리고 서 있었더니 생선 살 거냐고 묻데요. 그래서 그게 아니라 생선 장사를 하고 싶어서 보는 중이라고 했었어요. 그렇게 말하니 나를 보고, 애기를 보고 그러데요."

홍순희는 기억을 더듬는다.

기적이 찾아준 남편

9

"그러면 장사를 하고 싶다는 거야?"

"벌어먹을 방법만 알려주시면 저는 할 수 있어요."

"업은 애기는 어떻게 하고?"

"돌봐 달라고 할 곳도 없으니 업고 다니면서요."

"아이고, 심란해라. 살길이 없다면 애기를 들쳐업고라도 장사를 해야겠지만. 그러면 싸 온 밥인데 같이 먹고 낼 또 나와 봐."

"낼이요?"

"그래 낼⋯. 남편은 돈 못 벌어?"

"남편이 없어요. 애기하고 나뿐이에요."

"남편이 없다고? 그러면 집은 어딘데?"

"집도 없어요."

"집도 없다니⋯; 그게 무슨 소리야. 그러면 장사할 돈도 없겠네?"

"장사할 돈도 없어요."

"남편도 없다. 집도 없다. 장사할 돈도 없다. 이거야 정말⋯. 자네 남한 사람 아니지?"

"그렇기는 한데, 그걸 어떻게 아세요?"

"자네 말투가 남한 말투가 아니잖아."

"저 솔직히 말할게요."

"솔직히라니?"

"그러니까 남편을 찾을 욕심만 가지고 붙잡히면 죽을 수도 있는 삼팔선을 넘어왔어요. 그렇지만 남편은 찾지도 못하고 이렇게 있어요."

"남편이 살아 있기는 하고?"

"살아 있어요."

"살아 있다는 걸 어떻게 알고?"

"알아냈어요."

"자네 남편을 누가 보기는 했데?"

"누가 본 게 아니라 거제 포로수용소에 가서 확인했어요."

"그래? 남편을 찾으려면 생선 장사로는 안 되잖아."

"그렇기는 하지요. 그렇지만 남편을 찾기도 전에 굶어 죽으면 안 되잖아요."

"죽는다는 말은 하지 말아. 일단은 알았어. 낼 또 나와봐. 그리고 이 밥 다 먹어. 애기는 순한가 보다. 그래, 순하기라도 해야지."

"고맙습니다."

참 좋으신 분이다. 친정 이모 같다. 도와줄지도 모르겠다. 내일 당연히 나올 겁니다. 아주머니. 나 좀 도와주소, 그 은혜 결코 잊지 않은 테요. 아주머니가 먹을 밥을 내가 다 먹어버려 미안하기는 하나 말한 대로 홍순희는 다음날 부두로 나간다.

"응, 왔구먼. 아침은 먹었어?"

"예."

"애기 잘 돌봐 줄 할머니가 계시기는 해. 그런데 공짜로 돌봐 달라고 할 수는 없잖아. 애기 먹을 것도 사다 줘야 할 테고 말이야. 그러니 애기 먹을 것까지 포함해서 하루에 3만** 원씩 드리기로 하고 장사를 하면 어떨까?"

"그래도 남는 것이 있을까요?"

"장사를 얼마나 찾아보느냐에 달려 있지만, 하루에 20만 원 정도는 벌어. 그렇기는 하지만 생선 장사 이 바닥에서는 어려우니 머리에 이고 다니면서 해 봐. 처음에는 내가 알아서 해줄 테니, 알겠어?"

"그렇게 해 주세요."

"그리고 집도 없다고 했나?"

"집이 없어요."

"그러면 어디서 자고 먹고 그랬을까?"

"먹고 자고는 이집 저집 다니면서 얻어 잤어요."

"그래? 그러면 애기도 돌봐 주고, 자고, 먹고 할 수도 있는 집이야. 물론 공짜로는 안 되겠지만 말이야."

"일단은 그렇게 해 주세요."

"알았어. 알았는데 생선 장사를 어떻게 하고 있는지 살펴도 보고 그래. 그리고 오늘은 우리 집으로 가자."

"아주머니, 고맙습니다."

굶어 죽으라는 법은 없는가 보다. 생선 장사 아주머니는 괜찮게 사는 집으로 데려다준다.

** 3만 불 시대의 돈 가치로 환산한 금액.

"안녕하세요!"

무섭게 생긴 할머니는 아니다. 아직 그렇게 노인도 아니고 말이다.

"어서 와요. 아니, 말은 들었지만 애기가 있어서 그렇지 아가씨잖아."

"잘 부탁합니다."

"잘 부탁이고 뭐고, 고생이 많았겠네."

"…"

'말씀대로 고생이 많습니다. 귀찮게는 안 할 테니 당분간만이라도 좀 도와주십시오.'

홍순희는 깊숙한 절까지 한다.

"그동안은 어떻게 지냈을까?"

"거처도 없어 이집 저집 떠돌아다니면서 얻어먹는 비렁뱅이처럼 지냈나 봐요."

소개해 주는 아주머니 말이다.

"말은 들었는데 어떻든 이렇게 왔으니 애기부터 뭘 먹여야겠다."

"…"

'잃어버린 남편을 찾고자 삼팔선을 넘었지만, 찾지도 못하면서 이 모양 이 꼴이오. 나 좀 도와주십시오.'

홍순희는 그렇게 해서 진수까지 맡기고 살아간다.

"이봐, 나 당분간 돈 안 받을 테니 장사나 잘해. 그래서 허름한 집이라도 한 칸 마련해 무슨 말인지 알겠지?"

"돈을 안 받으시면 어떻게 해요. 작지만 받으셔야지요."

"돈이 궁하지도 않지만, 애기 엄마한테 돈 받기는 아무래도 아닌 것 같네."

"그래도 받으셔야 제 마음이 편해요."

"그러면 하루에 만 원만 줘. 애기 먹을 것도 만들어 주고 그래야 할 테니."

"진수 엄마!"

"예."

"자네가 그동안 준 돈 도로 줄 테니, 그걸 가지고 집 고쳐."

"아니에요. 저 그 돈 받을 수 없어요."

"그러지 말고 어서 받아. 나는 자네도 보다시피 돈이 필요 없어."

"그래도 아니에요."

"우리 아들도 며느리도 돈 잘 벌잖아. 그래서 말했어. 이 돈 돌려주고 싶다고 말이야. 그랬더니 찬성하더라고."

"…"

생판 모르는 뜨내기를 한 가족처럼 대해 주신 것만도 감사한 일인데 얼마 안 되지만 그동안 드린 돈을 돌려주겠다고 하시다니…

"나 진수 때문에 얼마나 행복했는지 몰라. 할머니, 할머니 하면서 손을 잡아줄 땐 진수 너 없었으면 심심해서 어떻게 살 뻔했니. 그럴 때가 한두 번이 아니야. 자네야 아니라고 하겠지만, 따지고 보면 내가 자네에게 빚을 갚아야 할 것 같아."

"그래도 벌어 먹 그 돈을 내가 어떻게 받아요."

"그래, 받기 어렵다면 내가 하는 대로 가만히 있어."

그렇게 해서 오래된 헌 집이지만 할머니가 목수를 데려다 고쳐

주신 것이다. 드린 돈보다도 더해서 말이다. 홍순희 집을 고쳐주는 선한 마음을 내보이기까지 한 것이다.

"헐고 다시 지어야 될 집이기는 하나, 생선 장사로 번 돈 가지고 집을 사다니…. 기특하기도 해서 축하할 일이다. 그래, 허름한 집이니 살 만하게 내가 고쳐 줄게. 그러니 권장할 일은 아니나 가끔은 다른 남자와 정도 나눠 보게나. 그래, 잃어버린 짝을 찾겠다고 붙잡히면 죽을 수도 있는 삼팔선을 넘기는 했지만 남자가 그리운 젊은 여자잖아. 내가 그걸 모르고 하는 말이 아니야. 잃어버린 짝을 어떻게 해서든 찾아야 한다는 생각만으로 수절하고 살다가는 짝도 못 찾고, 나처럼 늙어버리면 어떻게 해. 아니, 잃어버린 자네 짝 찾는다고 신문에다 한번 내볼까? 신문에다 내는 비용이 얼마나 될지는 몰라도 그 비용은 내가 부담해 줄 수도 있어. 그렇지만 홍순희 자네 남편이 지금까지 총각처럼 혼자 살고 있겠어? 그럴 리는 만무하잖아. 새장가를 들었던지 그랬겠지.

홍순희 자네 남편이 어떻게 생긴 여자와 재혼을 해 살고 있는지는 몰라도 생각을 해보면 한 번뿐인 인생이 아닌가. 그렇기도 하지만 곧 지나가 버릴 젊음을 그렇게만 살아서는 너무 억울하지 않아. 말이지만 한 번밖에 없는 젊음을 그런 식으로 살다가 죽어 버리면 너무도 억울하잖아. 그래서 생각인데 다른 남자와 정을 나누고 싶어도 자네 집이 아니라 그럴 수가 없다는 것을 나는 알아. 내가 비록 늙기는 했지만 자네 아들 준수가 있기 전 외로울 때는 이미 떠나가 버린 영감 생각이 들 때가 한두 번이 아니었어. 그래서든 자네가 그런 일만 아니면 남아도는 방, 빈방으로 둘 필요가 있겠어? 집도 사지 말고 그냥 살자고 하지….

홍순희 자네도 보다시피 우리는 식구가 있기는 해도 다들 나가 버리면 나 혼자잖아. 다행히도 자네 아들 진수가 있어서 그동안은 괜찮았는데 진수를 데리고 가 버리면 나는 쓸쓸해서 어떻게 살아. 그렇지만 삼팔선이 철저하게 가로막혀 있어 갈 수도 없는 홍순희 자네는 얼마나 힘들어. 그래, 고향에 간들 남편도 없다면 무슨 소용이 있겠어. 그렇기도 하지만 갓 스물 후반 나이에 짝도 없이 혼자가 뭐야. 전쟁 때문이기는 해도 남편을 잃어버린 바람에 지금은 어쩔 수 없이 과부잖아. 그런 과부가 생선을 다 팔고 집에 돌아와 반찬을 만든다고 부엌일을 하고 있는 자네 뒷모습이 너무나 안쓰러워서야. 물론 내 생각이지만 그래.

다들 아는 사실이지만, 사람으로 세상에 태어난 이상 생각할 필요도 없이 언젠가는 죽게 되겠지. 그렇지만 사는 동안만은 맞는 짝을 만나 행복도 누리면서 살자는 것이 너나없는 바람이지 않겠나. 부부의 행복 말이야. 그런 행복이 홍순희 자네에게 곧 있게 되면 좋겠지만, 그런 행복이 언제쯤에나 생기게 될지 답답해서 하는 말이야. 그래서 생각인데 내 아들, 며느리가 한 상에 둘러앉는 모습은 홍순희 자네 눈치가 보여. 자네야 애기가 딸린 뜨내기를 가족처럼 대해준다는 고마움 때문에 밥상도 차려주고 그렇게 해 주겠지만 말이야. 홍순희 자네가 생선 장사하러 간다고 생선 그릇을 머리에 이고 나갈 때는 자네 아들 준수가 "엄마 장사 잘하고 와. 나는 돌봐주시는 할머니가 계시니 잘 놀고 있을 테니 염려 말고." 그런 눈으로 엄마인 자네를 바라보는 것 같더라고.

홍순희 자네 아들 진수는 벌써부터 철이 들었는지 엄마가 없다고 해서 보채지도 않아. 친할미도 아니면서 친할미처럼 찰싹 붙어있으니 말이야. 물론 친할미가 아님은 학교에 갈 나이쯤에나 알게 되겠지만 말이야. 아무튼 나는 진수가 옆에 있어 주어 살맛이 나. 말도 제법 잘해서 대화도 돼. "할머니 나 업어 주어." 준수가 그렇게 말할 때는 얼마나 행복한지 몰라. 그래서 말이지만 다른 남자와 정을 나누고 싶을 땐 진수를 내게 맡겨두어도 돼. 그것이 잘못이라는 생각을 나는 안 할 테니 말이야. 다른 남자와 정 나누고 싶다고 솔직하게 말해도 돼. 다른 남자를 넘봐서는 안 된다는 생각으로 참아야 할 필요는 없어.

홍순희 자네도 고등학교까지 다녔다면서 열녀비가 세워지게 된 이유와 내용은 배웠을 것 아닌가. 그것은 여자를 남자 부속물로 꽁꽁 묶어두자는 말도 안 되는 행태인 거야. 생각을 해봐. 열녀비는 시집은 갔지만 애기도 만들어 주지 않고, 남편이 갑작스럽게 죽었는데도 일단은 혼인을 했으니 재가하지 말고 그대로 늙어 죽으라는 것 아니야. 남자들은 어찌 그리도 잔인한지 몰라. 삼강오륜이 다 뭐야. 생각을 해봐. 삼가오륜을 따져서 뭐 하자는 거야. 여자들을 죽이자는 것밖에 더 있어. 남자들은 여러 여자를 거느려도 되고, 여자들은 남자들 불알이나 즐겁게 해 주고 똥구멍이나 닦아 주라는 거야, 뭐야.

내가 여자라서 하는 말이 아니야. 세상이 바뀐 오늘날이지만 남편에게 잘했다는 상도 있는가 본데, 그런 상도 아내가 희생했다고 주는 상 아냐. 그래서 그런 상은 남편을 위했다는 상이라 없애라고 말하고 싶어. 아내라고 해서 남편만 섬겨서야 되겠어. 아니잖아. 사회 질서 차원의 삼강오륜을 무시해도 된다는 그런 말까지는 아니나, 상대에게 피해를 주지 않는 상식선에서 살아가라는 거야. 누가 내게 다가와 세상에서 제일 큰 죄가 뭐냐고 묻는다면 당연히 상대에게 피해를 주는 일이라고 말할 거고, 가장 잘한 일이 뭐냐고 묻는다면 말할 것도 없이 상대의 마음을 편하게 해 주는 일이라고 말하겠어.

사실인지는 직접 확인을 못 해서 알 수는 없으나 들으면 지구상에는 우리 민족 정서로 봐 이해가 안 되는 별별 민족이 다 있다고 하잖아. 일부다처제가 있는가 하면, 일처다부제가 있고, 심지어 남편이 열일곱, 아내가 열일곱, 서른네 명이 한방에서는 아니나 같이 살아가는 민족도 있다고 하잖아. 그 짓이 일반 상식으로는 말도 안 되지만, 그들도 사람이야.

그래, 다른 민족의 삶 형태를 생각해 보자는 것이 아니야. 남자들이 들으면 화낼지 몰라도 얼마 전까지도 여자는 남자들을 위해서 세상에 태어난 것처럼 살았잖아. 그래서 그것을 보복하자는 것이 아니라 좀 새로운 생각으로 살아보자는 거지. 잃어버린 남편을 찾아야 할 거면 다른 남자와 정을 나누더라도 애기는 생기지 않게 하고, 될 수 있으면 자네 집으로 불러들이지도 말아.

남자들은 예쁜 여자만 보면 물불 가리지 않고 덤벼드는 참 못된 악성을 지니고 있지. 홍순희 자네도 알고 있을지 몰라도 오늘날의 개신교를 만든 루터 얘기야. 루터가 사람들 입방아에 본격적으로 오르내리게 된 것은 성당을 짓기 위해 사죄권을 파는 행위가 아니라고 하잖아. 독신으로 살아야만 구원받을 수 있다고 믿고 부부간 성적 결합까지 백안시해서는 안 된다는 생각에 예쁜 수녀가 루터 앞에 얼쩡거린 거야. 때문에 루터는 한번 안아 보고 싶은 마음을 억제할 수가 없어 결국은 수녀와 결혼을 했고, 아내가 된 수녀는 몰락 귀족의 딸로 수녀의 삶을 평생 이어가겠다는 맹세를 한 상태였다는 거야. 결혼을 해 자식까지 둔 여자가 수녀? 그건 말도 안 되잖아. 남녀 간 성 접촉 없이 세상에 태어날 수도 없잖아. 그렇다는 것을 루터는 생각을 했고, 신부와 수녀들 앞에서 강론까지 한 거야. 루터의 강론을 듣고 옳다는 생각이었겠지만, 루터의 종교개혁 운동 소식을 접한 수녀는 동료 수녀들과 함께 수녀원을 탈출했다고 하잖아. 사실일 거야. 그래, 사실이든 아니든 남자가 홍순희 자네가 어디에 사는지 집을 알기라도 하면 밤낮 가리지 않고 달려들지도 모르잖아."

정성껏 도와주신 할머니는 그런 생각으로 바라보는지 옷 갈아입는 홍순희를 본다.

"진수가 할머니 곁에서 쉽게 떨어질지 모르겠습니다."

"글쎄?"

"너무 잘해 주셔서요."

"아니, 자네 진수 내가 키워주면 안 될까?"

"우리 진수를 키워주신다고요?"

"진수가 그동안 할머니, 할머니 하고 그래서 심심하지 않았는데, 엄마가 데리고 가버리면 너무도 외롭고 쓸쓸할 것 같아서."

내 손주가 아니어도 정이 들 대로 들었다면 쉽게 내보기가 어디 쉽겠는가. 생활 형편도 괜찮은데 같이 있는 것을 자식들도 환영하지 않겠는가. 큰돈이 들어가는 문제도 아닌데 말이다.

　　　　　　　　　　　　　　기적이 찾아준 남편

"진수야?"

"응."

"너 할머니와 같이 살아도 돼? 엄마도 없이?"

진수가 내년에 학교에 들어갈 일곱 살 나이라 할머니와 엄마가 무슨 말을 하고 있는지 알고도 남지 않겠는가.

"엄마 마음대로 해."

진수는 말까지는 않고, 엄마와 할머니를 번갈아 본다.

"그러지 말고 좋다, 싫다 분명히 말해 봐!"

"음… 나는…; 할머니가 좋은데…."

"알았어. 그러면 할머니 안아 드려."

아들 진수는 말이 끝나기가 바쁘게 할머니를 끌어안는다. 그래, 친할머니가 아닌 줄 알아 버리기는 했다. 그렇지만 젖이 떨어지기 전부터 보살폈지 않았는가.

"진수야!"

"예."

"오늘 저녁부터는 니네 집에 가서 엄마랑 자~!"

"할머니는 어떻게 하고."

"할머니는 할 수 없지, 진수 네가 없어 심심하겠지만."

할머니가 서운하다는 의미겠지만, 진수를 끌어안으면서 하는 말이다.

"할머니만 심심한 게 아닌데."

"그래?"

"그렇지. 할머니가 심심하면 나도 심심할 텐데."

"그러겠지. 진수 너도 심심하겠지."

'아니, 진수 네가 언제 이렇게 커서 어른들이 못할 말까지 하는 거냐. 그동안 잘못 키운 것은 아니구나. 그래, 몸도 생각도 무럭무럭 자라 괜찮은 사람이 되어라! 네 엄마는 가게에서 장사도 못 하고 머리에 이고 다니면서 하는 장사라 천할 수도 있는 장사를 하고 있는 거야. 그런 장사지만, 진수 너를 희망으로 알고 살아갈 거야. 아직 어린데 거기까지 진수 네가 어떻게 이해하겠냐마는 그래.

진수 엄마야! 자네는 말할 것도 없이 따뜻한 남자 가슴이 절대적으로 필요한 삼십 대 초반 나이야. 돈 벌어다 주는 그런 남자만이 아니라…. 그래, 그동안 착 달라붙어 사랑을 준 진수를 보내기는 서운한 데가 너무 많아. 그렇지만 보내는 거야. 홍순이 자네도 고등학교까지 다녔으니 지금의 내 생각을 이해하고 남겠지만 말이야. 누구는 '지나가리라' 했다지만, 나는 사십 대에 과부가 된 거야. 그렇게 된 바람에 얼마나 힘들었는지 몰라. 사랑하는 자식들이지만 과부로서 너무 힘들 땐 떼어 내고 싶은 혹으로 생각되기도 했어. 그런 경험을 맛본 입장에서 생각을 해보면 인생은 한 번뿐 아니야. 나처럼 늙어가는 것도 금방일 테고 말이야. 홍순희 자네 지금 마음이야 잃어버린 남편을 찾아야 한다는 마음일 테지. 그렇지만 생각처럼 찾아지겠어. 어림도 없는 일이야. 그래, 생각지 못하게 찾았다 하자. 그러면 홍순이 자네가 삼팔선을 넘어오리라는 생각으로 홀아비 신세로 살아가겠어. 그럴 리는 어림도 없어. 몇 명까지는 몰라도 자식까지 두고 살아갈 것 아니야. 어제 날씨보다는 좀 쌀쌀하기는 하나 두꺼운 옷까지는 필요 없을 것 같으니 고쳐준 집에서 좋은 꿈이나 꾸고. 하룻밤 풋사랑일 수밖에 없겠지만, 뜨거운 사랑도 나누고

그래 봐. 다른 사람이 알았다 해도 공개하지 않는 이상 흉도 아니잖아.'

할머니는 그런 생각으로 홍순희 모자를 보는 건지, 한참을 본다.

"할머니 감사합니다."

"감사는 무슨 감산가. 그래, 어쩔 수 없기는 하나 이렇게 되고 보니 서운하기만 하다. 잘 가!"

"할머니랑 같이 가면 안 돼?"

"할머니랑? 진수 너 뭐 먹고 싶어?"

'진수 너 뭐 먹고 싶어?'라는 말은 진수 너를 보내기가 이렇게 서운할 수가 없다는 생각에서 나온 말일 것이다.

"없어."

"먹고 싶은 거 있으면 무엇이든 말해."

"음…, 할머니가 만들어 주는 거."

"야, 고작 그거냐. 더 좋은 것도 있을 텐데…"

"할머니는 엄마처럼 돈도 못 벌잖아."

진수 엄마 말이다.

"엄마처럼 돈은 못 벌어도 너 맛있는 거 사 줄 돈은 있어."

할머니 말이다.

그래, 남자건 여자건 나이가 들게 되면 남의 자식을 돌봐주고 싶은 마음을 가지라고 말하고 싶다. 짐승은 거둬도 되지만, 사람을 거두면 안 된다는 말도 듣지만 말이다. 그렇지만 사랑하는 마음으로 거둬 준다면, 그 아이는 괜찮은 사람으로 성장할 것이 분명하다. 현대 할머니들은 손주 돌보는 것을 큰 형벌쯤으로 여기지 않나 싶어 걱정스럽다. 내 몸 하나도 간수하기 힘든데 아이를 돌보라는 것은 형벌일 수도 있다. 그래서 손주를 돌보기 싫어하는 것을 잘못이라고 할 수는 없지만, 자식들 앞에서 해외여행 말은 또 뭔가? 단 것은 얼마든지고, 쓴 것은 싫다고 한다면 아이는 어디다 맡길 것인가. 이런 문제에 있어 조부모들은 생각해 볼 일이다. 진수를 돌봐 주시는 할머니는 외로움을 달래 좋고, 진수는 사랑을 맛보며 성장해서 좋고, 사람이 사회는 이래야 되는 거 아닌가.

"야, 아들이다."
진수를 돌봐주는 할머니 말이다.
"애기 낳을 생각이 없었는데, 낳게 되네요."
찾지 못했던 남편을 찾아 살짝 만나게 된 것이 애기가 생기는 계기가 되다니…. 애기를 낳기는 했지만 무슨 수로 키울 것인가. 다른 사람들은 아들이라 좋겠다고 말할지 몰라도 남편이 다른 여자와 살고 있는데, 어떻게 하라고 애기를 낳게까지 한 거야. 돈은 벌어야 먹고살 텐데 걱정이 태산이라는 홍순희 표정이다.

"무슨 말이야. 진수 아빠 애긴데."
"할머니에게 또 부탁을 드려도 될까요? 염치는 없지만…."
"장사를 곧 나가게?"
"한 일주일만 쉬고 나갈까 해요."
"일주일? 몸이 괜찮다면 그렇게 해. 애기 우유 먹이는 것은 내가 알아서 먹여 줄게."

그렇게 해서 작은아들 진명이까지 돌봐 주시던 할머니는 둘째 아들 진명이가 초등학교에 들어가고 두 달 후쯤에 힘이 든다고 하시더니 눈을 감으셨다. 병들지 않고 돌아가셔서 그런지 할머니는 평안한 모습이다.

　"할머니 그동안 감사했습니다. 이제부터는 평안히 쉬세요."

　돌아가신 할머니가 은인이라는 감사의 마음에서 홍순희는 눈물까지 흘린다.

　할머니, 할머니께서 사랑으로 돌봐주신 저 서진수예요. 할머니께서는 저만이 아니라 제 동생 진명이까지도 정성으로 돌봐 주셨습니다. 그래서 저희들은 할머니 덕에 탈 없이 자라 동생은 초등학교에 들어갔고, 저 서진수는 이만큼 커서 돈도 버는 사회인이 되었어요. 생각을 해보면 할머니께서 친손주처럼 돌봐 주신 덕으로 할머니 영전에 조사를 읽을 만큼 컸어요. 할머니, 그동안 감사했습니다. 인사도 제대로 드리지 못하고 떠나시게 해서 죄송합니다. 그렇지만 저는 할머니께서 하신 말씀대로 사회에서 필요로 한 사람으로 살아갈 겁니다. 그동안 이복동생으로만 알았던 동생들도 만날 것이고, 작은 어머니도 만나 뵐 겁니다. 어머니가 말씀하셨는지 몰라도 우리 어머니는 기적을 만들어 내셨습니다. 어머니는 너무도 젊으셔서 재가를 할 만도 한데 그러지를 않으셨습니다.

　그것은 할머니가 옆에 계셨기에 가능했다고 저는 봅니다. 어려서부터 알고 있었지만, 할머니께서는 우리 어머니를 위해 많은 것을 쏟아부으셨습니다. 당연히 받아야 될 방세도 안 받으시고, 집 고치는데 돈까지 보태 주시고 그러셨습니다. 그것만이 아닙니다. 제 동생을 낳을 때부터 친손주처럼 돌봐 주셨습니다. 그렇게 하셨기에 어머니는 장사도 계속할 수 있었고, 저희들은 어머니가 번 돈으로 학교도 다닐 수 있었습니다. 할머니께서도 잘 아시겠지만, 우리 어머니는 고향을 북쪽에 두고 오셨어요. 그랬기에 친정은 물론 친인척이 없으세요. 때문에 밤이면 들어갈 집조차도 없어 비렁뱅이처럼 이집 저집으로 전전하시다 할머니를 만나신 것입니다. 우리 어머니가 할머니를 만났을 때 제 나이는 엄마 젖을 떼기 전 세 살이었던 같습니다. 어렸을 때라 날짜까지 기억에는 없어도 제가 다섯 살에서 홍역을 앓았던 것 같아요. 오늘날이야 전날보다는 덜하지만, 당시에 홍역은 생명을 잃을 수도 있는 전염병이었잖아요. 제가 홍역을 앓고 나서 우리 어머니와 나누시던 얘기가 생각나는데, 할머니께서는 홍역으로 자식 하나를 잃었다고 하셨어요. 때문에 할머니가 저를 정성으로 돌보기는 해도 그런 홍역으로 제가 잘못되기라도 할까 봐 전전긍긍하셨음이 기억으로 남아 있습니다. 누구는 그러데요. 홍역을 심하게 앓고 나면 예방주사를 맞은 거나 같다고요. 그런 말은 죽지 않아 다행이라는 말을 에둘러 하는 것이 아닐까요. 아무튼 그런 어려운 고비를 넘기고 저는 오늘 할머니가 세상을 떠나시는 자리에서 조사를 읽습니다.

할머니, 할머니가 이렇게 떠나시지만, 할머니는 저를 이만치 키워 주셨습니다. 그래서 앞으로 저는 자식으로서 사회인으로서 해야 할 일이 있습니다. 그것은 치열했던 6·25 전쟁에서 살아남아 전쟁 포로로 붙잡혀 새 가정을 꾸려가고 계시는 아버지를 모실 생각입니다. 아버지가 새 가정을 꾸려가는 동안 태어난 동생들도 있다고 합니다. 그런데도 부끄럽게 아직도 생각만 가지고 있을 뿐입니다. 그래서 마음이 편치 못한데, 곧 만나 큰집, 작은집으로 살자고 얘기할 생각입니다. 만나게 되면 할머니가 어떤 분이었는지 말해 줄 겁니다. 나의 오늘을 있게 해 주신 할머니라고 말입니다. 그동안 잘해 주신 할머니. 이제부터 걱정하실 필요 없으시겠지만, 평안히 가십시오.

- 친손주처럼 돌봐 주신 서진수 올림

10

　서진수는 그리고 나서 얼마 후, 할머님 부음 조사에서 말했듯 아버지를 만나 여러 가지 얘기를 하게 된다.

　"아버지?"

　"응…."

　"오는 설날에 아버지 집에 가고 싶은데, 아버지는 괜찮으시겠어요?"

　"우리 집에?"

　"예."

　"진수 네가 그래 주면 나야 좋지."

　'그래, 어쩔 수 없이 남남처럼 살아가기는 하나 만나면 안 되는 가정처럼 살 수는 없지, 네 엄마와 그렇고 그런 사이라는 사실을 벌써부터 알고는 있지만 말이다. 그렇지만 좋다고 말하기는 정말 어렵다. 진수 너도 이제 당당한 사회인이 되었기에 사실을 알고도 모른 척할 수는 없겠지만 말이다.'

　　　　　　　　　　　기적이 찾아준 남편

"아버지는 저에 대해 어떻게 생각하고 계시는 몰라도 저는 아버지 자식들 중 장남입니다. 때문에 저의 짐이 무겁게 생각됩니다."

"아이고, 고마운 말이다."

"그러니까 동생들을 만나 그동안의 사정과 앞으로 있을 일들에 대해 도와줄 것이 있으면 도와주고, 도움이 필요하면 도움을 받고 그렇게 살아가고 싶습니다. 아버지…."

"아버지는 능력이 없는데, 진수 네가 그렇게 해 주면 좋지. 말만이라도 고맙다."

'자식이지만 사회인으로 서 있는 이상 너무 잘못하면 말할까 몰라도 쳐다만 봐야 할 것 같다. 지금의 나는 그 범위에서 벗어나지 못하고 있다. 이미 지나가 버린 일이기는 해도 진수 네가 엄마가 벌어다 주는 돈으로만 학교 다닐 때 아버지로서 적극 도왔어야 했는데 그러지를 못했다는 것이 미안하기 그지없다. 물론 일부러는 아니지만 말이다.'

"아버지 저 여자 친구 생겼어요."

"그래? 잘된 일이다."

"저도 이제 여자 친구 있어도 되겠지요?"

"그걸 말이라고 하냐. 그러면 엄마에게도 말했고?"

"아직이요."

"아직이라니?"

"아직이기는 해도 아버지께 먼저 말씀드리는 것이 순서일 것 같아서요."

"틀린 말은 아니나, 그렇게까지 할 필요는 없을 것 같은데 진수 너는 그런다."

"그렇게 급한 일도 아닌데요."

"급할 것은 없어도 그런 소식은 나보다도 네 엄마에게 먼저다. 네 엄마가 누구냐. 생각만 해도 미안하기 그지없다."

'6·25라는 전쟁 때문이기는 해도 네 엄마를 과부로 살아가게 사실상 방치를 했다. 진수 네 엄마는 어떤 분의 중신으로 맺어진 엄마가 아니다. 그래, 사실을 말한다고 진수 너나 네 엄마에게 문제 될 건 없지만 말이다.'

"그런 문제는 저도 잘 알아요."

"네 엄마가 말하더냐?"

"아니요."

"네 엄마가 아니면?"

아버지 서인규 씨는 의아하다는 표정이다.

"교회 목사님께 들었어요."

"그래? 어떻든 네 엄마는 엄청 좋아할 거야."

'진수 네가 이렇게 자라기는 오로지 엄마의 힘이다. 대학까지 나왔고, 괜찮은 회사에 취직했고, 장가들 나이가 되었으니 결혼할 여자가 있는 것은 당연하지. 그래, 우리 진수에게 결혼할 여자 친구가 생겼다면 복잡한 우리 집 사정도 말해서 알고 있을까? 복잡한 가정이라는 것은 핑계 같지만, 6·25라는 전쟁 때문이지 내가 잘못해서 생긴 부끄러운 일이 아니기는 하다. 그렇지만 결혼할 여자 친구가 생겼다는 진수 네 말에 그동안 잘해 주지 못한 애비라 이렇게 초라해질 수가 없다.'

"아직 얘기 안 했는데, 곧바로 얘기 드리고, 보여도 드릴 거예요."

기적이 찾아준 남편

"그런 얘기는 다음부터 네 엄마에게 먼저 말해라."

'사정상 어쩔 수 없기는 했어도, 나는 진수 너에게 대학 등록금도 한 차례 대주지 못 한 아버지다. 아버지라는 이름만 가지고 있을 뿐이다. 어떻게든 보호를 해 주어야 될 아버지로서 미안하기 그지없다. 네 엄마는 생선 장사를 가게도 없이 이십여 년이 넘게 머리에 이고 다니면서 돈을 벌어 진수 너를 먹여 살렸고, 대학까지 보내준 것이다. 그래서 진수 네가 결혼할 여자가 생겼다는 그런 말 듣는 것조차도 애비로서 부끄럽다. 이건 하나 마나 한 생각이다만 재혼한 지금의 아내가 진수, 네 사정을 알고 내가 벌어다 주는 돈을 쥐여주면서 '여보, 진수에게 등록금 한 번이라도 대주시오.' 그랬다면 너에게 덜 미안할 텐데 너무도 속상하다. 그래, 내가 번 돈이니까 진수, 네 대학 등록금을 내 마음대로 못 줄 이유는 없다. 그러나 네 엄마는 인정하고 그런 문제에 있어 내색 한번 안 했다.'

"그렇게 할게요."

"그래, 가정 질서로 보면 먼저 애비에게 얘기하는 게 맞겠지. 그렇지만 앞으로는 순서를 바꿔라!"

"가정 질서고 아니고가 아니라 당연하다고 저는 생각해요."

이성 친구가 생겼을 경우, 가정의 올바른 질서를 따지자면 딸은 엄마에게, 아들은 아버지에게 말씀드리는 것이 맞을 것 같다. 그러나 우리 아버지이지만 우리 아버지가 아닌 것처럼 아직까지도 따로 떨어져 지내고 있지 않은가. 그래서 만남조차도 제대로 이루어지지 않고 있어서 대화를 가져본 일이 없다면 생각해 볼 일이다. 아버지와 자식 간 대화는 과거와 현대가 융합되어 내일을 개척해 나가는데 더할 수 없는 가치일 것이기 때문이다. 그렇지만 그런 가치를 살리려면 부모와 자식 간의 소통이 먼저다. 그런 소통이 중학생이 되면서부터는 거의 단절이다. 부모이지만 자식의 마음을 건드릴 수 없는 견고한 장벽 때문에 하고 싶은 말 대신 눈치만 보인다. 그런 눈치가 교과서에는 없으나 그것을 터득한 사람으로서 어떻게 가만히 있겠는가. 상황 때문이기는 하나 닫힌 아버지 마음을 열려면 아버지에게 다가가야 한다.

"엄마에게는 오늘 말씀드리고, 아가씨 시간이 어떨지 몰라도 시간이 되는 날 엄마에게 보여 드릴까 해요. 물론 아버지께도 말이에요."

"그래? 결혼할 여자 친구면 결혼식 땐 네 작은엄마도 알게 해야겠지."

재혼한 아내가 진수 집 사정을 꼬치꼬치 따져 묻는 바람에 하는 수 없이 사실을 말해 주어 알고 있다. 그래서 이후로부터 허락받지 않은 미운 눈빛이기는 하나 진수네 집을 왔다 갔다는 한다. 그렇게 하는 것만도 아내에게 고맙다고 해야 할지 모르겠지만, 진수 결혼식을 말하지 않고 쉬쉬해서야 되겠는가 말이다. 전혀 엉뚱한 생각이라고 누구는 말할지 몰라도 진수 네 엄마 사정과 반대로 지금의 나처럼 북한군에 붙잡혀 포로병으로 살아가다 그때의 아내가 너무도 그리워 탈북해 아내를 찾았다 하자. 찾기는 했으나 이미 다른 남자와 자식까지 두고 살아간다면 어떻게 되겠는가. 진수 네 작은엄마가 거기까지 생각은 않겠지만 내가 진수 네 집에 가는 것을 가로막지는 않는다. 물론 자주도 아니고 한 달에 한두 차례 정도 가고,

　　　　　　　　　　　　　　　기적이 찾아준 남편

밤이 아닌 낮에만 가기에 그렇기는 하겠지만 말이다.

"작은엄마에게는 설날 데리고 가 보여드리고 싶은데, 그래도 되겠
지요?"

"되고, 안 되고가 있겠냐마는 반가워해 줄지는 잘 모르겠다."

나쁜 마누라는 아니나 본마누라를 경계하는 것 같아서다. 사정
상 데릴사위로 결혼을 해서 돈을 벌어다 주기만 했다. 그래서 빼돌
릴 재정 능력이 못 됨에도 말이다.

"반가워해 주지 않으셔도 상관없어요."

아버지 생각대로 작은어머니가 반가워까지는 아닐 것이다. 살면
서 내가 해결해야 할 숙제라면 숙제다. 그래, 그런 숙제를 나는 해
결할 자신이 있다. 잘 모시면 될 일이기 때문이다.

"진수 네 말 들으니 애비는 밥 안 먹어도 배부르다."

"아버지 제가 몇 살이에요. 정치를 해도 될 나이잖아요."

우리 집 사정 일반 가정과는 달라 큰집, 작은집 그렇게 하기도 어
려운 복잡한 가정이다. 그렇기는 하나 사회적으로 말을 들을 그런
가정은 아니지 않은가. 그래서 작은집을 가까이할 각오다. 그래, 작
은집을 위해서가 아니다. 당당한 사회인으로 서려면 그런 일부터
해결해야 할 것은 당연해서다.

11

"서진수 씨, 저 최미정인데요. 최근에 조사를 읽으신 일이 있으세
요?"

"있기는 한데, 왜요?"

서진수는 어려서 돌봐 주신 할머니의 조사를 읽고 나서 여자 친
구가 생기게 된다.

"아니, 그냥이요."

"그냥이면 어떻게 해요. 궁금하게…."

"이번 주 토요일 시간이 어떠세요?"

최미정 말이다.

"이번 주 토요일은 어디 가야 할 것 같네요."

"그러면 다음 주 토요일은요?"

"그때는 될 것 같네요. 그런데 왜요?"

"왜가 아니고요. 그러시면 점심 때쯤에 인천역으로 나오실래요?"

"밥 사 주시려고요?"

"밥은 제가 사고, 계산은 서진수 씨가 하고요."

　　　　　　　　　　　기적이 찾아준 남편

"허허…, 좋습니다."

"아니, 내가 서진수 씨를 좋아하면 안 될까요?"

"최미정 씨가 나를 좋아하면 안 되냐고요?"

"그래요."

"그런 말은 내가 할 말이지만 좀 빠르지 않은가요?"

"빠르다고요? 나는 그렇지 않은데요."

최미정 얘기가 이렇게까지 진행된 데는 최미정 이모가 전해준 말 때문이다. 최미정 이모는 상을 당한 할머니의 맏며느리와 아주 친한 사이다. 그래서 문상을 했고, 거기서 서진수의 됨됨이를 보고 조카 딸 최미정에게 말했던 것이다.

"조사를 읽는 서진수라는 청년을 보니 마음에 들더라. 너, 사귀는 청년 없으면 내가 한번 연결해볼까?"

"이름이 서진수라고? 내가 다니는 회사 영업 직원 이름인데."

"미정이 네가 다니는 회사에 서진수라는 이름이 있다고?"

"이모가 말하는 서진수가 맞는지는 몰라도 그런 이름이 있어."

"나이는 스물대여섯 될까? 그리고, 키는 165 정도고, 인상은 밝으면서 기어코 해내고야 말겠다는 그런 눈빛이고…."

"그러면 맞네. 그런데 이모는 서진수를 언제 봤어?"

"솔깃하냐?"

"솔깃이 아니라 같은 회사 직원이라 그러는 거지."

서진수는 최미정 입사 두 해 후배다. 두 해 후배이기는 하나, 나이로는 2년 선배다. 서진수가 두 해 후배가 된 것은 최미정이 고등학교만 졸업하고 세계로 회사 총무 사무직으로 입사를 했고, 서진수는 대학을 졸업하고 영업직으로 입사를 했기 때문이다. 부서가 다르기도 하지만 결혼은 아직이라는 생각 때문에, 지금까지는 서진수를 같은 회사 영업직 사원으로만 봤을 뿐이다.

"말이 나온 김에 어떻게 해 봐라."
"그렇게까지는 아직인데."
"아직이라니? 뭐가 아직야. 지금이 딱인데."
"미정이 네 친구들 중 박인순은 결혼 상견례도 가졌다고 하잖아."
"박인순은 그럴만한 사정이 있어서겠지."
'그래요, 더 두고 봐야겠지만 서진수 씨는 좀 남다른 데가 있어 보이기는 해요. 영업직이 적성에 맞는지는 몰라도 회사 일을 아주 재밌어하는 것 같아요.'
그렇다. 들으면 신입사원일 때는 계장이 되기 위해, 계장일 때는 과장이 되기 위해, 과장일 때는 부장이 되기 위해, 상무가 되기 위해, 부사장이 되기 위해, 월급 사장이기는 해도 사장이 되기 위해 자기 능력을 키운다지 않는가. 서진수의 지금 태도를 보면 그런 사람으로 보여 최미정은 이모 말을 귀담아듣고 서진수에게 접근하는 것이다.

동물들은 그렇지 않으리라 싶지만, 인간은 시각적으로 여성은 예뻐야 하고, 남성은 멋있어야 한다. 그래서 나이를 먹은 노인들조차도 예쁘고 멋있게 보이기 위해 상상을 뛰어넘는 물질을 쏟아붓기도 하는가 싶다. 이성을 찾는 것은 인간 본성으로 봐야겠지만 옆에서 보기엔 대부분의 경우 착각이다. 그래, 어디 착각하지 않고 살아가

기적이 찾아준 남편

는 사람도 있을까마는 상대가 인정하는 자기 능력개발이라는 것이 있다. 자기 능력개발은 그만큼의 피나는 노력이 있어야 할 것이지만 여기서 말하는 노력이란 마음속으로는 당당하되 겉으로는 상대에게 호감이 가게 하는 태도를 말함이다. 그런데도 만나보면 호감이 가는 태도를 보이는 사람이 별로 없다. 그것은 자기 가치를 너무 높게 설정해 놓은 탓이 아닐까 한다. 곧 인사 태도 말이다.

"미정 씨에게 할 말이 있는데 말해도 괜찮겠지요?"
서진수와 최미정은 그렇게 해서 결혼 얘기까지 나누게 되었다.
"무슨 말씀을 하실 건데요?"
"좀 복잡하다면 복잡한 문제예요."
"아니, 복잡한 문제라니요."
"그런 게 있어요."
서진수는 가정 얘기를 해야겠는데, 듣는 사람이 그 정도는 문제없다고 하면 좋겠지만 문제없다고 할 가능성이 작아 보여 주저한다. 장가드는 입장도 그렇겠지만 시집가는 입장에서는 가정사가 편해야 한다. 당사자끼리는 좋다 해도 부모가 허락하지 않는 경우가 얼마나 많은가. 특히 종교가 다른 가정의 경우로, 결혼은 했으나 이혼이 기다리고 있기도 하다. 때문에 사람 겉모습만 보고 결혼은 안 된다고 해서 상대 부모는 어떤 분인지 등을 보는 것이다. 현대 사회에서 결혼 상대를 그렇게까지 보기는 어렵겠지만 떨떠름한 결혼은 말아야 한다고 본다.

"우리는 결혼할 사이 아닌가요?"

"그렇기는 해도 우리 집은 일반 가정과는 좀 다른 가정이라서요."

"일반 가정과는 다른 가정이라고요?"

"예."

"그래요, 진수 씨 얘기를 우리 이모에게서 들어 조금은 알 듯하지만 제가 넘어질 정도의 얘기가 아니면 하세요."

"미정 씨가 넘어질 정도의 얘기겠어요. 그건 아니고, 우리 집 사정 얘기를 미정 씨에게 솔직하게 말하면…"

"그러면 진수 아버님이 중간에서 너무 어려우시겠다."

최미정은 혼잣말처럼 한다.

"우리 집 사정이 그래서 미정 씨와 결혼하자는 말이 안 나와요."

"진수 씨가 안고 있는 그런 사정을 몰라서는 안 되겠지만, 그런 것이 앞으로 살아가는데 무슨 문제겠어요."

"그 말 진짜예요?"

"진짜고 아니고가 어디 있어요. 일없어요. 우리 결혼해요."

"미정 씨 말 믿어도 돼요?"

"그러면 안 믿을 거예요?"

"결혼할 상대가 생겼다고 부모님께 말씀을 드려야 해서요."

엄마, 나 여자 친구 생겼는데 한번 보여드리고 싶다. 우리 어머니는 어느 어머니보다 고생하셔서 나를 키워 주신 것이다. 때문에라도 어머니 마음에 드는 며느릿감이어야 해서다. '미정이 네가 그동안 어디에 있다가 내 며느리로 와 준 거야!' 그렇게 좋아하셔야 하지 않겠는가. 최미정의 지금의 태도로 봐 괜찮아 보이기는 해도, 변덕이 심한 것이 여자 마음이다.

기적이 찾아준 남편

"그러면 진수 씨 부모님께 인사드리러 갈게요."

"고맙기는 하나 당장은 어렵겠는데요."

"당장은 어렵다니요? 왜요?"

신붓감도 아니라고 못 하겠지만, 신랑감이 마음에 들면 다른 여자에게 빼앗길지도 모른다는 여성들의 심리, 최미정도 그런 심리 때문일지도 모르겠지만 말이다.

"어려울 건 딱히 없지만, 우리가 만난 지가 일주일도 안 돼서요."

"그렇기는 해도 천천히 갈 필요는 없을 것 같은데요."

신붓감이든 신랑감이든 앞에서 말한 대로 마음에 들면 서두르게 마련이다.

"저도 같은 생각이기는 해요."

"알았어요. 대신에 딴마음 먹지 않기요?"

"딴마음이라니요? 미정 씨가 누군데요."

최미정과 결혼할 거라는 확신을 심어주는 말이다.

"그러면 됐어요. 됐고, 밥때가 되어 가는데 갑시다."

최미정은 서진수를 놓쳐서는 안 된다는 표정이다.

"그럽시다. 어디로 갈까요?"

"내가 먹어본 식당이 있는데 좀 멀어요. 택시를 타야 해요"

"아니, 택시 까지나요?"

"여러 얘기할 것 없어요. 빈 택시 저기 오네요. 탑시다."

그렇게 해서 못다 한 말 하라고 최미정은 분위기를 만든다.

"미정 씨는 제 생각하는 역할을 해 주시면 해요."

"역할이 무엇인지는 몰라도 돈이 아니면 다 해낼 수 있어요."

"고마운 말인데 설 명절이 얼마 안 남았잖아요."

"참, 그러네요."

최미정이 벽에 걸린 달력을 들추어 보면서 하는 말이다.

"그래서 말인데 작은집에 같이 가 주었으면 해요."

"아니, 같이 가는 것은 당연한 일인데, 그게 제가 해야 할 역할이에요?"

"그게 아니라 아버지가 계시는 집과 우리 집의 거리가 멀지도 않고 가까워요. 젊은이들 걸음으로 이십여 분 거리가 될까? 그래요. 그렇게 가까운 거리임에도 만남조차도 없이 살아가고 있어요."

"…"

만날 수도, 만나서도 안 되는 특별한 사정이 있다면 모를까 그런 정도가 아니면 만나야 할 부모와 자식의 관계가?

"그래서 자식으로서 그게 마음에 걸려요."

"진수 씨!"

"예."

"지금 말한 내용이 무엇인지 궁금해요."

"궁금해요?"

"그러면 안 궁금해요? 궁금하지."

"우리 부모님은 이 세상에서 아주 특별한 사연을 안고 살아가세요."

"부모님이 그러시다면 나도 알아야 할 것 아니에요. 당연히 말이죠."

"그거야. 미정 씨가 우리 부모님 며느리가 되겠다면 당연히 알아야 할 일이지요."

"그런 말이 어디 있어요."

"그렇기는 하나, 미정 씨가 감당해야 할 일일 수도 있는 문제라 그래서요."

쉽게 해도 될 말을 곧바로 하지 않고 질질 끄는 것은 최미정이 아내로서 잘살아줄 지 마음을 떠보기 위한 일차적 테스트라고 해야 할까 일단은 그래서다.

"내가 감당해야 할 일이요?"

"미정 씨 마음먹기에 따라 그렇게 어려운 문제가 아니기는 해요."

"진수 씨는 지금 누구와 얘기를 나누지요?"

"그거야…"

"내가 진수 씨 아내가 될 텐데, 무슨 말이에요. 무슨 일인지나 말해보세요."

"예. 말할게요. 그러니까 우리 부모님은 북한 출신으로 아버지는 작은아들, 어머니는 맏딸이에요. 요즘 같으면 조기 결혼일 수도 있지만 아버지는 스무 살, 어머니는 열여덟 살 나이에 결혼을 하셨어요. 그런 얘기 여기까지만 하고 다음에 하면 안 돼요?"

서진수 말이다.

"그러면 어디 가야 될 곳이라도 있어요?"

"없어요."

"그러면 계속해 보세요."

"우리 부모님이 태어났지만 외갓집은 사정에 의해 아버지 동네로 이사를 하신 것 같아요. 한동네에 살면서 아버지는 아버지대로 어머니는 어머니대로 좋아지기 시작한 거예요. 시대적으로 몰래가 아니면 우리처럼 만날 수 없어 마음으로만이었을 테지만 말이에요. 양가 어른들이 그것을 알아차리셨는지는 모르겠으나 '우리 사돈 삼읍시다.'로 해서 혼인을 했는데, 아버지는 작은아들이라 분가를 해살던 어느 날 입영하라는 통지서가 왔고, 군대에 가시게 된 거예요. 그러니까 부모님은 결혼은 했으나 한 해도 맞나게 살아보지도 못한 상태에서 아버지가 군대에 가신 거요. 그러니까 치열했던 6·25 전쟁터로 말이요. 얘기가 너무 길어 오늘은 그만할게요."

"얘기를 하다 말고 중간에서 끊으면 어떻게 해요."

"그러면 조금만 더 하면 우리 아버지는 포로병이세요."

서진수가 최미정 표정이 어떤지를 보면서 하는 말이다.

"그러니까 진수 씨 아버지는 인민군이세요?"

"따지고 보면 벌어 먹 인민군인 거지요. 그런데 군대에 갔던 사람들은 휴가로든 다들 오는데, 우리 아버지만 안 오시는 거요."

"그랬으면 어머니께서는 애간장 많이 타셨겠네요."

"애만 탔겠어요. 아버지가 군대에 간 사이 제가 태어났는데요."

"그러면 진수 씨는 유복자인 셈이네요?"

"유복자요?"

"지금은 아니지만 그렇잖아요. 진수 씨가 태어났음에도 군대 가신 아버지는 생사조차 모르는 상태라면 말이에요."

"그러네요. 어머니가 아버지를 못 찾았다 해도 유복자네요."

"어머니께서 잃어버린 아버지를 찾았을 때 기분은 어땠을까 싶네요."

"상상을 해 볼까요?"

"상상이요?"

"어머니는 붙잡히면 죽을 수도 있는 위험한 삼팔선을 넘으신 거요. 그것도 어린 저를 들쳐업고 말이요."

기적이 찾아준 남편

"아주 위험한 삼팔선을 어떻게 넘으셨을지 상상이 안 되네요."

"멀쩡한 정신으로는 어림이나 있겠어요."

"그렇지요."

"그러나 어머니는 누가 무슨 말을 해도 귀에 안 들리고 오직 아버지만 생각하고 있던 어느 날, 날마다 찾아오시는 할머니가 하시는 말씀이 '애미야, 진수 애비가 꿈에 보이더라. 그런데 군복이 아닌 흰옷을 입었더라.' 그러시면서 '기다리고 있는 네 마음도 모르는지 안 오고 있어 심란하겠지만 밥이라도 거르지 말고 잘 먹어야 한다. 그래야 진수가 먹을 젖이 잘 나올 게 아니냐.' 하시더라는 거요."

"그러니까. 할머니께서는 어린 손주인 진수 씨가 더 보이신 거 아니에요."

"그랬을까 몰라도 할머니가 하신 그런 말씀을 듣고는, '혹 포로병?'이라는 생각이 들기 시작해서 급기야는 남쪽으로 가자 하셨답니다."

"그렇게 해서 삼팔선을 넘는 데까지는 성공하셨네요."

삼팔선을 넘고자 한잠도 못 자고 뜬눈으로 있다가 '진수야, 첫닭이 울었으니 얼마 안 있으면 날이 밝을 것 같다. 그러니 우리 이제 아빠를 찾으러 가자.' 이렇게 엄마는 여비가 될 만한 것 몇 가지가 든 보따리를 들고, 새벽길을 나서는 겁니다. 얼마나 걸었을까. 여지없이 동은 터 오릅니다. 그러나 요소요소에 지키고 있던 군인이 붙잡습니다. '새벽부터 어디를 가는 거야!', '친척 집에 가는 거요.', '친척 집이 어딘데?', '여기서는 좀 멀어요.', '야, 물을 것 없어. 가라고 그냥 보내!' 계급으로는 좀 높을 것 같은 군인이 그렇게 말하더니 보내더라는 거요."

"전쟁 중이 아니어서 그랬겠지요?"

"날짜를 계산해보니까 휴전 바로 직전이었던 같네요."

"그러면 진수 씨가 오빠네요."

"나이 차이 땜에요?"

"오빠라고 말하기는 좀 그렇기는 해도요."

"친인척도 아닌 관계에서 오빠 말을 들으려면 내가 미정 씨에게 그만한 역할을 해야 했는데요."

"지금 잘하고 있잖아요."

"이렇게 만나는 것이 잘하는 건가요?"

"아무에게도 말할 수 없는 부모님 얘기까지 한다면 제게 잘하는 거지요."

"그렇다고 합시다. 하던 얘기로 다시 돌아가, 어머니의 그때 상황을 그려본다면, '남자도 아니고 애기까지 들쳐 업은 여잔데 문제가 되겠는가. 우리도 탈북자가 있을까 해서 두 눈 뜨고 날밤까지 새었는데 골치만 아프게 할 필요가 있겠는가.' 그렇게 해서 붙잡히면 죽을 수도 있는 위험지역을 통과하신 겁니다. 그렇지만 다음부터는 군인들도 다니기 어려운 험한 산길인 거요."

"어머니가 이십 대 초반 나이라 남자들 못지않게 삼팔선을 넘는다고 해도 어머니 등에 업힌 진수 씨가 걱정이었을 것 같은데요."

"보채거나 해서 말이요?"

"보채기까지는 아니어도 말이에요."

"말을 배우기도 전인 두 살짜리가 엄마 마음을 읽기까지야 했겠소마는, 등허리에 찰싹 엎드려 있어 자는가 싶어 '진수야!' 부르기도 했다네요."

기적이 찾아준 남편

"군인들이 지키고 있을지 몰라 일부러 험한 산길로만 걸으셨을 텐데, 얼마나 많이 걸으셨을까요?"

"만 이틀, 그러니까 50여 시간이나 걸으셨다는 것 같아요."

"아무리 젊다 해도 애기를 들쳐업기까지 하고, 편안한 길도 아닌 험한 산길로 이틀을 걸었다면 수시로 먹여야 할 애기 젖은 어땠으며 등이 걱정되네요."

"다른 것은 몰라도 젖은 먹이셨겠지요. 그런데 산짐승들이 수시로 나타나 후다닥 뛰는가 하면, 꿩이 날기도 해서 군인들에게 들킬까 봐 마음 졸이기도 수차례였다고 하십니다. 뿐만이 아니라 뱀은 또 얼마나 많은지 큰 고역이었던 같습니다."

"그런 것들을 다 이겨내신 것은 진수 씨 아버지를 찾겠다는 의지도 있지만, 등에 업힌 진수 씨 때문이었겠지요."

"그랬을까 모르겠는데, 삼팔선을 넘기는 했으나 말만 통할 뿐 전혀 생소한 타향인 데다 누구 한 사람 기다리는 사람도 없지, 갈 만한 곳도 없지, 임시지만 먹고 잘 곳도 없지, 그래서 염치 불고하고 큰집으로 들어갑니다."

"아니, 밥만 먹자면 거제도에서도 가능했을 거 아닌가요?"

"밥만 먹자면이요?"

"여기도 저기도 기다리는 사람이나 아는 사람이 없다면, 굳이 먼 제물포까지 갈 필요가 있냐는 거지요."

"그렇기는 하네요. 그렇지만 아버지를 찾으라는 신의 은총은 아닐까 싶어요."

"그러면 진수 씨는 기독교인이세요?"

"아니요."

"기독교인도 아니면서 신의 은총을 말하세요?"

"어머니가 기독교인이세요."

"그러시면 권사님이고요?"

"권사님이요? 권사님까지는 아니고 아직은 집사님이신 것 같아요."

"아드님이 교회에 안 나가도 어머니께서 말씀 안 하세요?"

"교회에 나가자는 말씀은 안 했지만, 마음은 아닐 겁니다. 그런 이유를 말씀하시기는 했어요."

"엄마는 왜 교회에 나가자는 말 안 해?"

"그게 궁금해?"

"궁금하지 엄마는 교회 집사님이잖아."

"그래, 교회에 나가자는 말 하고는 싶다. 그렇지만 너는 대학 졸업을 앞두고 있는 성인이다."

"성인이지만, 무슨 말이든 어렵지 않게 할 엄마 아들이잖아."

"어렵지 않게 말할 아들?"

"그러면 엄마는 아직도 말하기 어렵다는 건가?"

"사실이다. 때로는 진수, 네 눈치도 본다."

자식 눈치 안 보는 부모도 있을까. 성인이 된 자식은 가까우면서도 가장 먼 관계일 수도 있다.

"그런데 엄마, 이고 다니는 생선 장사 그만하면 안 될까?"

"뭐?"

"돈은 내가 벌잖아."

"진수 네가 번 돈 엄마가 쓰라고?"

　　　　　　　　　　　　　　　기적이 찾아준 남편

"아들이 번 돈 엄마가 쓰라고 월급봉투까지 드리잖아."

"네 월급 단 얼마도 못 써야."

"왜 못 써. 써야지."

"진수 네가 주는 월급봉투 만져만 봐도 눈물이 다 나오려고 하는데, 어떻게 쓰냐."

"아들이 드리는 월급봉툰데 눈물이 다 나오려고 하다니? 그래서 엄마는 천한 인꼴이 생선 장사도 계속하는 건가?"

"진수 너 천한 장사라고 했냐?"

"그렇잖아. 엄마는 고등학교까지 나온 지식 여성이잖아."

간단한 편지조차도 읽지 못하던 시대에 엄마는 고등학교까지 나왔단다. 천하다면 천할 수도 있는 인꼴이 장사라 누가 알기라도 할까 봐 내색만 안 할 뿐이다.

"그래 지식인이라고 하자. 지식인은 지식인 티를 내라는 것은 아니겠지?"

"그건 아니지만, 우리 엄마는 유별나다."

"진수 네 말대로 고등학교 출신인 여자가 머리에 생선을 이고 장사를 하는 것이 유별나다고 말할 수도 있다. 그러나 밥 벌어 먹고살자는데 학벌이, 지식이 필요 있겠냐. 안 그러냐? 지식인… 말 나온 김에 한마디 더 하면, 어느 학교 출신인지 따지고, 학벌 따지는 것은 지지리도 못난 사람들이나 하는 태도야."

"…"

'밥 벌어 먹고살자는데 지식인이 무슨 소용이냐는 엄마 말이 틀리지는 않아요. 그렇지만 다른 사람도 아닌 우리 엄마라는 것이 영 불편해요. 월급봉투가 두껍지는 않아도 매달 드리잖아요. 앞으로

더 많은 돈도 벌 거요.'

서진수는 그런 눈으로 엄마를 바라본다.

"그래, 엄마가 인꼴이 장사로 진수, 네 체면을 구겨서는 안 되지. 너도 이젠 어엿한 직장인인데 말이다."

'그걸 모르고 하는 말이 아니야. 진수 네 아버지를 찾겠다고 삼팔선을 넘기는 했으나 네 아버지를 찾기는커녕 세끼 밥도, 누워 잘 곳도 없어 앞으로 살아갈 길이 너무도 막막했던 그때가 본전으로 생각돼서야. 장사로 번 돈이 얼마 안 되지만 사람들을 만나기도 하고 그래서 재미도 있어서야.'

"생선 인꼴이 장사 언제까지 할 건데?"

"진수 네가 장가들고 그래서 애기 낳을 때까지라면 너무 머냐?"

"그때까지는 한참 멀지."

"한참 멀다니. 그게 무슨 소리야. 대학 졸업도 했겠다. 직장도 가졌겠다. 그러면 장가들기 충분한 거지. 머뭇거릴 이유가 없을 텐데, 너는 그런다."

"그렇다고 색싯감 찾으러 다닐 수는 없잖아."

"장가는 갈 거고?"

"장가는 가야지. 총각으로 혼자 어떻게 살아. 엄마는 하나 마나 한 말을 한다."

"그래, 장가는 당연하지. 그런데 장가는 자식을 목적으로 해야 한다는 것도 모르지는 않겠지?"

"그러니까 생선 인꼴이 장사의 끝은 내가 애기를 낳으면이네?"

"그렇게 되는 건지 모르겠다."

"그러면 장가 당장 가야겠다."

　　　　　　　　　　　기적이 찾아준 남편

"아니, 진수 너 말하는 것이 색싯감이 있다는 거 아냐?"

'우리 진수가 언제 장가를 갈 만큼 컸나. 전사했을지도 모르는 진수 네 아버지를 찾겠다고 너를 들쳐업고 삼팔선을 넘을 때다. 네 아빠를 찾으러 남하하는지를 진수 네가 알 수 있었겠느냐마는 너는 숨소리조자도 내지 않았다.

친정어머니, 아버지! 시어르신들! 두 살배기 애기까지 있는 여편네가 느닷없이 없어진 것을 보고 많이 놀라셨지요? 그래요. 군인으로서 전쟁터에서 서인규 씨는 얼마든지 전사할 수도 있었습니다. 그러나 다른 군인들은 다 전사해도 서인규 씨만은 전사하지 않고 포로병으로 있으리라는 믿음이 있었어요. 때문에 서인규 씨를 찾기 위해 험한 산길을 걸어 삼팔선을 넘은 것입니다. 그것을 하나님께서 긍휼히 보셨음인지 서인규 씨를 찾게 되었고, 엿꼴이 장사를 하는 동안 당신들 손주 진수가 장가갈 나이가 되기까지 했습니다. 어르신들께서는 이렇게까지 되었으리라 짐작은 되시나요? 그리고 제가 뒤뜰에 심어놓은 쪽파랑은 주인 없어도 잘 자라던가요? 그래요. 현재의 삼팔선이 당장 무너지기라도 하면 가서 보기라도 하겠지만, 그럴 가망성은 전혀 없어 보입니다. 어떻든 저는 남한에서 잘살고 있습니다. 그러니 걱정은 마시고 건강하십시오!'

"우리 어머니와의 얘기가 이랬던 것 같아요."

"아니, 색싯감이 있다는 거 아냐? 그 말씀에서 사실대로 말하지 않았어요?"

"말해도 될 텐데, 못 했네요."

"왜요?"

"미정 씨와 결혼하자고 자신 있게 말하기는 부담스러워서요."

"부담스럽다니요. 내가 진수 씨를 많이 좋아하는데도요?"

"어디 미정 씨만 좋아하는가요."

"그러면요?"

"어쩌면 한 명의 시어머니가 아니라 두 명의 시어머니를 모셔야하는 이상한 일일 수도 있기에 그렇지요."

"두 시어머니요? 두 시어머니 얘기는 이상하기는 하네요. 그렇지만 미리 알아두는 것이 좋을 것 같으니 해보세요."

"지금도 계신다면 인사 한번 드리고 싶다."

"미정 씨가요?"

"그렇지요."

"모르기는 해도 미정 씨를 끌어안으실 겁니다."

"그렇게까지요?"

"그렇지요. 우리 진수가 언제 이렇게까지 커서 예쁜 색싯감도 얻게 되고 인사까지 받게 되는 걸까. 앞으로 잘살아. 암 잘살아야지. 축하한다. 그러실 거요."

"그런데 아버지를 만난 얘기가 궁금해요."

"궁금하시면 말할게요. 어머니가 '금방 잡은 생선이니 사시오.' 하고 모여 있는 동네 여자들에게 말하니, 누구 한 사람 사지는 않고 살아 있는 생선을 볼 뿐이었다고 해요. 그때 어느 한 분이 '물 좋은데 상필이 아버지가 사시오.' 그런 겁니다. 그 말을 들은 아버지는 '저는 제집사람한테 얻어만 먹을 줄 알지, 살 줄은 몰라요.' 그러면서 가려는 겁니다. 그래서 어머니는 '아이고… 안 사실 거면 머리에

기적이 찾아준 남편

다 이어나 주고 가시오.' 합니다. 미정 씨도 봤을지 몰라도 생선 다라를 머리에다 이어 주려면 얼굴을 마주 볼 수밖에 없어 보게 되는데, 아니 귀 밑에 검은 점? 덩치도 그만큼? 그러면 혹 내 남편? 남편을 찾아야겠다는 마음뿐이었지만 그런 마음은 어디로 가 버리고 생선을 팔아야 한다는 마음뿐이었는데 이게 어떻게 된 건가. '아저씨는 포로병 서인규 씨 맞지요?' 하마터면 그렇게 말할 뻔한 겁니다."

"와~! 찾고자 했던 아버지를 그렇게 해서 찾으신 거네요?"

"그렇다고 해야겠지요. 다음 얘기도 들으면 드라마틱할 거요. 생선 다라를 어머니 머리에 이어주는 것을 보고 있는 동네 분들이 없었다면 생선 다라고 뭐고 내던져 버리고, '여보 나야 나. 홍순희야.' 했을 것이지만, 사람들이 보는 앞에서 그럴 수는 없고 어느 집으로 들어가는가만 봐 둔 것입니다. 다음날부터는 아버지가 계실 집을 뱅뱅 돕니다. 그렇게 돌던 어느 날 아버지가 집에서 나옵니다. 아침나절이나 그런지 나다니는 사람들이 없습니다. 어머니는 이때다 싶어. '아저씨!', '예.', '잠깐 와 보실래요?', '왜요?', '그냥이요.', '아주머니가 오시지 그래요.', '그럴 사정이 못 돼요.', '알았어요.' 아버지는 주변에 보는 사람이 있나 없나를 살피다 어머니 곁으로 갑니다. 그렇게 다가오시는 아버지에게 어머니는 '아저씨 이름이 서인규 씨 맞아요?', '맞기는 한데 왜요?', '그러면 고향은 함경북도 명천군도 맞고요?', '아주머니가 누군데 제 이름도 말하고 고향도 말하는 거요?', '여보, 나야 나! 홍순희.', '뭐? 순희?' 그러셨습니다."

"어머니께서 말씀하시던가요?"

"아니요."

"그러면요?"

최미정은 곧 시어머니가 되실 분의 얘기라 관심을 두고 듣다가 묻는다.

"어머니가 해 주신 얘기가 아니고, 교회 목사님으로부터 들은 거요."

"진수 씨는 교회에 나가세요?"

"지금이야 나가지만, 그때는 안 나갔어요. 그런데 어느 날은 어머니께서 정색을 하시더니 진수야, 찾은 네 아버지 땜에 목사님한테 갔다 왔다. 목사님이 그러시는데 진수 네게 해 주고 싶은 말이 있다고 하시더라. 싫지 않다면 목사님한테 한번 가보면 좋겠는데 진수 너는 어떠냐? 혼자 말고 엄마랑 말이다. 그러시는 거요."

"그래서요?"

"살짝 싫기는 했지만, 가기 싫다는 말도 못 하고 가만히 있었어요."

"진수 씨, 그런 태도는 아닌 것 같은데요?"

"왜요?"

"왜요는 무슨 왜요. 남자는 여자와 달리 분명한 태도여야 해서이지요."

"아니면 아니라고 말이요?"

"그렇지요."

"미정 씨 말이 맞기는 한데, 그때는 그랬어요."

"그때는 그랬지만, 지금은 아니라는 건가요?"

"아이고…, 벌써부터 야단맞네요."

"야단맞는다는 말은 너무 나간 말이고, 여자도 할 말은 하게 하실

수 있지요?"

"아니라고 하면 또 야단치시려고요?"

"야단은 제가 잘못할 때나 치세요."

"그런 말도 너무 나간 말 아니요?"

"내가 한번 해본 말을 진수 씨는 벤치마킹하세요."

"벤치마킹이요? 그럴 수가 있겠어요. 그건 아니고, 어머니께서는 가겠다는 의사표시로 받아들인 겁니다. 급할 것까지는 없어도 학교 안 가는 날을 택해 어머니를 따라갔어요. 갔더니 목사님은 기다렸다고 하시면서 어머니가 들려주신 사정 얘기를 해 주시는 겁니다."

"목사님들은 직업상 설교 말씀일 텐데요?"

"그런 말씀까지 하십디다. 어머니께서 겪으신 얘기를 한다고요."

"그러면 앞에서 말한 얘기들이에요?"

"그렇지요."

"혹 질문은 안 했나요?"

"질문이요?"

"진수 씨는 학생이니까요."

"어머니가 겪으신 얘기를 목사님이 대신해 주시는데, 무슨 질문이 겠어요. 안 그래요?"

"그렇기는 하지요. 그런데 어머니가 그동안 겪으신 사정 얘기 목사님이 대신하셨겠지만, 진수 씨는 아들로서 처음 듣는 거 아니요?"

"그렇지요. 처음 듣는 얘기지요."

"어머니 얘기를 듣는 감정은 어땠어요?"

"듣는 감정이 뭐 있겠어요. 그러셨는가보다 그냥 그랬어요."

"지금도요?"

"지금이야 아니지요. 아니지만 대학생이 되고 보니, 어머니 인끌이 장사는 정말 아니게 보였어요."

"아니게 보였다는 것은 고생 그만하시라 말하고 싶었다는 거 아닌가요?"

"그게 아니고, 생선 장사를 하시더라도 남들처럼 괜찮은 가게 장사를 하실 수는 없을까? 그런 생각이었어요."

"괜찮은 가게 장사는 그만한 돈이 있어야 하는 텐데요?"

"당연하지요. 그래서 대학 졸업을 하게 되면 누구처럼 큰돈도 한번 벌어볼 거다. 그래서 어머니가 좋아하실 괜찮은 가게도 갖게 해드릴 각오가 생기데요."

"그때의 각오가 지금도 유효하고요?"

"저는 기필코입니다."

"뜻은 높을수록 좋을지 몰라도 기대에 못 미치고 실패라도 하게 되면 실망은 그만큼 크다는 것 같던데요?"

"저는 실패라는 말 사용 안 할 겁니다."

"그러면요?"

"넘어진다 해도 미정 씨가 인정하는 오뚜기가 될 겁니다. 그러니까 앞으로 나아가는 길에 당연히 있게 되는 어려움쯤으로 여길 겁니다."

"우리 얘기가 앞으로 잘해보자는 얘기로 가고 있는데, 거제도나 인천이나 마찬가지겠지만 제물포까지 오시기는요?"

"제물포까지 오시기까지 얘기를 들으면, 임시 거처 친인척 중 한 사람인 손님이 보낸 거나 다름이 아니라네요."

"그래요? 손님이 제물포 사람이고요?"

"아니요. 나갈 생각도 않고 남의 집에서 오래 머물러 있어서야 되겠는가. 미운 마음으로요."

"삼팔선을 넘기까지 멀쩡한 정신 가지고는 어림도 없었을 텐데요?"

"그러셨겠지요. 다행히도 부모님처럼 생각해 주신 할머니를 만난 거지요. 그래서 말인데 쉽지는 않겠지만, 우리가 결혼을 하게 되면 양쪽 집을 부드럽게 하는 일 말이요."

며느리로서 각오가 섰다 해도 두 가정을 섬기기는 너무도 어려울 것이다. 그렇지만 이집 저집 따로 하게 된다면 뜻한바 어긋날 수도 있어 다짐 차원에서 미리 해 두는 말이다.

"나 진수 씨 고민 해결해 줄 거요."

"진짜요?"

"그런 일은 사람이 할 수 있는 일인데 왜 못해요. 난 할 수 있어요."

"그렇게만 해 주시면 고맙지요."

"고맙기는요."

결혼은 행복을 위해 하겠지만, 가정 행복은 배우자를 행복하게 해 주는 것이다.

"그러면 이 서진수를 위해서요? 허허…."

"그게 아니라 서진수 씨가 이 최미정을요."

행복하지 않으리라는 생각으로 결혼한 사람은 누구도 없을 것이다. 행복할 것이라는 생각으로 결혼하는 것이지. 그래, 다른 사람을 행복하게 해 주지 않고는 내 행복은 없게 하는 못된 성질 말이다. 그런 문제까지 생각할 필요 없이 서진수와는 결혼할 것이다. 그러면 친 시부모만 섬길 수 있겠는가. 친 시부모가 아닌 저쪽도 섬겨야지. 양쪽 가정을 섬기는 것은 돈이 필요 없다. 마음이면 되는 일이다. 섬긴다는 것은 무엇을 말함인가. 말할 것도 없이 아닌 부분도 그럴 수 있다는 생각으로 접근하는 것이다. 웃고 살고 싶으면 성경에서 말하고 있듯 상대를 구워삶으라는 것이다.

"가정 행복은 배우자를 행복하게 해 주는 것이라는 말은 교과서에도 없는 도덕적인 말인데요."

서진수 말이다.

"교과서에 왜 없어요. 다만 토시 하나 틀리지 않게는 아니지만요."

"그런가요?"

"그런가요가 뭐요. 그냥 새겨들으면 되는 거지요."

"새겨들어요?"

"시집을 갔으면 한 가정의 일원으로서 당연한 일이고 마음만 먹으면 어려울 게 없는 일인데요."

다른 사람이 보기에도 문제가 있는 가정이면 모를까 그게 아니면 한 가정의 일원으로서 분위기를 좋게 하려는 것은 당연한 일이다. 그런데도 고부갈등 문제는 전날보다 더한가 싶기도 하다. 물론 따듯하게 대하지 않는 어른들 문제로 보이기는 해도 말이다. 그래, 법령으로까지는 어려울 것이지만 며느리로서의 시험 제도, 시어머니로서의 시험 제도를 제정할 수는 없는 걸까 한다.

기적이 찾아준 남편

"사람이 하는 일이기는 하나, 그런 일은 미정 씨를 믿어요."

"결코 쉽지는 않겠지만, 난 해낼 수 있어요."

"미정 씨가 해낼 수 있게 제가 그만큼 잘해야 할 텐데, 그래질까 모르겠네요."

"그러면 내 말대로 하세요. 그러면 되잖겠어요."

"미정 씨 말 대로 하라니요. 그건 아닌 것 같은데요?"

"마누라가 시키는 일이라서요?"

"마누라가 아니라 내무대신이 시키는 일이라서요."

서진수와 최미정의 사랑이 넘치는 대화다. 그래. 최미정으로서는 결혼을 약속했으니 시집 사정을 잘 파악해 집안을 훈훈하게 만들어야 할 책임이 있을 것이지만 말이다.

12

"미안해요. 가기 어려운 곳에 가자고 해서."

기다릴 필요도 없이 설 명절은 서진수에게도 찾아왔다. 미리 말해둔 대로 최미정을 불러내 그렇게 말한다.

"제가 따라가기는 해도 작은어머니에게 호칭을 어떻게 해야 하지요?"

"그냥 '안녕하세요.'만 해야 할 것 같은데요."

"안녕하세요."

서진수는 대중교통을 이용해 아버지가 계시는 집을 두 시쯤에 찾아가 인사한다.

"여보, 손님이 왔어요. 좀 나와 보세요."

본처 아들이 오게 될 것이라는 말을 남편에게서 듣기는 했으나, 처음 보는 얼굴이라 가족 모두가 어리둥절해 한다.

"왔구나, 어서 와. 전화나 하고 오지 그랬어."

서진수 아버지 인규 씨는 어색한 표정이다.

기적이 찾아준 남편

"전화를 하고 와야 하는 건데 전화번호를 몰라요. 그래서 그냥 왔어요."

"안녕하세요. 저는 진수 씨를 따라왔어요."

최미정 말이다.

"그래요. 진수한테 말은 들었어요."

서진수 아버지 말이다.

동생들도 다 있는데 남자 동생들은 이미 대학을 나온 것 같고, 여자 동생만 학생인가 보다.

"저희들 절부터 드릴게요."

"그래라. 여보, 이리 와. 절부터 받읍시다."

서진수 아버지와 작은어머니는 절을 받는다.

"편히 앉아요."

"서진수 작은어머니 말이다.

"아버지, 동생들 이름 좀 소개해 주세요."

"그래, 너희들 다 이리 와 봐라. 여기는 상필이, 둘째 상철이, 영희 그런다."

동생들 이름을 소개할 때마다 서로 눈인사로 가늠한다.

"아, 예. 아버지, 그런데 제가 맨 먼저 태어났으니 동생들 앞에서 형이 되는데 이제부터는 동생이라고 해도 될까요?"

"그걸 말이라고 하냐. 당연히 그래야지."

"그러면 작은어머니라고 해도 되고요?"

"그래야 맞겠지."

'이거야 정말 어렵다. 아내가 그래야지 하면 얼마나 좋을까.'

"작은어머니, 이건 별것 아니지만 사 왔어요."

비싼 소고기 세트다.

"이런 거 안 사 와도 될 텐데, 사 왔어."

"작은어머니 집에 벌써 왔어야 하는 건데 이제 왔어요. 늦어서 죄송해요."

호칭을 작은어머니라고 해도 될지 몰라도 일단은 그렇게 호칭하고 나니, 다음 얘기하기가 그리 어렵지 않을 것 같다는 서진수 표정이다.

"아니야."

"여기는 미리 말씀 못 드렸는데, 앞으로 결혼할 사람이에요."

"저는 최미정이에요."

최미정이 앉은 채이기는 하나 고개를 깊숙이 숙이면서 하는 말이다.

"그래?"

진수 아버지 말이다. 설 명절이라 그렇겠지만, 음식상이 나오는가 하면 이복형제들이기는 하나 다들 대학을 나온 지성인들이라 그런지 금방 친형제처럼 친해지기까지 한다. 분위기가 여간 좋지 않다. 그중에 고3인 막내 여동생 영희는 예비 올케 곁에 찰싹 달라붙어 있다. 정겹다.

'그래, 어머니만 다를 뿐 누가 뭐래도 우리는 한 아버지의 피를 이어받은 형제인 것이다. 앞으로 잘해 보자.' 맏형인 서진수는 그런 다짐으로 동생들을 바라보면서, "저희들 이만 갈게요. 안녕히 계세요." 한다.

그렇게 해서 좀 어색하기는 하나 동생들과도 얘기를 나누고 한

기적이 찾아준 남편

시간 후쯤 나오는데 모두 따라 나와 배웅해 준다. 특히 동생들은 멀리까지 따라 나온다.

"형님 죄송해요. 부모님 사정이야 그러실지라도 저희들은 형님을 벌써 찾아갔어야 했는데, 그렇지 못해서요."

"어디 동생들만 그런가. 형이지만 나도 마찬가지지. 아무튼 이제부터는 서로 오가고 하자. 영희도 마찬가지…."

"예, 오빠…. 그리고 언니도 저를 좀 불러 주세요. 자주요…."

"예, 그렇게 할게요."

예비 올케의 답변이다.

이게 얼마나 정겨운 일인가. 서로 만나는 것을 부모님이 가로막지는 않았어도 좀 일찍이었으면 얼마나 좋았을까. 하는 아쉬움도 있기는 하다. 이런 정겨운 관계 앞에 존재할 필요도 없는 삼팔선 때문이라고 하기는 지나친 핑계가 아닐까 싶지만 말이다.

"아니, 엄마는 달라도 한 아버지라 그런지 누가 봐도 형제들이네요."

최미정 말이다.

"오늘 고마웠어요."

"아니, 나는 말도 않고 가만히 있기만 했는데 고마워요?"

"그게 고맙다는 거지요."

"그래요?"

"그런 자리에서 엉뚱한 말이라도 했으면 생각이 복잡해질 수도 있는데요."

"말을 해서 복잡해질 수도요?"

"내가 하는 말에 기분 나빠하지 말아요. 남자들이 말하고 있는데 여자가 옆에서 끼어들면 일이 꼬일 수도 있어요."

"진수 씨는 영업부에 있으면서 그걸 느낀 거예요?"

하던 말이 막혔을 때 보조적 역할이면 또 모를까, 말을 하고 있는데 불쑥 나서는 것은 조심할 필요가 있다. 본인들이야 아니라고 할지 몰라도 남편을 졸로 보이게 하는 경우가 허다해서다. 심한 경우 많은 사람들 앞에서 그것도 모르냐고 핀잔까지 하면 어떻게 되겠는가. '너 아니면 여자가 없냐?'로 해서 이혼까지 갈 소지가 충분할 수도 있다.

"느낀다는 것보다, 영업직이기는 하나 펼쳐진 사회를 배워야겠다는 생각으로 말 한마디도 건성으로 듣지 않고 집에 와서는 일기를 써요."

"진수 씨는 일기를 써요?"

"그러니까 일기는 그날의 반성문 같은 거지요."

"반성문 일기요?"

'반성문 일기? 괜찮은 생각이다. 그로 인해 문장력도 더해질 거고 말이다. 그러면 나도…?'

"그것도 있지만, 눈여겨본 것들을 내 것으로 삼을 생각도 하게 되고요."

"그러니까. 회사 영업직은 회사를 위하자가 아니라, 무언가를 찾아보겠다는 임시직인 셈이네요?"

"미정 씨?"

서진수는 약간 화난 말투다.

기적이 찾아준 남편

"알았어요."

'내가 말을 잘못했나? 화난 표정까지라니…'

"나를 보살펴 주신 할머니가 하시는 말씀이, 진수 너는 보통을 뛰어넘는 사람이 되어라! 늘 그랬어요. 그 말을 들을 때에야 그런가보다 건성 대답이었지만, 직장에 들어오고 보니 할머니에게서 들었던 그 말씀이 가슴에 와닿아 정신이 번쩍 드네요."

"그러면 할머니가 대단한 스승인 셈이네요."

'그러면 그렇지. 화난 게 아니지. 내 생각이 짧은 거지.'

"그런 셈이지요. 학교에서는 학문을 배우지만 앞으로 살아갈 정신까지는 아니잖아요. 그런 정신을 할머니가 심어 주신 거지요."

돌봐 주신 할머니는 인간 사랑, 높은 가치의 정신, 이 두 가지를 심어 주셨다. 보통 할머니 같으면 시간에 맞춰 우유 먹여 주고, 기저귀 채워 주고, 그것으로 그만이었을 것이다. 그랬다면 몸만 클 뿐이었겠지만 말이다.

13

"엄마, 나 저쪽 집에 다녀왔어요."

아들 진수는 아버지가 계신 집에 다녀오자마자 엄마에게 말한다.

"그래? 둘이서?"

서진수 어머니 홍순희는 참 잘 생각했다는 그런 표정이다.

"예."

"저쪽 가족들은 좋아들 했고?"

"진작 갈 걸 그랬어요."

"설 명절이라 식구들은 다 있었겠지만, 그 집 애들도 청년들이지?"

"그렇지요, 가겠다는 인사를 하고 나오는데 동생들은 멀리까지 따라 나오면서 '형님 죄송해요.' 그러데요."

"그래야지. 기분이 좋았겠다."

"그리고 엄마. 최미정 씨가 복잡한 우리 가정을 위해 큰 역할을 할 것 같아요. 말을 들으면 말이에요."

"그렇게 주면 좋지. 말만이라도 고맙다."

'6·25 전쟁 때문이기는 하나, 진수 네 말대로 우리 가정은 생각할 수도 없는 복잡한 가정이다. 그러나 흉이 될 가정은 아니다. 흉이 될 가정은 아니다 해도 세상 경험을 못 한 젊은 며느리가 무슨 수로 그런 역할을 해. 그래. 저쪽에서 마음먹고 다가와 '형님' 하면 얼마나 좋을까 싶다. 그것은 내가 먼저 찾아가도 잘못은 아닐 것이나 모양새가 본처라는 이유이기 때문이다. 생각하기도 싫지만, 생각을 해보면 내가 먼저 못 찾아갈 이유가 없기는 하다. 우리가 안고 있는 사정을 세상 사람들이 안다면 순서가 바뀌었다 해도 박수를 받을 일이지 흉이 되겠느냐.'

"엄마, 그런데 최미정 씨가 결혼식을 늦출 필요가 있느냐고 하네요."

최미정이 말하더라고 했지만 내 말을 에둘러 말한 것이다. 결혼 전에는 넘지 말자고 다짐했던 선도 최미정이 다가오는 바람에 넘고 말았다. 그래서 최미정 뱃속에는 내 아기가 생겼는지도 모른다. 그렇게 아무 일도 없겠거니 하고 느긋하게 있다가 배가 불러오기라도 하면 당황스러울 것 같아 결혼식 말을 어머니 앞에서 꺼낸 것이다.

"그래, 결혼식을 늦출 필요까지는 없지. 그렇지만 너네들끼리 따로 살아야 할 게 아니야."

"우리끼리요?"

"그러면 진수 너는 아닌 거야?"

"그런 생각은 못 했는데요."

"그런 생각 안 했다 해도 따로 살아야겠지."

"우리 집 방이 네 개나 되잖아요."

"그러면 같이 살자는 거야?"

"최미정이 나를 좋아하는데, 그렇게는 안 된다고 하겠어요."

"그렇지만 네 동생이 싫다고는 안 할지 모르겠고 말이다."

"이제 초등학교 3학년인데 싫고 좋고가 있겠어요."

"모르기는 해도 아닐 수도 있잖아."

"시동생이기는 해도 친동생처럼 챙겨준다면 좋아할 거예요."

"시동생을 친동생처럼?"

"그래요. 친동생처럼 말이에요."

"친동생처럼 할 건지 네 색시 속에 들어는 가 봤고?"

그래, 시동생을 친동생처럼 못할 이유는 없지. 마음이면 될 일이니까. 그러나 한집에 같이 산다는 것은 고부끼리 마음이 맞는다 해도 서로 불편할 것은 설명이 필요 없을 것이다. 마음에 들 집은 아닐 것이나 따로 살게 할 형편은 된다. 그러니 한집에 같이 살 생각은 하지 마라. 물론 한집에 같이 살면 편리한 점도 있기는 할 것이다. 결혼을 하게 되면 애기는 낳아야 할 테고, 키워야 할 텐데 말이다. 애기 키우기는 집에 있는 사람이 감당해야 해서 직장 문제로 함께 살자고 한다면 생각해 볼 일이기는 하다. 시대적으로 핵가족 시대다. 핵가족이 시대적이다 해도, 대가족 가정에서 성장한 자식들은 무언가를 해보겠다는 용기가 있다. 뿐만 아니다. 사회생활에서 무시해서는 안 될 질서가 있다. 이 점을 젊은이들은 참고로 했으면 한다.

"엄마, 나 어떤 아들로 살아갈 것 같아?"

"네 동생을 친동생처럼 여긴다는 말 하다 말고 다른 말 하냐."

"그거는 그거고 말이요."

"그거야 멋진 놈인 것으로 믿기는 하지."

"믿으면 됐네. 엄마 믿음대로 살아갈 테니까."

"그렇게 살 자신은 있고?"

그래, 잃어버린 남편을 찾기 위해 위험한 삼팔선을 넘는데 진수는 힘이 되어 주었다. 진수 네가 아니었으면 네 아버지를 찾을 생각이 나 했겠느냐. 그대로 눌러살면서 남자라는 이름뿐 개망나니를 만나 인민군 아들을 낳아 김일성을 신으로 여겨야만 하는 삶을 살아갔을지도 모를 일이지. 진수 네가 말하는 희망이 아니라도 이렇게 청년이 되어준 것만으로도 그동안의 고생은 다 사라지고 밥 안 먹어도 배부르다. 내 아들아! 고맙다. 그렇지만 희망 앞에는 생각지도 못한 악재들이 나타날지도 모른다. 만물을 다스리는 인간이라고 하지만 윤리 도덕을 벗어난 행동들이 얼마나 많겠냐. 참고로 해라. 그래, 오늘이 있기까지 생각을 해보면 엄마는 신의 은총으로 믿고 싶다. 그것은 장사를 하도록 길을 터준 생선가게 아주머니, 진수 너를 친손주처럼 돌봐주셨던 할머니 때문이다. 그것을 진수 너도 알고, 할머니 영구 앞에서 조사를 읽었을 테지만 엄마는 얼마나 감격했는지 모른다. 그 할머니가 아니었으면 진수 네가 이만큼이겠느냐. 아닐 것이다. 어떻든 최미정을 사귀는 중이라니… 결혼까지 가겠지만 네 색시에게 잘하고 대접받는 사람으로 잘살아라!

"남편이 잘하면, 그 효과는 누구에게 가겠어요."

"아이고, 우리 아들 너무 똑똑해서 탈이다."

"앞으로 두고 봐. 나 멋진 놈이 될 거니…"

"멋진 놈?"

"그래, 엄마."

"믿고 싶다만, 네 동생을 보면 요즘 애들은 엄청 영악해서 걱정이 된다."

"최미정이 형수로서 좋아해 주면 될 것 같은데요."

"아니, 진수 너 최미정을 그렇게 믿는 거냐?"

'그래, 진수 네 색싯감 마음씨가 여간 좋다고 하니 믿어는 보겠다만 믿을 게 못 되는 게 여자의 마음이란다. 진수 너는 그것을 모르는 사회 초년생이다. 그래서 해 주고 싶은 말이지만 그렇다.'

"믿는다는 게 아니라. 우리 집 형편이 그렇다고 말도 했어요."

"말했더니?"

"어머님만 싫다고 안 하시면 나야 좋지요. 그렇게 말하더라고."

"그래? 애기를 낳으면 시어미에게 맡길 생각 때문은 아닐까?"

"애기 맡길 생각이라니요."

"아니다. 그런 말은 내가 잘못한 말이다."

"아니라고 해서 다행이지만, 너무 나간 말씀이다."

"너무 나간 말이라고?"

"그러면 아닌 거야? 아니면 미안하고…"

"…"

'아니, 미안하다고 하시다니? 그러면 내가 엄마한테 말을 잘못했나? 엄마는 아버지를 지근거리에 두고도 한 상에 둘러앉아 보지도 못하고 늙어만 가시는데 말이다. '여보, 내일은 휴일이고 날씨도 좋다는데 우리 나들이 한번 갈까요?', '나쁘지 않지요. 날마다 일에만

　　　　　　　　　　　　　　기적이 찾아준 남편

파묻혀 살아서야 되겠어요.', '그러면 멀리는 아이들 때문에 안 될 테고 어디가 좋겠어요?', '민속촌 어때요?', '좋아요. 그러면 먹을 것도 좀 준비해요.' 보통의 가정 같으면 이럴 것이다. 남들이야 그러고도 남겠지만, 우리 엄마는 그렇게 할 사정이 못 된다. 우리 엄마는 북한에서 고등학교도 나오셨단다. 그래서 마음만 먹으면 괜찮은 직장에 들어갈 수 있었을 것이다. 그렇지만 잃어버린 아버지를 찾아야만 한다는 생각으로 애기인 나를 들쳐업고 인민군에게 붙잡히는 날엔 죽을 수도 있는 삼팔선을 넘으신 것이다. 삼팔선을 넘은 것으로 다가 아니다. 생선 인꼴이 장사로 나섰고, 그렇게 해서 아버지를 찾으신 것이지만 말이다. 엄마의 일생에 대해 생각을 해보면 돈을 벌어다 주는 아버지가 계셔야 하고, 좋은 집이 아니어도 누워 잘 집이 있어야 하고. 급할 때 도움을 청할 친인척도 있어야 했을 것이다. 어머니는 그렇지를 못해 고생이 이만저만이 아니었다. 6·25 전쟁 때문이기는 하나 엄마는 스무 한 살 인가에 아버지를 잃어버린 것이다. 그렇게 잃어버린 아버지를 신의 도움인지 찾기는 했으나 이미 다른 여자의 남편으로 살아가고 계시지 않은가. 물건이라면 되돌려 받을 수는 없다 해도 내 것이라고 주장할 수는 있다. 그러나 사람이라 그럴 수도 없어 홀로 살아가신다. 그렇게 살아가시는 동안 동생도 태어났고, 나도 이만큼 컸다. 그렇지만 스스로 큰 것처럼 말하다니…. 엄마, 말을 조심성 있게 못 해서 죄송해요.'

아들 서진수는 그런 생각으로 엄마를 보는 것일까. 한참을 본다.

"장가들면 손주나 금방 생겼으면 한다."
'진수 너를 돌봐 주셨던 할머니 말씀이 아니어도 손주를 키워 본

사람들 얘기를 들으면 손주 키우는 것이 재밌다고는 하더라만 손주를 안 키워 봐서 잘 모르겠다.'

"그렇게 되겠지요."

"그런 일에 미적거려서는 안 될 텐데 말이다."

"아닐 거예요."

아나나 다를까. 결혼 전에 선을 넘은 것이 애기가 생긴 것이다. 물론 그게 염려가 돼 결혼을 서둘러 하기는 했어도. 어떻든 서진수 부부는 신혼여행을 마음먹은 대로 일본으로 간다. 일본이 좋아서가 아니다. 학과도 일본어학과를 나왔다. 생각을 해보면 우리 민족이 일본에 침략을 당했다가 미국이 몽니 부린 두 발의 원자폭탄에 의해 해방이 된 것이다. 그렇게 된 우리나라로서는 일본이 어떤 나라인지 알아야 할 필요가 있지 않겠는가. 그것은 일본을 욕하지만, 일본은 누가 뭐래도 공업국이면서 선진국이다. 우리나라도 선진국으로 올라서려면 일본을 배워야 한다. 그러려면 일본을 몰라서는 안 된다. 일본을 모르면서 욕만 해대서는 아무것도 아니기 때문이다. 어떻든 짐작이기는 하나 오늘의 일본이 되기까지는 오랜 해적 생활을 하면서 다른 나라의 장점을 자기 나라의 것으로 만든 이유도 있을 것이다.

기적이 찾아준 남편

14

"아니, 후지산 가기로 해 놓고 웬 전자 상가예요?"

"후지산은 낼 가고, 오늘은 일본 발전상부터 볼 거요."

"일본어과를 나왔으니 그러기는 하겠지만, 신혼여행 아니요?"

"그래요. 신혼여행이지요. 그렇지만 생각이 있어서요."

"돈 버는 생각 말이요?"

"미정 씨는 그렇게 말하지만, 나는 돈 버는 것만 생각하는 것이 아니요."

"그래요?"

"자세한 얘긴 천천히 하겠지만, 모두가 아는 데로 일본 소니 전자업계는 세계 전자업계의 우상 아니요."

"그렇기는 해도요."

그러면 일본 소니 전자업계를 살펴보자 하는 거였나? 그래, 일본 얘기는 결혼하기 전부터 했지만, 일본 소니 전자업계를 보겠다는 말은 없었지 않은가.

"이렇게 큰 TV는 한국에서 못 봤는데…."

서진수는 혼잣말처럼 한다.

"욕심나요?"

"욕심이요? 그냥 주어도 집에 설치할 수도 없는데요. 일단 아이쇼핑만 하는 거요."

"아이고, 이건 신혼여행이 아니다."

"따지고 보면 신혼여행이 아니기는 하지요. 그런데 한국에서는 보기 어려운 전자 제품들 봤지요?"

"보기는 했지요."

"짐승들은 배부르면 그만이지만, 인간은 첨단을 달려도 만족하지 않아요."

특히 연예인들이 그렇다. 연예인들은 거지꼴이 눈앞에 보일지라도 발전된 현대를 살아간다. 물론 모두라고 말할 수는 없어도 말이다.

"그렇기는 한데 그런 말은 처음부터 하지. 이제 해요."

"미안해요. 그러나 다른 일도 아닌 신혼여행이라는 분위기 때문이에요. 미정 씨는 그렇지 않겠지만 처음부터 신혼여행에 장사 목적도 있다고 말할 사람이 있겠어요. 안 그래요?"

"앞으로는 그러지 말기요."

지금이야 신랑도 취직을 하여 생활 형편이 나쁘지는 않지만, 시어머니께서는 아직도 인꼴이 생선 장사를 하신다. 그래서 신랑은 엄마에게 인꼴이 생선 장사 이젠 그만 하라고 말렸단다. 말렸지만 시어머니 말씀은 그게 아니신 것 같다. 아직 힘이 있고, 내 물건을 찾는 고객들이 있는데 당장 그만두기는 아닌 것 같다고 말씀하셨단

기적이 찾아준 남편

다. 그렇게 말씀을 하시면서 장사란 궁극적으로 돈 벌기 위함이지만, 그렇게만 볼 수 없는 것이 상도란다. 그러니까 내가 싫으면 그만두는 그런 장사가 아니라는 것이다.

"그러니까 무슨 얘기냐면 사람은 너나없이 제일 좋은 거 갖고 싶다는 거지요."
"그렇기는 하지요.
"이제야 말이지만 그런 심리를 써먹어 보자는 거요."
"가만히 보니까 영업직원으로 활동은 월급쟁이가 아니었다는 거네요?"
"월급쟁이라는 말은 고운 말이 못 돼요."
"아이고, 듣고만 있을 걸…."
"신랑이 하는 말, 듣고만 있어서는 좋은 생각이 안 떠오를 거요."
"신랑이라는 말 결혼식장에서나 써먹는 말 아니요?"
"그런가요? 나도 한 방 먹는다."
"이제부터 나는 자기야! 하고."
"나는 여보! 하고요?"
"여보는 어른들 앞에서나 하고요."
"그러면 나는?"
"잘 모르겠는데, 여보 사랑해! 그게 맞을 것 같은데요."
그래, 부부간 호칭이 정해지지 않았다 해도 사회 통상을 따르면 될 것이다. 그러나 어렵기는 가정 어른들 앞에서일 것이다. 오래전 얘기다. 직장에 있는 아들이 아버지에게 여쭤볼 말이 있어 전화를 걸게 된다. 전화기 가까이에 있던 아내가 전화를 받게 되는데 아버지를 바꾸란다. '아버님 전합니다.' 며느리는 그러면서 전화 수화기를 두 손으로 시아버지께 드리고 시아버지는 '누구 전화야?' 하신다. 그러자 며느리는 '남편입니다.' 그렇게 말할 수도 없을 것 같아 대답도 못 하고, 전화 수화기만 시아버지에게 넘겨 드리자마자 곧 자기 방으로 후다닥 가버리더란다. 그것을 알아차린 시아버지는 가정 분위기가 좋은 때를 택해 언어 예절, 행위 예절을 얘기했단다.

"이런 문제까지를 생각하고 일본어학과를 나오지는 않았지만 일단은 그래요. 어쨌거나 우리는 돈을 벌어야 해요. 그래서 영업직원이지만 돈 버는 길이 무엇인지를 찾아보게도 되는데, 그래서 오늘 일본 전자 상가에 와 본 거요."

"그러면 회사도 그만두고요?"

"회사를 그만둬요? 그건 아니지요. 쉽게 들어갈 그런 회사가 아닌데 왜 그만둬요. 그렇지만 전자거래 사장이 저의 꿈이에요. 미정 씨가 싫다면 취소할 수도 있겠지만 말이요."

"상필아!"

"형, 왜요?"

"너 사장 되고 싶은 마음 없나?"

"형, 그게 무슨 말이요?"

"아니, 나 대학을 일본어학과를 나왔잖아. 꼭 그래서만은 아니나 신혼여행을 일본으로 갔고, 일본 전자 상가를 둘러봤다. 그런데 돈 벌 길이 보이더라."

"돈 벌 길이요?"

"그래."

"…."

'형은 결혼하자마자 돈 버는 얘기를 꺼낸다. 그러면 신혼여행을 일본으로 간 것은 명분뿐이고 장사 목적으로 갔었다는 건가? 형 말은 돈을 벌어보겠다는 생각이지만, 그렇다고 나를 끌어들여? 그런데 사장이 되고 싶지 않으냐는 말은 어떤 의미의 말일까.'

"무슨 얘기냐면 세운상가 점포를 얻어 전자제품을 거래하는 거야. 시시한 비디오나 그런 거 말고, 일본에서도 첨단을 달리는 최고급 전자제품을 가져다 파는 거야. 우리나라도 개인적으로는 최고를 갖고 싶은 부자들이 아주 많을 거잖아. 특히 연예인들 말이야."

돈 아끼는 연예인들은 없다고 보면 될 것이다. 공무원들은 차비도 아끼지만 말이다.

"그렇기는 해요."

"그래서 얘긴데 상필이 너도 알고 있겠지만, 그런 사람들은 값도 따지지 않아. 값을 따지는 것은 자존심에 해당된다고."

"자존심은 그런 부류들만 있겠어요. 어쩌면 모두라고 해도 되겠지요."

"그렇겠지. 그렇다고 사기성으로 장사를 해서야 되겠냐마는 괜찮은 이문을 남기고 팔 수 있어."

"장사까지 생각은 못 했어도 잘사는 길은 장사겠지요."

"그걸 상필이 너도 인정해?"

"인정하고 말고가 뭐 있어요. 다들 아는 얘긴데."

"큰돈을 벌 수도 쉽게 망할 수도 있는 게 장사이기는 하지."

"그러나 그만한 자본이 있어야 할 텐데요."

"그만한 자본? 그렇지. 그걸 모르고 하는 말이 아니야."

"그러면은요?"

"그래서 알아봤는데 장사 거래 보증금이라는 것이 있어."

"장사 거래 보증이요?"

"그렇지. 일본 전자상과 보증금을 주든지 해서 거래를 터야겠지만 일단은 그래."

"형 말은 너무 어렵네요."

"어려우니까 아무나 못 하는 것 아냐? 그래서 말인데, 상필이 너도 대학을 나와 직장생활을 하고 있지만 앞으로 살자면 돈도 벌어야 할 게 아냐. 그러니 싫지 않다면 가까운 날에 나랑 일본에 한번 가자."

"아니, 형은 배포도 크시오."

배포? 남자들에게 주로 쓰이는 말이기는 하다. 앞으로 나아가려면 말할 것도 없이 실패를 전제로 하는 것이 배포일 것이다. 뭘 하고는 싶으나 실패를 두려워해서는 제자리일 수밖에 없기 때문이다. 그래서 진수 형은 괜찮은 전자상이 꿈일 거고, 거기에 나도 동참하라는 그런 말일 것이다. 들으면 장사를 하더라도 백만 단위 이상의 물건을 취급하라는 것 같다. 몇만 원짜리 물건을 취급해서는 인간 조차 쪼잔한 인간이 되고 만다고 해서 하는 말일 것이지만 말이다.

"남자가 주어진 상황대로만 살아서야 되겠냐. 안 그래?"

"그러면 언제요?"

"너 휴가 낼 수 있지?"

기적이 찾아준 남편

"낼 수야 있지요."

어려서부터 같이 살아온 그런 형은 아니나, 형은 나처럼 직장 생활로 먹고살자는 시시한 생각을 하고 있지 않은 것 같다.

"그러면 말 나온 김에 이번 주 목, 금을 내라. 나도 그럴 테다."

"그러면 형이란 단 둘만이요?"

"그러면 누구랑?"

"아니, 형수랑 가면 해서요."

"형수랑?"

"형수는 배제하는 거요. 왜요?"

"같이 가자고 말하면 싫다고는 않겠지. 하지만 좀 그렇다."

상필이 네 형수가 좋아해야지. 그래야 집안이 잘 돌아갈 테니. 이제부터는 상필이 엄마에게도 자신 있게 작은엄마라고 할 것 같다. 전자상으로 돈을 버는 것도 좋지만, 더 좋은 것은 이복동생들과 친해지는 것이다. 그것이 어머니 바람이기도 할 것이기에. 그래, 생각대로 잘 될지는 몰라도 상필이를 국내 최고의 전자 사장으로 키워주고, 나는 보조자 정도로 서 있든지 할 생각이다. 물론 그렇게 하는 것은 아내의 동의가 있어야겠지만 말이다.

"그런데 형?"

"그래…"

"아까 말한 대로 일본 전자상과 보증금으로 거래를 한다 해도 점포 얼을 돈이 있어야 할 게 아니요?"

"그거는 얼마가 필요할지는 알아봐야겠지만 내가 저축해둔 돈이 있어. 그러니 상필이 너는 조금만 보태. 그리고 돈 관리도 상필이 네가 하고 말이야."

"돈 관리를 내가요?"

"그러면 싫냐?"

"싫은 게 아니라 형이야 그런다 해도 형수가 있는데요."

"네 형수하고 의논한 거니, 그런 문제는 걱정 안 해도 돼. 무슨 말인지 알겠어?"

"엄마!"

"왜?"

"왜가 아니라 진수 형이 왔었잖아요."

아들 상필이는 큰엄마일 수도 있는 저쪽 분과 만나면 해서 말을 꺼낸다.

"그래서?"

"생각을 해보니 우리도 저쪽에 가보면 어떨까 해서요."

"저쪽에 가는 것을 가지 말라고 말한 적은 없다. 그런데 왜?"

"알았어요. 그런데 저 혼자 말고 동생들이랑 같이 가도 되겠지요?"

"그거야 네 동생들이 그러자고 해야 하는 거 아냐?"

"어제 말했어요."

"말했더니?"

"엄마가 싫어하시면 곤란하니, 먼저 엄마에게 물어보라고 해서요."

그렇다. 아버지는 저쪽에서도 아들을 낳으셨다. 그것을 엄마도 알고 있다. 알고 있으면서도 불만인지 내다보실 생각조차도 없으시다.

그것은 본처라는데 여자들 주특기인 머리끄덩이만 잡지 않았을 뿐 한마디로 미운 것이다. 진수 형이 와서 인사를 드리는 데도 반갑지 않다는 눈치였다. 그것이 잘못이라고 하기는 어렵다. 내 남편만이어야지 다른 여자 남편까지는 아닌 것이다. 물론 그럴만한 사정이 있을지라도 말이다.

"나는 잘 모르겠다. 너희들이 알아서 해라. 가지 말라고는 안 할 테다."

"엄마, 감사해요."

"감사? 그것도 감사냐?"

"그렇잖아요. 가지 말라고 하실까 봐 걱정이었는데요."

"나도 다 포기했다."

"다 포기했다는 말씀, 무슨 뜻이에요?"

"저쪽에서 애기까지 낳아버렸는데, 내가 어떻게 할 수도 없어서다."

"엄마. 진수 형 봤지?"

"보기는 뭘 봐?"

"진수 형은 우리에게 관계만 형이 아닐 것이라는 눈빛이었어요. 동생들도 그렇게 본 것 같아요."

진수 형이 집에 왔다 갔다. 물론 인사차이기는 했지만 말이다. 그렇지만 배웅할 때의 느낌은 막내 영희까지도 이복형제가 아닌 것 같았다.

"그런데 엄마, 진수 형은 형수 감도 데리고 왔잖아요."

"그래서?"

"그래서가 아니라 결혼식도 곧 있을 게 아니요. 그래선데 엄마는 진수 형 결혼식에 참석해야 할 텐데 어떠세요?"

"야. 그건 너무 복잡하다."

"그러면 다 됐네."

"다 되기는 뭐가 다 돼."

"나는 참석 안 할 거야. 그렇게 말할 줄 알았는데 그게 아니라서 이지요."

15

"작은엄마도 오셨어요."

신랑 서진수는 작은어머니라고 하지 않고 작은엄마라고 한다. 어떻든 신랑 서진수는 결혼 예식에 참석해 준 작은어머니 앞에서 감사의 절을 올린다. 그것을 본 서진수 어머니 홍순희는 다가가 그냥 손만 뜨겁게 붙든다. 그렇지만 보는 사람들이 알아볼 만큼 많이도 어색하다. '어려운 사정 때문에 안 올 줄 알았는데 왔어요.'라는 것이 홍순희 눈빛이고, 서진수 작은어머니는 '미안해요.'라는 눈빛이다. 이래서 자식이 있어야 할 것이다. 만약 자식이 없었다면 어림도 없을 일인 것이다.

"양가 어머님께서는 앞으로 나오셔서 화촉을 밝히십시오."

결혼식 행사 진행자 말이다.

"신랑 측 어머님도 나오십시오."

'아니, 이게 어떻게 된 일이야. 신랑 어머니 홍순희는 신랑 작은어머니 손을 꼭 붙들고 손을 흔들면서 나오지 않는가. 때문에 하객들

마다 놀라는 표정들이다. 어떻든 그렇게 해서 주례사까지 마치고 광고가 있으면 하라고 행사 진행자가 말하는데, 준비는 했겠지만 말이 떨어지자마자 신랑 어머니 홍순희가 앞으로 나와 말하기 시작한다.

"안녕하세요. 오늘 서진수 결혼식에 있어 저는 어미이기도 하지만, 예수를 믿는 입장이라 먼저 하나님께 감사부터 드립니다. 다음으로 제 아들 서진수 결혼식에 주례를 흔쾌히 서 주신 한양대학교 총장님께 감사드리겠습니다. 총장님. 감사합니다. 앞서 보신대로 화촉을 혼자가 아니라 둘이서 밝혔습니다. 이 같은 일은 처음이기도 하지만, 좀 이상하다 그런 생각도 드셨는지 모르겠습니다. 그래요, 좀 이상한 것은 맞습니다. 그렇지만 그럴만한 이유까지 말씀을 드리기는 시간상으로든 아닐 것 같아 조금만 말씀드린다면 저는 잃어버린 남편을 15년 만에 찾았습니다. 그게 무슨 말이냐고요? 저는 북한 여자입니다. 그러니까 탈북 여성이라고 할까요. 어떻든 저의 남편은 인민군으로 전쟁에 나갔는데 돌아올 줄을 모릅니다. 다른 집 남편들은 휴가로든 왔다 가기도 했는데 말입니다. 아니기에 다행이지만, 만약 전사라도 했다면 신랑 서진수는 유복자가 되는 것입니다. 남편이 저렇게 앉아 있지만, 오늘 결혼식을 하게 된 신랑 서진수를 가졌는지조차도 몰랐으니까요. 어떻든 아들을 낳아 두 살이 될 때까지도 안 오는 겁니다. 전사를 했다면 전사 통지서라도 와야 할 텐데 그것도 없어 그러면 필시 포로병으로 붙잡혔을 거라는 생각이 드는 겁니다. 그래서 막연하나마 붙잡히면 죽을 수도 있는 삼팔선을 넘습니다. 포로병들이 수용되어 있다는 거제 포로병수용소

기적이 찾아준 남편

까지 갑니다. 두 살배기 아들은 들쳐업고요. 그렇게 가서 보니 전사하지 않고 포로병으로 있다는 것입니다. 그러나 이승만 정부 정책에 의해 한 달 전에 어디론가 나갔다고 근무자는 말합니다. 그래서 어디로 갔는지 알 수는 없어도 살아 있다는 생각만으로 남편을 찾기 위해 헤맵니다. 남자들마다 쳐다보는 것은 물론이고요. 어떻든 그렇게 해서 남편을 찾은 것입니다. 찾기는 했으나 표현이 좀 그렇기는 합니다만, 제 손을 붙들고 나왔던 동서가 제 남편을 보관하고 있는 겁니다. 그래요, 보관하고 있다고 해도 이미 삼 남매까지 두고 살아가는 남편을 무슨 물건처럼 되돌려 받을 수는 도저히 없는 일입니다. 그러나 이렇게 된 것이 인위로 된 것이 아니라 6·25 전쟁 때문이라는데 서로가 인식하고 현재대로 살자고 했습니다. 그러니까 저는 전처로, 동서는 현재의 아내로 말입니다. 그러니까 북한에서야 제 남편이었지만, 지금으로서는 동서의 남편입니다. 때문에 특별하게 둘이서 결혼식 화촉을 밝힌 것입니다. 저의 말은 여기까지입니다. 감사합니다."

"아이고 그런 사정이라면 미리 말씀을 해 주셨으면 좋을 뻔했습니다. 정말 감동적입니다."
결혼식 주례자 말이다.

"엄마, 아버지 집에 가서 인사드려야겠지요?"
결혼식을 마치고 신혼여행을 다녀온 서진수가 엄마를 똑바로 보면서 하는 말이다.
"그러니까 진수 네 말은 엄마도 같이 가면 해서야?"

"엄마는 돈만 버는 줄 알았는데, 그게 아니네."

"그게 아니라니?"

"아들 심리 파악 공부도 하신 거요?"

"심리 파악 공부?"

"그래요, 아들 심리 파악 공부요."

"나이는 그냥 먹는 게 아닌 것 같다. 말 안 해도 척 보면 알게 되기까지 하는 걸 보면 말이다."

"삶에서 얻게 되는 노련미?"

"거기까지는 모르겠다만 어떻든 우선은 너희들부터 인사드리고 와라. 내가 가는 문제는 생각해 볼 테다."

'네 작은집에서 데리러 오기 전에는 어떻게 가겠냐. 네 결혼식에서 만나봤고, 진수 네 결혼식 화촉도 같이 밝혔으니 만나는 것이 그리 어색하지는 않겠지만 말이다.'

"난 엄마랑 같이 갔으면 해요."

"나랑 같이?"

"그렇지요."

"그렇게가 나쁘지는 않겠지만, 윗사람이 먼저 가기는 아무래도 아닌 것 같다."

"생각을 해보니 엄마 말이 맞기는 하네."

"그래선데 집까지 찾아가는 것은 아닐 것 같고 밖에서 만나는 쪽으로 생각을 할 거다."

"엄마, 알았어요."

아들 진수는 엄마와 아내의 표정을 번갈아 보면서 말한다.

"아버지. 저 신혼여행 잘 다녀왔습니다."

신혼여행을 다녀온 서진수 부부가 작은어머니와 함께한 자리에서 하는 말이다.

"신혼여행은 어디로?"

"제주도요."

"제주도? 잘 다녀왔으니 내일부터는 해야 할 일들 땜에 바쁘겠다. 그래, 아비로서 여행비도 못 주고 미안하다."

서진수 부친은 지금의 아내 표정을 보면서 하는 말이다.

"아니에요. 아버지…."

"그래, 진수 너는 같이 살지 않아 해 주고 싶은 말도 아직은 못하고 있다. 하고 싶은 얘기는 다음에 하기로 하고 그만 가서 쉬어라!"

"예, 아버지, 그런데 작은어머니!"

"그래."

"엄마는 작은어머니를 만나실 생각을 가지고 계시는가 봐요."

"그래? 그런데 진수 자네 생각은 아니야?"

"아니에요."

"아니면 어머니께서 직접?"

새댁인 조카며느리 표정까지 보면서 하는 말이다.

"제 생각이기는 하나 말씀 내용으로 봐서는 그러시는 것 같아요."

"그러면 내가 전화를 드려볼까?"

결혼식장에서 본 서진수 친엄마는 나처럼 중학교만 나온 그런 여자가 아닌 것 같다. 결혼식 말미에서 한 말을 들으면 많이 배운 여자다. 지금 생각이지만 남편이 전처와 몰래 만나 둘째까지 낳았지만, 그것을 탓하지 않은 것이 다행이다. 만약 누구처럼 쫓아가 말했다면 만나자고 해서 쉽게 만나질 수 있겠는가.

"전화를 작은어머니께서요?"

"그래."

"그렇게 해 주시면 좋지요."

이번엔 새댁인 최미정 말이다.

"그래, 일단은 나도 만나고 싶다더라고 말씀을 드려."

"작은어머니 감사합니다."

"감사가 다 뭐야. 늦기는 했지만, 이제라도 만나는 것이 옳지."

이렇게 서진수 친엄마와 작은어머니는 만나게 된다.

기적이 찾아준 남편

16

"상필이 어머니를 이렇게 만나고 보니 평온한 가정을 제가 흔들어 놓은 것은 아닌가 해서 미안도 합니다."

"아닙니다."

"아니시라면 다행이나 상필이 어머니가 여간 무서웠습니다. 둘째를 낳아버리기까지 한 일이라 얘기를 해도 화내지 않으시겠지만 저는 진수 아버지가 너무도 그리웠습니다."

"진수 어머니께서 무서웠다고 말씀하시니 하는 말이지만, 그동안 저는 얼마나 속상했는지 모릅니다."

"아시면 속상한 마음만 아니라. 제집으로 찾아와 야단이라도 한번 치시지 그냥 넘어가셨어요."

"솔직히 그런 마음도 없지는 않았어요."

"그래요. 나 같아도 사실을 모른 척하지 않았을 겁니다. 아무리 전처지만 이해하고도 남지요."

"그렇기는 한데 진수 어머니는 그냥 전처가 아닙니다. 늦은 생각이지만 말이에요."

"아니에요."

"진수 아버지를 양보까지 할 수는 없다 해도 만나보고 싶어 하실 형님 생각을 미처 못 했다는 것이 미안합니다."

서진수 작은어머니는 진심이다.

"말씀이라도 고맙습니다."

찾고자 했던 진수 아버지를 우연찮게 찾기는 했으나, 다른 여자와 살아가기에 내 남편이라고 말도 못 하고 속앓이만 했지 않았는가.

"그런 일이 형님에게는 미안하지만, 다 지나가고 있네요."

"솔직한 말이지만 진수 아버지는 집에 찾아와 눈물까지 흘리며 미안해했고, 저는 아무것도 안 보였어요. 그리고 둘째가 생겼지만 말이에요."

"그래서였겠지만 어쩐지 슬슬 피하는 거요."

"저 때문이라는 생각은 못 했고요?"

"그런 생각을 어떻게 해요."

"그렇기는 하겠네요. 자주 그러면 또 모를까."

"그동안은 안 그러던 사람이라 다른 여자 생겼냐고 따져 묻기도 했어요."

"따져 물으니까 뭐라고 하던가요?"

"잘 알면서 묻느냐고 말해요."

"그랬군요."

"그런 지난 일 들춰서 뭘 하겠어요. 이제라도 진수 어머니를 형님으로 부르겠습니다. 형님은 생일로도 저보다 빠르시고요."

"아니, 제가 몇 살인지 상필이 아버지가 말하던가요?"

"아니요. 진수에게서 들었어요."

"그래요?"

"늦기는 했지만, 진수 아버지를 형식 남편으로만 할 것이니 형님은 그리 아십시오."

"형식 남편이요?"

"저도 생각이 있어서요."

남편이 곁으로 오고자 해도 싫어할 나이지 않은가. '나 전처한테 갔다 올게요.', '전처한테 가고 싶어요?', '가고 싶어서가 아니라, 못 본 척할 수는 없잖아요.', '그러면 내 허락이 떨어지길 기다렸어요.', '허락이 뭐요.', '진수 동생을 낳기까지 늘 간 것을 알았지만, 눈 감아준 거요.', '그걸 나도 알아요.', '모르는 줄 알았는데 알고 있었다니 다행이네요.', '미안해요.', '미안해할 것 없어요. 나도 여자예요.' 이렇게 말이다. 아무튼 남편도 이젠 그만큼 늙어가지만, 애들이 진수를 형님, 오빠 그러는 마당에 어쩌겠는가. 이제 생각이기는 하나 본처에게 보내기도 할 걸 그랬다. 만나자고 해서 얼굴을 보니 미안하다. 남편을 빼앗기는 것도 아닌데 말이다. '저쪽에도 다녀와요.' 같은 여자로서 그렇게 못 할 이유 하나도 없는데 말이다. 만약 지금의 처지와 반대였다면, 진수 엄마는 어땠을까? 진수 엄마의 지금 얘기로는 보내고도 남을 것 같다. 본처와의 사이가 나빠 헤어진 게 아니라 6·25 전쟁으로 헤어진 것이다. 그래, 칭찬받을 여자는 아니어도 독한 여자가 아니다. 엄마가, 아내가 웃어주면 가정의 평화는 그날로 당장일 게 아닌가. 집에 찾아오는 진수 부부도 좋아할 테고 말이다.

"이렇게 되기까지의 사정을 조금만 얘기한다면 저는 장녀고 진수 아버지는 둘째 아들이에요. 물론 이웃집은 아니나 같은 동네이기도 하고요. 그런 사이로 당시 진수 아버지는 열일곱 살, 저는 열다섯 살 때의 기억입니다. 진수 아버지는 우리 집 앞에서 늘 얼쩡거려요."

"형님이 너무 예뻐서 그랬겠지요."

"예쁘기는요. 그게 아니라 상필이 아버지는 장가들 만큼 커 버린 열일곱 살이라 총각으로 봐도 될 나이잖아요."

"그렇기는 하지요."

"그런 나이가 시집가기는 아직 이른 중학생이지만 저를 어떻게 못 본 척하겠어요. 저도 상필이 아버지가 싫지 않았는데요."

"그래요. 남녀 간 좋아하기는 누가 간섭해서가 아니기는 해요."

'성경에서 말하는 창조적 의미로 비추어 보면, 남자가 여자를 좋아하고 여자가 남자를 좋아하게 설계되어 있다. 그렇게 설계된 이유는 말할 것도 없이 종족을 번식하라는 것이다. 때문에 남녀가 서로 좋아한다면 그 어떤 이유로도 가로막아서는 안 될 것이다. 사회 질서 유지 차원에서 미성년이거나 일방적이어서는 안 될 것이지만 말이다. 어떻든 진수 어머니가 어려움을 안고 살아왔다는 지금의 얘기를 들으니, 같은 여자로서 도와주고 싶다. 생각을 해보면 일부러가 아니라 6·25 전쟁이 가져다준 슬픈 상황으로 본처의 남편을 내가 차지하고 자식들까지 두고 살아가고 있는 것이다. 그런데 북한에 있어야 할 본처가 느닷없이 나타난 것이 아닌가. 느닷없이 본처가 나타난 상황에서 어떻게 해야 할지 당황스럽기도 했고, 때문에 남편 뒷조사까지는 아니었어도 본처를 만나는지 의심을 했다. 또 본처와 만나고 있다는 증표의 냄새 땜에 많이 불편했다. 그렇게 불편은 했으나 그동안 건강했던 남편이 병이 들어서야 비로소 본처에게로 내보낸 형국이 되고 말았다. 그러나 본처는 병이 들어 병수발

기적이 찾아준 남편

하라고 내보낸 것으로 생각하지 않고 좋아하는 눈치라 다행이기는
하다. 그래서 이미 늦은 생각이기는 하나 본처와 사랑도 나누라고
보내기도 했어야 했는데 그렇지를 못했다는 것이 여간 미안하다.
본처의 지금 얘기는 사실일 것으로, 얘기의 상당 부분은 조카며느
리에게서 이미 들은 얘기들이다. 조카며느리가 제 남편에게서 들었
다면서 말해 주었기 때문이다. 어떻든 내가 감당해야 할 남편 대소
변 등의 어려움을 본처가 감당해야만 할 것이다. 후처이기는 해도
그것을 보면서 그러려니 할 수는 없지 않은가. 어떤 형태로는 고맙
다는 표시라도 해야 맞는 것이지. 그러나 현실적으로는 본처에게
도움을 줄 수 있는 것이 없을 것 같다. 없지만 생각해 볼 수 있기는
내가 낳은 자식들에게 말하는 것이다. 본처의 자식들과 티 없이 잘
지내라고 말이다. 그런 점에서 본처를 형님으로 모시는 본을 보일
것이다.'

"그래서 짐작이지만, 상필이 아버지는 말이라도 걸어보기 위해 어
른들이 없는 틈을 엿보기도 했을 겁니다."
"그랬겠지요."
"그것을 친정아버지는 눈치를 채시고 그러셨겠지만, '진수 너 이
볏가마니를 마당으로 좀 옮겨주어야겠다.'로 부터 시작해서 진수 부
모님과 사돈을 맺자고 정식으로 말했어요. 그 정도면 예약 혼인인
셈 아니에요?"
"당연하지요."
"그렇게 된 것이 결국에는 진수 아버지가 제 남편이 된 거예요."
"그랬군요."

"진수 아버지가 제 남편이 되기는 했으나, 몇 날을 살지도 않았는데 군대에 가게 된 거요."

"그러니까 6·25 전쟁 때인 거지요?"

"그렇지요. 6·25 전쟁 발발 때에요. 그런데 저는 작은며느리라 시부모와 같이 살지 않고 따로 사는 거요."

"그러면은요?"

"따로 살다가 군대에 가버렸으니 어떻게 되겠어요. 독수공방인 거지요."

'그래요, 당신이야 병든 남편을 본처인 내게로 내보내게 되었다고 생각할지 몰라도 나는 그렇게 생각 안 해요. 그동안 남편이 살아있다고까지는 알아냈어도 영영 찾지 못할 줄 알았던 남편을 찾게 되었기 때문이요. 그러나 잃어버린 남편을 찾기는 했으나 대소변을 받아내야 할 정도로 병이 들었으니 보다시피 무늬만 내 남편이 아니겠어요. 이렇게 병들지 않고 건강만 하다면 젊었을 때처럼은 아니어도 뜨겁게 품어보고 싶었어요. 아내로서 당당하게 말이요. 그렇게까지는 그만두더라도 다시는 일어나지 못하고 이 길로 떠날 것 같아요. 그래서 많이도 속상해요. 그래서든 잃어버린 남편을 찾기는 오직 나뿐인가 해요. 이렇게라도 된 것을 걱정하고 계실 친정 부모님, 시부모님이 아셨으면 좋겠어요. 지금도 살아계실지는 몰라도 말이요. 남편은 이 길로 죽을 것이라는 생각에서 한 말이겠지만, 유골이라도 고향에 묻혔으면 싶다고 넋두리처럼 말했어요. 어떻든 이렇게라도 내 남편으로 해 주어 고마워요.'

"아, 예."

"상필이 어머니는 독수공방 말만 들으셨겠지만, 독수공방을 겪어본 입장에서 독수공방이 얼마나 힘든지 말로는 표현 못 해요."

"그랬을 겁니다. 저야 그런 어려움을 겪지 못했지만 이해는 해요."

"저는 예수 믿는 입장이라 말하지만, 여자 남자로 만드신 것은 독수공방은 안 된다는 하나님의 뜻을 아닐까 해요."

"아, 예."

"어떻든 진수 아버지는 집에 돌아올 생각을 않는 거요. 때문에 시부모님께서는 저의 독수공방이 얼마나 고통스러울까를 생각하고 계셨는지는 모르나 '얘야, 네 남편이 꿈에 보이더라. 그런데 군복이 아니라 하얀 옷을 입고 있더라.' 하시는 거예요. 시어머니의 그 말씀을 듣고 전사한 게 아니라 포로병으로 붙잡을 것이다. 그런 생각이 강하게 들데요."

"아, 예."

"그래서 시어머니 말씀을 듣고 나흘째 되는 날로 기억되는데, 삼팔선을 넘기로 마음을 먹고 누구도 모르게 한밤중에 집을 뛰쳐나온 겁니다."

"어마어마한 일인데요."

"남들은 그렇게 말할지 몰라도 보이는 것이 없었어요. 물론 두 살배기 진수를 들쳐업고요."

지금은 언제 그랬던가 싶지만, 삼팔선을 넘다가 붙잡히면 안 된다는 생각만 했지, 크게 어렵지 않게 넘으리라는 생각만 했었다가 엄청나게 고생했다. 그렇게 고생이 커진 것은 하루만 걸으면 넘을 줄 알았던 삼팔선을 이틀이나 걸어 넘어서다. 집을 나설 때 혹시 몰라 임시 식사 대용으로 이틀분 정도의 미숫가루를 준비했는데 그것이 적중도 했다. 물은 물론 흐르는 시냇물이면 될 것으로 했고 말이다. 길도 없는 험한 산을 몇 번 넘었던가. 휴전 상태라 그러기는 하겠지만, 지저귀는 산새 소리나 들릴 뿐 아무도 없다. 물론 사람이 있어서 들켜서는 안 되겠지만 지쳐 쓰러질지언정 도움을 요청할 수도 없고 말이다.

"형님만 힘든 게 아니라 진수도 힘들었겠는데요."
"두 살 배기가 힘든 줄이나 알았겠어요."
"그렇기는 하겠지만요."
"상필이 어머니는 삼팔선이 무엇인지 말만 듣고 계시겠지만, 붙잡히기라도 하는 날엔 죽을 수도 있다는 생각에 두렵기도 했어요. 산은 또 얼마나 험했는지 몰라요."
"길도 없는 산인데요."
"산이 그리도 험한 데다 뱀은 또 얼마나 많은지 몰라요."
"정말 고생 많으셨습니다."
'짐작뿐이지만 애기까지 들쳐업는 여자의 몸으로 엄청 험한 산을 어떻게 넘었을까. 진수 어머니는 정말 대단한 여자다. 남자 군인들처럼 산을 타본 경험도 없을 텐데 말이다. 그러나 삼팔선을 넘은 진수 어머니로서는 남편을 찾게 되었다는 것이 더 성공적일 것이다. 남편이 전쟁터에서 죽지는 않고 살아 있다면 재혼했으리라는 예상대로 다른 여자의 남편이 되고 말았지만 말이다. 남편은 고향으로 되돌아갈 수 없는 처지의 포로병이라 데릴사위로밖에 살 수는 없어도 자식까지 두고 탈 없이 살아가고 있는데 느닷없이 본처가 나타나다니, 이런 상황을 두고 다른 사람은 어떻게 생각할지 모르겠다.

기적이 찾아준 남편

그러나 착한 조카며느리가 애쓴 덕으로 봐야겠지만 나쁜 쪽으로 가지 않아 나로서도 다행이기는 하다.'

"지금 생각해도 그때는 고생이지만 고생인 줄도 몰랐어요."
"고생은 그만두더라도 삼팔선을 하루도 아니고 이틀이나 넘었다면 밥은 어땠어요?"
"혹시 몰라 미숫가루는 준비했어요."
"미숫가루요?"
"예, 그걸 시냇물에 타서 먹었어요."
"미숫가루가 식량이 돼요?"
"어림없지만 맹물보다는 나은 것 같았어요."
"그렇기는 하겠지요. 급하면 급한 대로 하라는 말도 있듯 말이에요."
"그렇게 진수 아버지를 찾아야만 해서 삼팔선을 넘은 것이 오늘에 이른 거요."

누구든 맞닥뜨린 상황이 최악으로 내몰리게 되면 생명을 걸듯, 나도 그런 여자 중 하나다. 걱정해 주시는 시부모님이 안 보이는 것은 물론이고 붙잡히면 죽을 수도 있는 삼팔선을 넘었고, 여자로서 아무나 갈 수 없던 고등학교까지 나왔으니 나름 지식인이다. 그렇지만 우선 배고픈 데 지니고 있는 지식이 무슨 대수겠는가 해서 인꼴이 생선 장사를 오랜 기간 했다. 지금이야 넉넉하다면 넉넉하게 살아가지만 말이다. 친정 부모님, 시부모님. 그리고 형제들, 어떻게들 살아가십니까. 얼굴을 못 본다 해도 재혼한 남편의 아내와 정담도 나누고, 잘살고 있다는 소식만이라도 전하고 싶다. 정책적으로든 서로 만나보라고 한 달 만이라도 시간을 준다면 할 얘기 땜에 한 잠도 못 잘 것 같다.

"형님은 참 대단하십니다."

"대단은요. 상황이 그렇게 만든 것이지요."

"남자도 아니면서 두 살배기 애기까지 들쳐업고 삼팔선은 넘었다면 거리는 몇십 리나…?"

"몇십 리가 아닐 거요. 이틀을 걸었으니 말이요."

"그렇겠네요."

"험한 산을 넘느라 팔다리 상처는 그만두더라도 애기 젖 먹이는 것이 문제였어요. 미숫가루로는 어림도 없어서요."

"미숫가루는 젖 먹일 애기가 없을 때 하루 이틀 정도겠지요."

"어떻든 삼팔선을 무사히 넘은 거요."

"삼팔선을 넘은 것만으로는 안 될 텐데요?"

"그렇지요. 그래서 젖을 물리려면 무얼 먹어야 해서 밥은 먹고살겠다 싶은 집으로 쳐들어갔고, 며칠을 머물기도 했어요. 저를 머물게 해 주신 그분이 지금은 안 계시겠지만, 찾아뵙지도 못하고 말았습니다."

"그러시겠네요."

"어떻든 그렇게 해서 거제 포로수용소를 찾아간 겁니다. 포로수용소 근무 직원이 말하길 여기 있다가 한 달 전에 나갔다는 거요. 그래서 어디로 갔을까요? 물으니 거기까지 알 수는 없어도 몇 명씩을 조로 해서 농사일을 도우면서 밥도 얻어먹으라고 농촌으로 보내진 것 같다고 하데요."

기적이 찾아준 남편

"그러면 만날 수 있겠구나 하는 마음은 들던가요?"

"만날 수 있겠구나 하는 생각까지는 아니고, 살아서 농촌으로 보내졌다는 말만 들어도 한시름 놓이데요."

"살아 있다는 생각 때문에요?"

"그렇지요."

"그러나 찾기는 고사하고 생계가 문제일 텐데요?"

"그렇지요. 당장 생계가 문제였어요. 그래서 삼팔선을 넘어 임시로 묵었던 주인집에서 말한 대로 배다리까지 온 것입니다."

"그러셨군요."

"오늘이 있기까지는 친정어머니 같은 분을 만났기 때문입니다."

"친정어머니 같은 분이요?"

"예, 친정어머니 같은 분이요. 세상에는 나쁜 사람도 있겠지만 좋은 사람이 더 많은 것 같아요."

"그러셨군요."

"저를 도와주셨던 분은 세상을 떠나 안 계시지만 지금도 살아계신다면 큰절 한번 올려드리고 싶습니다."

'할머니. 염려해 주시던 저 홍순희는 이제 염려 안 하셔도 될 만큼 잘살고 있어요. 만나기 쉽지 않은 재혼한 남편의 여자와 정담도 나누고요. 그동안 잘 키워 주신 진수가 애써준 덕이기는 해도요. 할머니께서 말씀하신 얘기가 생각납니다.'

"남자를 만나야 할 젊은 나이에 그게 뭐야. 그래서 말인데 혼자는 어려울 테니 남자를 슬쩍슬쩍 만나기도 해. 물론 진수에게 들키지 않게 말이야. 내가 힘들게 살았던 경험에서 말하지만, 애기를 평

평 낳을 젊은 여자로서 남자가 안 보인다면 그건 사람이 아니야. 그건 가치 없는 무생물과 같아. 홍순희 자네는 고등학교도 다녀서 열녀비가 무엇인지 알겠지만, 청상과부로 살아가기가 얼마나 힘들지는 알고도 남을 거야. 이건 전해 내려오는 얘기야.

어느 대감 집 딸이 청상과부가 되어 친정으로 돌아왔다. 친정아버지인 대감이 말하기를, '너는 책 읽기를 좋아하니 별채에서 책을 읽으며 지내라.'고 했다. 딸은 별채에서 책을 읽다가 아버지가 찾아오면 항상 나와서 인사하곤 했다. 그러던 어느 날 밤, 대감이 별채에 들러 보니 책 읽는 소리는 안 나고 혼자 중얼중얼하는 소리가 났다. 대감이 이상한 생각에 문틈으로 들여다보니, 딸이 갓을 씌우고 옷을 입힌 베개를 앞에 두고 얘기를 하고 있었다. 그러다가 이젠 잘 시간이라고 하고는 베개를 자신의 옆에 뉘었다.

대감이 보니 여간 불쌍하지 않았다. 그래서 다음 날 새벽 하인에게 장에 나가 귀가 큰 사람을 찾아오라고 했다. 옛말에도 코 큰 인물은 없어도 귀 큰 인물은 있다는 말도 있지 않은가. 하인이 장에 나가 살펴보니 숯장수가 지나가는데 정말 손바닥만 한 귀를 가지고 있었다. 그래서 대감 집에 데리고 왔다. 대감이 보고 과연 귀가 큰지라, 안채 갓방에 모시라 했다.

영문도 모른 채 식사를 푸짐하게 대접받은 숯장수가 '이제 죽었구나.' 하고 생각하고 있는데, 저녁에 대감이 직접 와서는 목간통으로 데려가더니 손수 물을 데워서 몸을 닦아 주고 옷까지 입혀 주었다. 대감이 보니 허우대가 좋았다. 이젠 됐다며, 별당으로 데려갔다. 별당 문 뒤에 숨겨 놓고 기침을 했더니 딸이 나왔다. 그 틈에 대감이 총각을 방에 밀어 놓고 문을 잠가 버렸다.

기적이 찾아준 남편

방에 둘이 앉았는데, 딸이 생각해 보니 아버지가 하시는 일이 틀림없다 생각하고, 총각에게 '이제 잡시다.' 하며 옷을 벗고 둘이 잤다. 새벽에 대감이 다시 와서 빨리 옷과 중요한 물건을 챙기라 했다. 모두 챙긴 걸 보고 대감이 말 두 필―한 필에는 돈 보따리, 한 필에는 안장―을 준비해서 떠나보내며, 이름은 적지 말고 사는 지명만 알려 달라고 하며 길을 보냈다. 그런 다음 대감이 딸 방에 들어가 베개에 딸의 옷을 입히고 목을 맨 것처럼 꾸몄다. 아침에 딸의 몸종이 이를 발견하고 대감에게 알렸다. 대감이 '여북했으면 죽었을까. 시끄럽게 굴지 말고 장사 준비나 해라.'고 하며 관을 만들었다. 대감 혼자 입관을 시킨 다음 장사를 지냈다.

딸과 총각이 경상도 어느 마을에 도착해서 보니 기와집도 있고 살기에 좋겠다 생각하고, 동네 사람들에게 땅과 집을 살 수 있을까 물으니 어느 기와집이 가세가 흔들려 팔게 되었다 해서 그 집과 땅을 샀다. 그래서 어느 곳에 살고 있노라 써서 대감 집에 보냈다. 이를 받아본 대감이 그곳에 부임하게 될 원님에게, 그 집을 찾아가 달라고 부탁했다.

동네 사람이 보기에 원님도 찾아오는 등 보통 사람은 아니다 싶어서 그에게 조그마한 부탁 등을 했다. 그러던 중 원님이 바뀌게 되었다. 그런데 새로 부임한 원님이 바로 그 대감의 아들이었다. 대감이 아들을 보고 그 고을의 아무개를 찾아보라고 했다. 아들이 부임해서 '이 고을에 아무개가 살고 있느냐?' 하고 아전에게 물어보니, 살고 있다 해서 직접 그 집에 찾아가 서로 인사를 하게 됐다. 그 부인이 원님이 찾아왔다 하여 슬쩍 들여다보니 오라버니가 틀림없었다. 그래서 주안상을 준비하는데, 그 부인이 내가 직접 주안상을 보겠노라 했다.

오라버니가 왼손잡이란 걸 알고 주안상의 왼쪽에 젓가락과 숟가락을 놓았다. 원님은 당연히 자기가 어떻게 왼손잡이인 것을 알고 이렇게 놓았는가 하고 이상히 여겼다. 주안상을 물리고 부인이 들어와 '오라버니, 인사받으십시오.' 하며 인사를 하였다. 원님이 놀라 바라보니 자기 동생이었다. 이에 부인이 전후 사정을 다 말했다. 이후 서로 왕래하며 지내게 되므로 남편은 글과 법도를 차츰 익혀 갔다는 얘기다.

두 번도 아닌 한 번 사는 인생인데 남에게 손해가 아니면 다른 남자 못 만날 이유 없잖아. 그래서 말이지만, 보쌈이라는 말 홍순희 자네도 알고 있겠지. 천민이라는 이유로 천대만 받고 살거나 생활 형편이 너무도 어려워 장가는 꿈도 못 꾸던 형편에 장가들게 한 거 말이야. '과붓집에서 사람 살려요~!'라는 말이 한밤중에 들린다면, '그래, 시집가는구나. 어떤 놈과 정을 나눌지 몰라도 시집가서 잘살기나 해.' 그랬다는 거잖아."

할머니께서 들려주신 얘기입니다.

"그래요. 살아계셨으면 좋을 텐데 이제 안 계시네요."

"어떻든 상필이 아버지를 찾은 것이 저로서는 성공인 거요."

"그러면 찾기는 어떻게 찾은 거요?"

"날짜까지 기억은 없으나, 진수 아버지에게 생선 그릇을 머리에 이어 달랬더니 마다하지 않고 이어 주는 거요. 그런데 왼쪽 턱에 큰 점이 있는 남자가 아닙니까. 그래서 확인은 해 봐야겠지만 진수 아버지가 맞다는 생각이 들데요."

　　　　　　　　　　기적이 찾아준 남편

"점이요?"

"그러나 동네 분들이 있는 자리에서 확인할 수는 없어서 생선 그릇을 이고 다른 곳으로 이동하면서 어느 집으로 들어가는가를 봅니다. 어느 집 사람인지 확인한 후 2주 가까이 기다린 끝에 드디어 만나게 된 것입니다. '아저씨 이름이 서인규 씨 맞아요?', '제 이름이 맞기는 한데요.', '그러면 고향은 함경북도 명천군도 맞고요?', '맞아요. 그런데 저를 어떻게 알고 묻는 거요?', '여보, 나야. 나. 홍순희…' 이렇게 해서 찾은 겁니다. 그렇지만 진수 아버지는 이미 상필이 어머니의 남편인 것입니다. 오늘 얘기는 여기까지만 하겠습니다."

"더 하셔도 될 텐데, 알겠습니다."

"우리 이제부터는 자주 만나면 해요."

서진수 엄마 홍순희 말이다.

"그렇게 해야지요."

'우리의 사정이 6·25 때문에 묘하게 되고 말았지만, 나도 나쁜 여자는 아니요. 형님으로 하겠다고 했으니 진수도, 여기 와서 나 몰래 낳은 진명이도 내가 낳은 애들과 어울리게 할 거요.'

"상필이 어머니께서 저를 형님으로 부르겠다고 하셨으니 좀 부담스럽기는 하나 고맙습니다."

"형님. 그동안의 사정 얘기를 들었으니 제 얘기도 한번 해볼게요."

"그래 주시면 좋지요."

"저는 딸만 여섯인 집안 막내딸이에요."

"그러세요."

"그런데 상필이 아버지가 우리 동네로 왔을 때 저는 시집갈 나이가 된 거요. 그래서 친정아버지는 상필이 아버지를 눈여겨보시고 부르지 않아도 될 간단한 일임에도 늘 불러 일을 시키시는 거요."

"친정아버지께서 상필이 아버지를 늘 불러 일을 시키시는 것은 데릴사위로 삼으실 마음이셨겠지만, 상필이 아버지는 아니었을 겁니다."

"형님 때문에요?"

"그렇지요. 색시가 엄연히 있는데 총각인 척하겠어요."

"그랬는지 몰라도 진수 아버지는 친정아버지가 해도 될 간단한 일을 자기가 하겠다고 적극 나서요."

"적극 나서는 것은 본성일 텐데요."

말은 본성일 텐데요 했지만, 일을 어디 본성으로 하겠는가. 당연히 해야 될 일이라 게으름 피우지 않고 힘껏 한 것을 당연으로 했겠지.

"그렇기도 하겠네요. 내게 잘 보이려고."

"그러니까 친정아버지께서는 데릴사윗감으로 알고 일을 시켰겠지요."

"아마 그러셨을 겁니다. '네 할 일이나 해라.' 그러신 게 아니라, 상필이 아버지에게 가져다주라고 시키셨어요."

"그랬으면 상필이 아버지도 눈치를 챘겠는데요."

"그랬겠지요. 그래서 며칠 후에는 '서인규 자네는 우리 집에서 그냥 살면 싶은데 자네 생각은 어떤가?' 그러신 것 같습니다. 그래서 상필이 아버지가 제 남편이 된 거지만 말이요."

"그랬군요. '서인규 자네는 우리 집에서 그냥 살면 싶은데 어떤가?' 그러셨다면 마다할 수 있겠어요. '감사합니다.' 했겠지요. 어쨌

　　　　　　　　　　　　　　　기적이 찾아준 남편

거나 결과적으로는 상필이 어머니와 좋게 되었지만 말이요."

"상필이 아버지로서는 다행이다 싶었을지 몰라도 저는 시집이라는 것도 모르고 그냥 사는 겁니다."

"…"

"시집이라는 것도 모르고요?"

"예."

"상필이 어머니야 그러시겠지만, 본처인 이 홍순희 생각은 했을까? 그래, 고향 가기는 포기했을 테니 이렇게 된 것도 운명으로 알고 좋아라 했겠지요."

"그랬는지 몰라도 저는 그렇게 해서 상필이를 비롯해 삼 남매까지 둔 거예요. 그런데 데릴사위는 머슴이나 다름 아니라는 생각이었는지 큰소리는커녕 월급을 타면 봉투째 주고 차비만 타 가는 형태였어요. 늦은 생각이지만 그러지 말 걸 미안해요."

"남편들은 그래야 하는 거 아니요?"

"그런 문제는 남자들에게 물어봐야겠지만, 아닐 겁니다. 그래서 친구들과 점심도 나눠 먹게 용돈도 좀 주고 해야 했는데, 애들 학비와 생활비만 따진 것 같습니다. 미안합니다."

생각을 해보면 미안해할 것도 없을 것 같다. 그것은 상필이 아버지는 친구도 없을 것이기 때문이다. 데릴사위로 살면서 일 만하다 취직할 기회가 주어져 취직을 했고 집에서 회사로, 회사에서 집으로… 늘 그렇게만 살아와서다. 그렇더라도 용돈을 주면서 친구와 밥도 사 먹으라고 해야 했는데 그렇지를 못했다. 본처와 얘기를 나누다 보니 아닌 말도 하게 되는데 이런 말을 듣는 본처는 어떻게 생각할까 모르겠다.

"용돈을 못 주는 것은 생활 형편 때문이지 일부러 그런 건 아니잖아요."

"물론 일부러 그런 건 아니기는 하지요."

"그건 그렇고 본처가 나타났다는 사실을 알고는 어땠어요?"

"사실을 알고서는 당연히 충격이었지요."

"내가 보기에는 상필이 어머니는 충격을 받지 않은 것 같은데요."

"충격받았다고 표까지 내겠어요."

"그렇기는 하지만, 상필이 아버지는 그렇다는 내색도 없었어요?"

"내색이요? 없었어요."

"그래요?"

"잔소리를 하거나 싫은 말을 해본 기억이 없어요."

'잔소리를 안 하는 게 아니라 못 하는 거겠지요. 집도, 절도 없어 데릴사위로 살아가는 처지인데요. 그러니까 '머슴이나 다름 아니다.' 하는 생각으로 풀이 죽어 살았을 텐데요.'

"그런데 제집에 몰래 오곤 했는데 눈감아 주신 건가요?"

"눈 안 감아주면 어떻게 하겠어요."

"고마워요. 말 안 해도 짐작하시겠지만, 남편이 얼마나 그리웠는지 몰라요. 멀리 있는 것도 아니고요."

"상필이 아버지도 형님을 만나보고 싶었을 것은 짐작이 필요하겠어요."

'내가 이런 생각을 미리라도 했으면 형님한테도 갔다 오라고 해야 했는데 잘못했네요. 형님이나 나나 여자로서 남자가 필요한 나이인데요. 어떻든 다른 사람이 보면 웃기는 일일 수는 있겠으나 우리는 주어진 대로 삽시다.'

　　　　　　　　　　　　　　기적이 찾아준 남편

17

서진수의 가정이 이렇게 된 것은 부인인 최미정 역할이 컸다.

"아가씨는 고등학생인데 명문 대학을 가야겠지요?"
올케인 최미정이 시누이 서영희를 불러내 하는 말이다.
"명문 대학이요?"
"예. 나야 고교 졸업으로 그만이지만 말이에요."
"새언니 저는 명문 대학 꿈도 못 꾸어요."
"새언니라고 하기에는 아직 이른데요."
"그러시면 아가씨라고 하지 말고, 제 이름 영희라고 부르셔야죠."
"듣고 보니 그렇기는 하네요."
"어떻든 저는 대학을 가게나 될지 모르겠네요."
"왜요?"
"공부를 잘 못해서요."
"유명 대학은 못 간다고 해도 대학은 가야지요."
"제 공부 실력을 알고서 그러겠지만, 제 대학 문제에 있어서는 부모님도 오빠들도 신경 안 써요."

"아가씨 공부 실력을 가족이 어떻게 알고요?"

"공부를 죽어라 해도 부족할 텐데, 좀 놀기도 하자는 편이라서
요."

"그러지 말고 공부는 잠깐일 수도 있는데 욕심 한번 내 봐요."

"다른 애들처럼 저는 공부에 욕심이 없어요."

"공부가 다는 아니겠지만, 공부도 아까 말한 대로 한때니 열심히
해 봐요."

"알겠어요."

"알겠어요. 말만 말고요."

"그런데 저까지 대학에 가기에는 생활 형편이 빠듯할 겁니다."

"생활 형편이 빠듯한 부분은 어른들이 신경 쓸 일이고, 아가씨는
좋은 대학 갈 생각이나 해요."

"그렇게 해 볼게요. 그런데 새언니가 이렇게 만나 주시니 감사해
요."

"어디 아가씨만 그런가요. 나도 마찬가지이지요."

"그런데 새언니가 저를 부르신 이유가 궁금해요."

"아가씨는 아버지가 어떤 분인지 알고는 있을까요?"

"자세히는 몰라도 포로병이라는데요."

"그 이상은 모르고요?"

"더는 몰라요."

"그래요?"

"그러면 새언니는 우리 아버지에 대해 알아요?"

"나도 몰랐는데 진수 오빠가 말해 주어 알게 됐어요."

기적이 찾아준 남편

"그러면 우리 아버지에 대해 많이 알고 있어요?"

"아가씨보다는 더 안다고 할 수 있는데, 그런 얘기는 다음에 하기로 하고 내가 하고 싶은 말을 할게요. 그래도 괜찮겠지요?"

"무슨 말인데요?"

"다름이 아니라 우리는 자식 된 도리를 하자는 거예요."

"자식 된 도리요?"

'자식 된 도리라니? 그게 무슨 소리야? 새언니는 작정하고 하는 말일 테지만, 그런 말은 학생인 나 같은 사람에게 할 것이 아니라 어른들끼리 해야 되는 말 아닌가.'

"도리라고 말을 했는데, 아버지는 생각이 복잡하실 거예요. 그래서요."

"아버지 생각이 복잡해요?"

"복잡해요. 그래서 아가씨와 내가 힘써 보자는 거지요."

"저는 아무것도 모르는데요."

"몰라도 상관없어요. 내가 말하는 대로만 하면 돼요."

"그래요?"

'몰라도 상관없으니 시키는 대로만 하라…?'

"그러니까 우리가 해내야 할 일이라서 하는 말인데 다른 것이 아니에요. 진수 오빠 집과 아가씨 집은 엄마만 다를 뿐 한 아버지인 거요. 그래서 생각인데 최소한 큰집, 작은집으로 툭 터놓고 살아야 하지 않겠는가. 그런 생각이 들어요. 그래서 내 생각을 엄마에게 말씀드리고 싶어요. 엄마에게 내 생각을 말씀드리려면 우선 아가씨가 역할을 좀 해 주어야 돼요."

"역할이면 어떻게요?"

"역할이란 게 뭐 있겠어요. 내가 찾아갔을 때 반기면 되는 것이지요."

"그것뿐이요?"

"그렇지요. 그러니까 '엄마 새언니 왔어~.' 이렇게 말이에요."

서진수가 역할을 좀 해 주면 했다. 그래서 생각을 많이 했다. 좋은 말이기는 하나, 생각지 못한 말을 예비 작은집 시어머니께 불쑥 꺼내면 떨떠름하게 생각할지 모르지 않겠는가. 결혼식도 앞두고 있어서 참석도 하시게 해야 할 텐데 말이다. 예비 시댁 사정은 6·25 전쟁이라는 이유기는 하나 어느 가정보다 복잡한 가정이다. 복잡한 가정이지만 며느리로서 웃고 살아가려면 양쪽 시어머니가 웃어야 마음이 편하지 않겠는가. 깊이 생각할 필요도 없이 말이다.

"어렵다, 어려워."

"그 정도는 해 줘야 이 올케가 신이 나지요."

"그렇게 하면 우리 엄마가 좋아하실지 모르겠네요."

"좋아하실 문제까지는 아가씨가 신경 쓸 것 없고, 다음 문제는 내가 알아서 할 테니 그리 알아요."

"아니, 그런 말은 내가 그냥 해본 말이지, 엄마가 좋아 안 하시겠어요."

"고마워요."

"고맙다는 말은 새언니가 해야 될 말이 아닌 것 같은데요."

"내 생각을 들어주는데 왜 안 고마워요, 고맙지요."

예비 올케 최미정 말이다.

"새언니는 우리 집에 왜 이렇게까지 정성이세요?"

"그래요. 내가 진수 오빠와 결혼할 사이가 아니면 정성을 쏟을 이유가 없지요. 안 그래요?"

"그렇기는 해도요."

"난 진수 오빠와 결혼할 텐데요."

"그렇기는 해도 새언니는 참 대단하시다."

"뭐가 대단해요. 당연한 일인데요."

"다른 사람들은 너는 너고, 나는 나. 그렇게들 살지 않아요. 그래서이지요."

"그러니까 각자도생?"

"각자도생까지는 몰라도요."

"아가씨는 아직 학생이면서 다른 사람들 생활상을 유심히 보나 봐요?"

"다른 사람들 생활상을 유심히 본 게 아니에요."

"그러면요?"

"같은 반 친구 가정을 보고 하는 말이에요."

"내가 할 말은 아닐지 몰라도 아가씨가 말하는 대로 그렇게들 살지요. 그렇지만, 봐요. 어머니는 서로 다르나 진수 오빠는 한 아버지의 장남이잖아요. 그러면 나는 그런 장남의 아내가 되는 거요."

"장남의 아내요?"

'그거야, 그렇지요. 그런데 우리 집은 왜 이리도 복잡해요.'

예비 시누이 영희는 그런 생각으로 예비 올케 최미정을 빤히 본다.

"그래요. 장남의 아내요. 세상을 살아본 경험은 없으나 사람 사는 게 별거 있겠어요. 장남의 며느리면 말할 것도 없이 부모 역할도 해야 한다고 보는 거요."

"부모 역할이요?"

며느리면 부모 역할도 해야 한다고 말은 쉽게들 하나, 새언니처럼은 어림도 없을 것 같다. 며느리로서 잘하려고 해도 시부모 마음에안 들기는 쉽기 때문이다.

　둘째 이모가 그렇게 사시는 것 같다. 엄마에게 그런 얘기를 해서다. 엄마도 그런 편이나, 이모들은 너무 순한 것 같다. 표정부터가그렇기는 해도 말이다.

　"물론 부모님이 안 계실 때이지만 말이에요."

　"새언니 말을 들으면 나는 장남의 며느리는 되지 말아야겠네요."

　"장남의 며느리는 되지 말아야겠다면, 장남들은 장가도 못 가게요."

　"그렇기는 하겠지만 말이요."

　"말 나온 김에 하는 말인데, 아가씨 신랑감을 내가 소개할까 하는데 그래도 되겠지요?"

　"신랑감이라니요. 제가 지금 몇 살인데요."

　"몇 살이라니요. 대학 갈 나이면 결혼 생각도 해야지요."

　"아이고, 새언니는 참…. 나는 예쁘지도 않은데 그러신다."

　"예쁘지 않다니 무슨 소리…. 그러면 장남이기는 해도 잘도 생겨아가씨 마음에 쏙 드는 신랑감이어도요?"

　"에이…."

　"에이는 무슨 에이에요. 아가씨는 예쁘면서."

　"내가 예쁘다고요?"

　"그러면 안 예뻐요. 지금은 학생이라 아니지만, 아가씨 신랑감 내가 찾아볼 텐데요. 아까도 말했지만 말이요."

　"제 신랑감을 새언니가 찾아요?"

"진짜예요. 거짓말이 아니에요."

멋지다고, 예쁘다고 당사자끼리 쉽게 만나서는 본인은 물론 집안 전체를 얼마든지 어지럽게 할 수도 있다. 그것을 막자고 예비 시누이에게 하는 말이다. 물론 생각처럼 되지 않을 수도 있지만 말이다.

"새언니는 저를 너무 띄우는 거 아뇨?"

"너무 띄우다니요. 띄울 만하니까 그렇게 말하는 거지요. 어떻든 우리 아가씨에게는 참 좋은 신랑감이 나타날 거요."

"아이고… 새언니. 어떻든 감사합니다."

"감사 말은 실제로 이루어진 후에 해도 늦지 않은데 하네요."

"제가 잘 되기를 바라는 마음에서 하시는 말인데요."

"그런 얘기 그만하고 우리 밥 먹으러 가요."

"시간도 안 됐는데 벌써요?"

"지금 열한 시니까 좀 빠르기는 한데, 뭘 먹고 싶어요?"

"새언니 돈 있어요?"

"이거야… 아무렴 밥값도 없을까? 지갑을 가지고 다니는 사람이."

"그래도 새언니가 사 주는 밥은 좀 부담스럽다."

"올케가 밥 사는데 부담스럽다?"

"아니에요."

"아니면 다행이지만, 오늘 보니까 아가씨는 말재주도 있어서 아나운서를 해도 되겠는데 아나운서에 한번 도전 해볼래요?"

"말재주가 아니에요. 새언니가 너무 편하게 해 주어 그런 거지요."

"아니라고만 말고, 있는 재능 써먹는 생각을 해보는 것도 괜찮을 거요."

"새언니는 없는 재능까지 말하세요."

"말 잘하는 사람치고 노래 못 하는 사람 없다고 하던데."

"새언니는 반대말을 하네요."

"반대말이든 밥 먹으러 가자고 해 놓고 얘기만 하고 있는데, 이만 일어서요."

밥을 사는 것은 말할 것도 없이 그만한 관계이기 때문이다. 서영희와 완전한 관계가 아직 아닌 것은 결혼식이 남아 있기 때문이다. 그렇기는 하나 여기까지만도 남이 아닌 것이다. 시누이 덕을 보는 것보다 올케로서 돕는 일이 더 많을 수도 있다. 나이가 많은 선배 입장으로든 말이다.

"뭘 사 주시게요?"

"뭘 사 주는 게 아니라, 뭘 먹을래요?"

"새언니가 사 주는 대로 먹기는 할 텐데, 저는 중국 음식이 좋아요."

"중국 음식이면 탕수육? 팔보채?"

"탕수육은 알겠는데, 팔보채가 뭐예요?"

"그러면 팔보채 안 먹어 봤어요?"

"안 먹어 봐서 몰라요."

"그래요? 팔보채는 여덟 가지 재료가 들어간 요리예요."

"그러면 저는 짜장면 시켜주세요."

"좀 고급도 있는데 고작 짜장면이라니요?"

"저는 학생들과 짜장면 사 먹고 그러는데 여간 맛있지 않아서 그래요."

"날마다 만나 사 먹는 밥도 아닌데 고작 짜장면이란다. 그러면 더

기적이 찾아준 남편

맛있는 것은 다음에 먹기로 하고 오늘은 짜장면으로 해요."

"여기요~!"
최미정 말이다.
"예! 갑니다~."
주방장인지는 몰라도 바쁘게 온다. 마실 물 등을 들고 말이다.
"여기 짜장 둘이요. 그런데 하나는 곱빼기요."
예비 올케 최미정 말이다.
"곱빼기요? 곱빼기 누가 먹게요?"
'곱빼기는 나를 위함일 것이다. 그렇지만 보통이면 충분하다.'
"누구는 누구예요. 아가씨이지."
"나는 아닌데요. 새언니면 모를까."
"학생은 많이 먹어두어야 하는 건데 그런다. 그러면 보통으로요."
최미정은 막상 짜장면을 먹겠다고 결정하고 보니 아니다 싶은 생각인가 보다. 짜장면을 맛있게 먹기는 해도 좀 괜찮은 걸 시킬 걸 하는 눈치다. 어떻든 그렇게 해서 예비 시누이를 만나 밥까지 사는 것은 앞으로 잘해보자는 의미다. 그동안 많은 생각을 했다. 예비 시아버지는 고향으로 돌아갈 수 없는 포로병으로 있으면서 남한 여자와 결혼을 해 아들딸을 두기까지 하고 살아간다. 그런데 반갑다고 해야 할지, 복잡하다고 해야 할지. 북녘인 고향에 있어야 할 본처가 나타난 것이다. 그렇게 된 사실을 예비 시누이에게 말 안 해도 잘 알겠지만, 아가씨는 부모님 복잡한 속마음까지 읽지는 못하지 않겠는가. 부모님 속마음까지 읽는다고 해도 아직 어리다면 어린 예비 시누이가 어떻게 하겠는가. 그래서 부드럽게 해 보겠다고 감히 나서게 된 것이다. 그래, 생각처럼 잘 될지 모르겠지만 최선을 다할 각오다. 각오이기는 해도 그렇게 어려운 문제도 아니지 않은 가. 많은 돈이 있어야 하는 일도 아니고 마음과 행동이면 되는 일 아닌가. 역할을 해 주면 좋겠다는 예비 남편 말이 아니어도 서진수를 평생의 남편으로 생각한다면, 서진수 아내로서 그만한 역할을 해야 하지 않을까 해서다. 6·25 전쟁 때문이기는 하나, 예비 시댁은 중동 어느 나라 사람들처럼 한 남자가 여러 여자를 거느린 그런 가정도 아니다. 삶에서 생각지도 못한 일인데 어쩌겠는가. 그렇지만 서진수 부모님의 복잡한 가정 사정은 누구도 경험해보지 못했을 일이다. 그런 가정임을 예비 남편 서진수가 말해 주어 알게 된 것이지만 말이다. 어떻든 서진수와 결혼하는 날부터 서씨 집안 맏며느리가 되는 것이다. 그렇다면 맏며느리 역할을 할 수밖에 없지 않겠는가. 물론 나 몰라라 한다고 해서 내쫓기지는 않겠지만 말이다. 어떻든 예비 시누이를 만나는 것은 서씨 집안이 가지고 있는 복잡한 문제를 해결하자는 데 있어 일차적 작전이다. 한 가정의 며느리로 역할이 바로 이런 일일 수도 있다. 그래, 며느리라면 아들을 낳는 문제도 있지만, 웃음소리가 밖으로까지 들리게 해야 할 것이다. 세상을 헤쳐나가는데 있어 순풍만 불겠는가. 뜻하지 못한 힘겨운 일들이 무수히 많을 수도 있겠지.

젊은 사람이 짜장면을 먹는 데는 오랜 시간이 필요 없겠지만, 예비 시누이는 면발 하나도 남기지 않고 다 먹어 치운다.

"말도 못 하고요. 짜장면 말고 다른 것도 있는데."

"난 잘 먹었는데요."

"잘 먹었다니 할 말은 없으나, 탕수육 시킬 텐데 그랬네요."

"아니에요."

"그리고 왼팔 한번 들어 봐요."

"왜요?"

"그건 묻지 말고요."

"무어가 묻었어요?"

예비 시누이는 왼팔을 든다.

"이건 친구끼리 사 먹을 짜장면 값이니 그리 알아요."

그러면서 두어 번 접은 돈 봉투를 왼편 주머니에 찔러준다.

"이게 뭔데요?"

예비 시누이가 주머니에 이미 들어간 돈 봉투를 꺼리는 것을 최미정이 가로막는다.

"새언니…."

"다른 말 할 것 없어요. 우리는 평생을 오누이 관계로 살아갈 거니 그리 알아요. 그리고 엄마에게는 말 않기로 해요."

돈이란 어떻게 쓰느냐에 따라 좋기도 하지만 아주 나쁘기도 하다는 말을 들었다. 때문에 작은엄마가 누굴 가난뱅이로 아나 하고 화를 내실지도 모르기 때문에 하는 말이다.

예비 시누이, 예비 올케 둘은 곧 헤어진다.

"작은어머니 저 왔어요."

"작은어머니? 그런 말은 아직인데…."

작은댁 시어머니가 고맙다는 표정으로 하는 말이다.

"작은어머님도 알고 계실지 모르겠지만, 결혼식 날 잡았어요."

"그래? 그런 말은 처음인데."

"결혼식이 뭐 중요하겠어요. 결혼하기로 이미 결정된 일인데요."

"그렇기는 하겠지만, 이렇게 찾아오지 않아도 될 텐데. 어떻든 고맙네."

"아니에요."

"자네는 아닐지 몰라도 이렇게는 아무나 못 해. 그래서 말이지만, 자네는 참 좋은 여자야."

"아니에요. 작은어머니 칭찬이지요."

칭찬을 받자 한 것은 아니어도 간단한 문제부터 놓치지 말자는 것이 벌써부터의 숙제다. 그것은 서진수 씨가 읽었다는 조사부터 시작되었다고 해도 될 것이다. "할머니가 아니었으면 오늘의 저는 아닙니다. 그래서 말씀드리지만, 할머니 말씀대로 괜찮은 사람으로 살아갈 겁니다." 그랬다고 이모가 말해 주어 서진수에게 접근을 했고, 결혼 날짜까지 잡았다.

"내 딸 영희를 만나 밥도 먹었다는 말 들었어. 고마워."

"그런 얘기 않기로 했는데, 했어요?"

"그런 말이 어디 흉인가."

"흉이야 아니지만, 작은어머님이 혹 불편해하실지도 몰라 그랬어요."

"불편이라니, 아니야. 그래서만은 아니나 앞으로 잘하고 살아. 나도 단속해 둘 테니 말이야."

"작은어머니는 제 생각을 쉽게 받아주시니 제 마음이 편해요."

"우리 영희가 말하더라고, 맛있는 것도 사주었다고."

기적이 찾아준 남편

"밥이라고 하기에는 부족해요. 고작 짜장면인데요."

"고작이라니…, 어떻게 고작이야."

"아무나 사 줄 수 있는 짜장면인데요."

"짜장면이 중요한 게 아니라 자네가 가지고 있는 정을 우리 딸에게 준거야."

"그랬을지 모르겠는데 없는 칭찬도 했나 보네요."

"아니야. 우리 딸이 아직 학생이지만 앞으로 살아가는 데 참고가 될 만한 말도 새언니가 해 주더라고 그랬어."

"아가씨가 제 말을 어떻게 들었는지는 몰라도 공부가 어렵다는 말을 해서 다른 말은 못 하고 내 삶을 다른 사람이 대신해 줄 수는 없다고…, 그런 말은 한 것 같아요."

"그래? 어떻든 우리 딸은 자네를 여간 좋아하는 게 아닌 것 같아."

"그렇다면 다행입니다. 시누이라고는 영희 아가씨 혼자잖아요. 그래서 얘기할 사람이라고는 영희 아가씨뿐이다 한 거예요. 작은어머님이 서운해하실지는 몰라도요."

"서운은 무슨 서운인가, 듣기 좋은 말이지."

"작은어머니?"

"그래."

"저는 앞으로 서진수 씨 아내로서 작은어머니도 모실 생각으로 있습니다."

"아이고, 무슨 말이야. 빈말이라도 고맙네."

"빈말이 아니에요. 진짜예요."

"알았네."

"물론 새로 들어오는 며느리들 몫이기는 해도요. 어떻든 진수 씨가 제게 한 말을 그대로 옮긴다면 이래요. '미정 씨?', '예.', '저를 어떻게 보고 말을 거는 거요?', '그냥이요.', '그냥이 어디 있어요. 지나가는 사람 붙들고 길 물어보는 것도 아닌데.', '괜찮은 사람 같으니 한번 만나 보라고 우리 이모가 그래서요.', '이모님이 어떤 분인데요?', '누구라고 말해도 진수 씨는 모를 거예요. 멀리 사시니까.', '이 근방이 아니고 멀리요?', '군산이에요.', '그렇군요. 군산에 사시는 이모님이 저를 언제 보셨을까요?', '일부러 보려고 본 게 아니라 진수 씨에게 도움을 주신 할머니 장례식 때 봤답니다.', '그러니까 조사를 읽었는데 그때 보셨다는 거군요.', '그때 봤다면서 한번 대쉬 해보라고 하데요.', '그렇다고 칭찬까지 하셨을까요.', '그 사람이 어떤 사람인지는 태도를 보면 알게 되는 거 아니요? 감추어진 내막까지는 모른다 해도요.', '내막을 말해서 얘긴데, 나 괜찮은 사람 못 되는데요.', '그럴 만한 이유 있어요?', '이유 있지요. 우리 집 사정은 말해야 알겠지만, 다른 집들과는 달리 좀 복잡해서 미정 씨에게 결혼하자고 하기가 어려워요.', '어렵다는 얘기는 제가 다가가면 되는 일 아닌가요?', '제게 다가와요? 그러려면 그만한 역할을 해 주셔야 하는데 그럴 수 있겠어요?', '그만한 역할이 뭔데요?', '얘기를 하자면 좀 길어요.', '길면 얼마나 긴데요.', '길어도 많이 길어요.', '많이 길어도 해보세요.', '오늘은 말고 다음에 말할게요.', '혹 심각한 문제는 아니겠지요?', '심각한 문제는 아니에요.', '심각한 문제가 아니고 사람이 할 수 있는 일이면, 저는 할 수 있어요.', '그렇게만 해 주시면 고맙지요.' 진수 씨와의 얘기는 여기까지입니다."

"그렇구먼. 알겠네."

기적이 찾아준 남편

'그래, 듣기 좋으라고 만든 말일 수도 있을 것이다. 물론 짐작이기는 해도 말이다. 나도 중학교까지는 다녀서 웬만한 말은 해석할 수 있다.'

작은댁 예비 시어머니는 눈을 잠시 감는다.

"제 마음이지만, 또한 진수 씨가 바라는 마음이니 받아주시면 합니다."

'두 분의 어머님이 우리들 마음을 편하게 해 주셔야 앞으로 하게 될 일도 편한 마음으로 하지 않겠습니까?'

최미정은 그런 말까지 할까 하다 만다.

"받아주고 안 받아주고가 있겠는가. 당연한 일인데. 그리고 자네는 네 조카며느리가 될 테니 자네 시아버지에 대한 얘기 좀 할게. 내 이름이 문만순인데 아버지가 하시는 말씀이, '너는 시집을 가는 게 아니라 같이 살아야겠는데 만순이 너는 어떻게 생각하나?' 그래서 대답을 어떻게 해야 할지 몰라 듣고만 있는데, '다름이 아니라 데릴사윗감이 있어서다.' 그러시더라고…. 그래서 누구냐고 물었지. '포로병이기는 해도 심성이 착한 사람 같더라.' 그렇게 말씀하시는 거야. 그래서 나도 '그러면 내가 아는 사람 아니요?' 했지."

"진짜 아는 분이었겠네요?"

"얘기 끊지 말고 더 들어 봐!"

"아, 예."

"'만순이 너도 밥상도 차려준 포로병이라 아는 사람이기는 하겠다.', '그러면 아무도 없고 혼잔데요.', '그러면 혼자면 안 되는 거냐?',

'안 되기보다는 시부모도, 큰집도, 작은집도, 시누이도 없고, 그래서 좀 그러네요.', '그래서 흡족하지는 않다만 다 갖춰진 사람이 데릴사위로 오겠냐. 누구 말마따나 겉보리 세 말만 있어도 처가살이 하지 마라 그런 말도 있는데.', '내 밑으로 동생을 더 두시지 저를 막내로 하셨어요.', '그게 마음대로 되는 거냐. 안 되니까 그렇지. 우리는 아들은 없고 딸 부자잖아.', '그래서 제 이름을 만순이라고 지었어요? 만순이가 뭐에요. 부르기도 촌스럽게.', '촌스럽게? 그러면 순자, 영자, 영희, 영예 그런 이름들은 괜찮은 이름들이냐? 내가 보기엔 마찬가지 이름들이야. 말순이라고 안 한 것만도 다행으로 생각해 이것아.', '그렇게 말씀하시면 아버지 앞에서는 말을 못 하겠어요.', '그래, 지금이야 그게 아니라 미안하다만 여자 이름은 시집 갈 때까지만 부르는 이름이라 그렇게 지은 거야.', '알았어요.', '그래서 말인데, 만순이 너까지 시집을 가버리면 우리 집은 아무도 없잖아. 그래서 미안하다만 너를 붙들고 싶어서야.', '그 사람 안 보이던데 어디서 살아요?', '그 사람은 포로병이라 오갈 데가 없잖아. 그래서겠지만 머슴으로 있어. 연수 마을에.', '그 사람을 만나 얘기는 했고요?', '아직이야. 우선 만순이 네 말을 들어보고 말하려고.', '내가 싫다면요?', '영 싫다면 하는 수 없지만, 만순이 네 마음에 드는 사람이 없을 것 같은데.', '아부지가 제 마음을 어떻게 아시고요.', '만순이 네 마음을 어떻게 아냐고? 너는 네 언니들과 달리 할 말 다 하고 그러잖아.', '할 말 다 하는 것하고, 시집, 아니… 결혼하는 문제하고 무슨 상관인데요.', '그래, 상관은 없지. 그러면 싫다는 거냐. 아니면 생각을 해보겠다는 거냐?', '생각을 해 볼게요.' 그렇게 해서 상필이 아버지와 살게 된 거야."

기적이 찾아준 남편

"그러셨군요."

"그런데 포로병이라 그렇기는 하겠지만, 자네 시아버지는 친구가 없어. 그래서 말도 거의 없어. 밥 먹자. 자자 뿐이야. 또 회사에서 집으로… 집에서 회사로 오갈 뿐이야. 그것을 보면서 때로는 내가 잘못하고 있나? 그런 생각도 했지."

"그것은 아버님 성격이 아닐까요?"

"성격? 그래, 성격일 수도 있겠지. 그러나 내 생각으로는 포로병이라 갈 수도 없는 고향 생각 때문일 수 있지 않겠어."

"그러시겠네요."

"상필이 아버지가 친구와 밥 먹었다는 말 아직도 못 들었어."

"그래요?"

"그래서 친구도 없는 것 같아."

"친구는 어려서부터가 대부분일 텐데요."

"그래서 우리 집 사정을 모르는 사람은 상필이 아버지를 이상한 사람으로 볼지도 몰라."

"그러면 포로병이라 두고 온 고향 얘기는 없으시던가요?"

"두고 온 고향 얘기는 아직도 안 해."

"그래요? 아버님께서 고향 얘기를 아직까지 안 하신 것은 다른 이유 있겠어요. 고향에 두고 온 새색시 때문이었겠지요."

"자네 말 맞아. 포로병이라 고향 얘기를 듣고 싶어도 눈치만 보는 거야."

"그러니까 두고 온 고향 땜에 마음 아파하실지 몰라서요?"

"그러니까 두고 온 아내 땜에?"

"말씀을 하셔서 그렇지요."

"본처가 이렇게 나타나기 전까지는 총각인 줄 알고 살았지. 북쪽에 두고 온 아내가 있을 거라는 생각이나 했나."

"그렇기는 해도 아버님에 대해 묻고 싶으신 게 많지요?"

"묻고 싶은 게 많지. 언젠가는 사유를 물어볼 거야."

집안 사정이 잘못된 것은 아니나 생각지도 않게 본처가 나타났는데, 어떻게 된 거냐고 묻는 것은 당연한데 사실대로 말하지 않을 수 없을 것이다.

"물으실 때는 눈치도 봐야겠지요?"

말을 눈치라고 해놓고 보니 조심해야 할 말을 했나 싶은지 최미정은 작은 시어머니를 본다.

"눈치도 보이겠지."

"눈치라는 말은 실수했습니다. 죄송해요."

"죄송할 것 없어, 괜찮아."

"그러면 아버님께서 진수 씨 어머니를 만났다는 것을 어떻게 아셨나요?"

"어떻게 안 게 아니라 어느 날 모르는 냄새가 나더라고. 그래서 따져 물었지."

"따져 물으셨다고요?"

"심하게는 아니나 따져 묻는데, 대답은 않고 그냥 울기만 하더라고."

"우셨다고요?"

"우는 이유를 물으려다가 마누라 앞에서 우는 것을 보니 내 마음이 좀 그래서 그냥 말았어."

"그렇게 우신 것은 본처를 만나게 돼 기뻐서가 아닐 것 같은데요."

"울더라도 본처 앞에서 울던지 그래야 하지 않겠어."

"그렇기는 하네요."

"짐작이지만 복잡해서는 아닐까 싶네."

고향에 돌아갈 수 없는 포로병으로서 자의든 타의든 새장가를 들어 살아가고 있는 것이다. 그런데 이게 웬일인가. 느닷없이 본처가 나타나다니. 그래서 복잡해졌을 것은 짐작이 필요하겠는가.

"작은어머님!"

"그래."

"저는 서씨 집안 며느리가 될 것이기에 많은 생각을 했어요."

"많은 생각을…?"

"예."

"그렇기는 하겠지. 한 남편의 아내로서, 시부모의 며느리로서 말이야."

"작은어머니 앞에서 건방진 말일지 몰라도 결혼은 자신의 행복에 있지, 누구를 위해 결혼은 아닐 것입니다."

"그거야. 말할 필요도 없지."

"그래서 진수 씨 어머니도, 작은어머니도 웃어 주셔야 제가 웃어질 것 같습니다."

"그게 무슨 말이야?"

"진수 씨 어머니께서는 작은어머니를 만나고 싶어 하시는 것 같습니다."

"기왕에 이렇게 된 마당에 나도 만나고 싶어."

"두 분이 같은 생각이시면, 제가 연결을 해드려도 될까요?"

"자네가?"

"예."

"그러면…?"

"일단은 제 결혼식에 참석부터 하시면 합니다."

"자네 결혼식에 참석? 그거야 당연하지."

"작은어머니, 감사합니다."

"감사는 무슨 감산가. 그리고 결혼식 날짜는 언제라고 했지?"

"앞으로 딱 반달 남았습니다."

"그러면 스무 아흐레가 되는 건가?"

"예, 스무 아흐레에요."

"예식장은?"

"예식장은 시청 옆 프라자 호텔이에요."

"프라자 호텔, 알았네."

18

　서씨 집안 며느리가 된 최미정은 그 이후로도 늘 두 분을 만나게 주선을 해 드렸고, 그 덕에 비슷한 연배의 두 아내는 다른 사람들이 알아도 보게 툭 터놓고 형님, 동서로 살아간다. 그렇게 살아가는 동안 아들 서진수는 예상대로 장사를 엄청 잘해, 이복동생들에게도 혜택을 준다. 이렇게 모두 남부럽지 않게들 살아가게 된다. 그러나 이것은 우연으로 된 게 아니다. 장사란 무엇인지를 서진수는 정확이 읽었고 또 도전해서 얻은 결과이다.

　"어머니, 제가 잘하고 있는 건가요?"
　어느 날은 아들 서진수가 그렇게 말한다. 물론 부모로부터 인정받고 싶어 하는 말이기도 하겠지만 말이다.
　"그 말은 저쪽 상필이 엄마에게 말해라."
　"아버지에게는 말하지 말고요?"
　"야, 그것까지 내가 말해야 하냐?"
　"알았어요."

"아무튼 진수 너는 자랑해도 될 효자다. 이 어미가 보는 앞에서 이복동생들도 잘살게 해 주고 있어서다."

"마땅히 잘해야 할 형인데요."

"그건 돈이 있다고 할 수 있는 일이 아니다. 진수 네가 그러기에 다 클 때까지 찾지 않던 이복동생들이 찾아와 큰어머니, 그러지 않느냐."

"동생들이 '큰어머니' 해서 '고맙다'는 했고요?"

"그거야 안 할 수가 있겠냐. 고맙다고 했다."

"우리 가정은 별난 가정인데 다른 사람들도 알겠지요?"

"알고 모르고가 무슨 대수겠냐. 누가 보든 보기 좋게 사는 것이지."

"진수 네가 그들에게 소홀히 했어도 큰어머니, 그러겠느냐. 지금 와서 생각이지만, 잃어버린 네 아버지를 찾을 욕심으로 진수 너를 들쳐업고 삼팔선을 넘을 때 감시병들에게 들키기라도 할까 봐 조바심이 났지. 그러나 너는 울기는커녕 기침도 안 했다. 어떻든 너도 삼팔선을 넘지 않고 북한에서 그대로 컸다면 이런 행복의 맛이나 보겠느냐. 그래서 이 어미는 지금 죽어도 한이 없다.

"알았어요."

"알기는 뭘 알…"

"엄마, 나도 나이 먹어 보여요?"

"진수 너도 나이 들어 보이기는 하지. 네 아버지가 피운 담배꽁초 가지고 따질 때보다는 아니지만…"

"내가 아버지가 피운 담배꽁초를 말했었나. 그런 기억은 없는데요."

"기억에 없어야지 있으면 되겠냐."

"그렇기는 하지."

'우리 어머니는 잃어버린 아버지를 찾아야만 한다는 일념으로 다른 남자는 거들떠보지도 않고 사셨다. 그런데도 아들이 오해를 했으니, 얼마나 억울했겠는가.

그때 제가 오해했다면, 어머니 죄송합니다. 그렇게 말할 걸 후회가 된다. 세월 때문이기는 하나 어머니는 이제 한참 노인이다. 혼자 살기는 아까운 젊은 여성이었던 어머니가 어느새 이렇게 노인이 되셨을까? 전날의 젊은 여인으로 되돌릴 수는 없을까? 천한 장사일 수도 있는 생선 인꼴이 장사를 하시느라 고생만 그리도 하시다가 노인이 되신 것이다. 안타깝다. 안타깝지만 바깥출입도 못 하시고 대소변을 받아내야만 하는 아버지를 옆에 둔 것이 행복하다고 하신다. 그동안 아버지와 한 이불 덮고 주무시고 싶은 마음이 얼마나 간절했으면, 귀찮을 수도 있는 아버지 병간호를 행복하다고 하실까. 늦기는 했지만 이제라도 행복해하시는 어머니 모습을 보니 자식으로서 마음이 편하기는 하지만 말이다.'